Der

Seebrückenteufel

Ulrike Busch

Das Buch

Dreizehn Jahre war er in Haft, nun wird Paulus Olsen aus humanitären Gründen vorzeitig entlassen. Einst war er als Seebrückenteufel gefürchtet. Drei Frauen hat er auf dem Gewissen. Immer wurden ihre Leichen auf einer Seebrücke gefunden, und immer trugen sie eine Teufelsmaske.

Seine Taten bereut er zutiefst. Die letzten Wochen seines Lebens möchte er bei der Frau Ruhe finden, die ihn seit Jahren als selbsternannter „Engel der Gefangenen" betreut.

Doch kaum ist Olsen auf freiem Fuß, wird erneut ein Mord nach dem bekannten Schema verübt. – Ein Fall, der Molly Bleck einiges abverlangt.

Die Autorin

Drei Herzenswünsche hat die gute Fee der gebürtigen Ruhrpottpflanze Ulrike Busch erfüllt: Erstens, in Norddeutschland zu leben, und zweitens, als Autorin von Büchern tätig zu sein, die drittens an Nord- oder Ostsee spielen.

Seit 1986 wohnt die ehemalige selbstständige Texterin in Hamburg. „Dreimal hinfallen, und ich bin an meinen Sehnsuchtsorten: Amrum, Sylt, St. Peter-Ording, Travemünde, Niendorf, Timmendorfer Strand. Überall da, wo es viel Meer, Wind und Wetter und eine salzige Brise gibt."

Bereits ihr erster Krimi, der 2015 erschienene Bestseller „Der Pfauenfedernmord", etablierte sich als Longseller. Seitdem arbeitet die hauptberufliche Autorin ständig an neuen Bänden ihrer erfolgreichen Krimi-Reihen.

Der Seebrückenteufel

Ulrike Busch

© 2022 Dr. Ulrike Busch
Georg-Clasen-Weg 56
D-22415 Hamburg

https://ulrike-busch.de/

Umschlaggestaltung:
Jan Klaas Mahler
Mahler Kommunikationsdesign
www.mahler-design.de

Umschlagmotiv:
iStockphotos.com
© RelaxFoto.de

Herstellung und Verlag:
BoD – Books on Demand, Norderstedt

ISBN: 978-3-7562-9263-9

Das Stammpersonal

Molly Bleck

Kriminalhauptkommissarin. Mitte vierzig, verheiratet, kinderlos.

Nach vielen Jahren bei der Kripo in Hamburg ist sie heute Leiterin der Soko Mysterious mit Sitz in Timmendorfer Strand an der schleswig-holsteinischen Ostseeküste. Mit ihrem kleinen Team klärt sie Mordfälle und Entführungen, sucht nach verschollenen Personen und übernimmt Cold Cases – alte, ungelöste Fälle.

Janna Tönissen

Beste Freundin von Molly Bleck. Mitte fünfzig, früh verwitwet.

Janna war in Hamburg Mollys Nachbarin. Nach dem Tod ihres Mannes zog sie an die Ostsee. Im Zentrum von Timmendorfer Strand betreibt sie seitdem eine Buchhandlung mit angeschlossenem Lesecafé.

Malte Graf

Kriminalhauptkommissar, Mitte vierzig, ledig und nach eigener Einschätzung kinderlos. Geboren und bis heute wohnhaft in Travemünde.

Als Kind träumte er davon, Tierarzt oder Flugzeugpilot zu werden. Am Ende blieb die Wahl zwischen Cowboy und Kriminalpolizist. Die Entscheidung fiel zugunsten des sicheren, wenn auch kniffligen Beamtenjobs aus.

Benjamin Fink
Kriminalkommissar aus Schleswig-Holstein. Ledig, lebhaft und ein eifriger Rechercheur. Der an Lebensjahren wie auch an Zugehörigkeit jüngste Mitarbeiter im Team von Molly Bleck und Malte Graf ist stets hoch motiviert bei der Sache.

Willem Wichmann
Als Kriminaldirektor des Landeskriminalamts Kiel zuständig für den Bereich Lübeck-Travemünde.
Wichmann ist der Chef von Molly Bleck und Malte Graf. Der Spitzname Willy Wichtig, den Malte Graf ihm zu Beginn der Zusammenarbeit verlieh, wird seinem Charakter nicht gerecht. Molly schätzt Willem Wichmann als väterlichen, sachorientierten Teamplayer mit Führungsqualitäten.

Maren Eggertsen
Leiterin der Kriminaltechnik. Eine umsichtige Frau, der Genauigkeit ebenso wichtig ist wie der kollegiale Umgang miteinander.

1

Dreizehn Jahre ...

Paulus Olsen schritt durch das Tor der Justizvollzugsanstalt, das Gesicht stur geradeaus gerichtet, als hätte ihm jemand eine Sperre in den Nacken geklemmt.

Nicht zurückblicken. Was verloren war, war verloren. Ab jetzt zählte nur noch das, was vor ihm lag. Auch wenn es noch so wenig war.

Hinter ihm rastete das Schloss ein. Für den Rest seines Lebens würde er das Geräusch nicht vergessen.

Er blieb stehen und blinzelte in die Sonne. Hier draußen erschien sie ihm greller als auf dem Gefängnisgelände. Hatte das Grau des Gefangenenalltags ihre Strahlen vernebelt? Oder waren es die Blitzlichter der Kameras, die ihn in der wiedererlangten Freiheit blendeten?

»Hier bin ich, Paulus. Huhu, hier!«

Da stand sie. Sein Herz machte Sprünge.

Doreen war umringt von Medienleuten. Die einen hielten ihr Mikrofone unter die Nase. Die anderen hatten Fotoapparate in den Händen oder Camcorder auf den Schultern, die sie abwechselnd mal auf die knochige, verhärmt lächelnde Frau richteten und mal auf ihn.

Doreen posierte wie ein Star auf dem roten Teppich.

Heute trug sie das geblümte Kleid, in dem sie so furchtbar spießig aussah, von dem er ihr aber bei einem ihrer Besuche im Knast gesagt hatte, dass es ihm gefalle, weil er nicht wusste, was er sonst dazu sagen sollte.

Sie stellte sich auf die Zehenspitzen, reckte einen Arm in den Himmel und winkte ihm zu. In der anderen Hand trug sie einen weißen Sommerhut, um den eine blaue Schleife gebunden war. Sie fächelte sich Luft damit zu. Ihr aschblondes Haar hing schlaff herab.

Es war warm, ungewöhnlich warm für einen Spätsommertag.

Langsam, als müsse er das Laufen neu erlernen, setzte Paulus einen Fuß vor den anderen. War es ein Fehler gewesen, den Vorschlag seiner Anwältin abzulehnen? Sie hatte ihn abholen, durch einen Hinterausgang an der Presse vorbeischleusen und mit ihrem Wagen an einen unbekannten Ort bringen wollen.

Er hatte sich für Doreen entschieden – nicht ahnend, was ihn erwartete.

Sein letztes großes Abenteuer?

Vielleicht. Vielleicht auch nur eine Illusion ...

Die Frau, mit der er eine ganze Zeit lang aus der Zelle heraus eine vertrauensvolle Brieffreundschaft geführt hatte, breitete die Arme aus und lief auf ihn zu. Die Pumps, farblich passend zur Schleife um den Hut, waren offensichtlich ungewohntes Schuhwerk für sie.

Auf halber Strecke zwischen ihrem Warteposten und dem Gefängnistor knickte sie um. Ein Raunen ging durch die Meute, die jeden ihrer Schritte verfolgte.

»Frau Wakenitz, passen Sie bloß auf sich auf«, rief ein Fotograf ihr zu, nachdem er das Missgeschick auf die Speicherkarte seiner Kamera gebannt hatte.

»Hui, was für ein schlechtes Omen«, posaunte eine Reporterin aus. Das Mikrofon von sich gestreckt, rannte sie hinter Doreen her, stellte ihr eine Frage und versuchte, ihr eine Antwort zu entlocken.

Doch die Frau, die heute mindestens genauso im Fokus der Presseleute stand wie Paulus Olsen, wehrte die Aufdringliche unwillig mit dem Ellenbogen ab.

Sie fiel ihm um den Hals, küsste seine Wange und schmiegte sich an ihn.

»Da bist du ja«, hauchte sie ihm zu. »Willkommen in der Welt hier draußen, willkommen in meinem Leben.«

»Mein Engel«, raunte er ihr ins Ohr, »meine Retterin.« In den letzten Tagen hatte er sich die Worte zurechtgelegt, unfähig zu ergründen, was er wirklich empfand.

Doreen umklammerte seine Brust, die Luft blieb ihm weg. Er umfasste ihre Arme, um sich daraus zu lösen.

Sie gab nach. Mit Freudentränen in den Augen sah sie zu ihm auf und versuchte, ihm den Hut aufzusetzen.

»Bitte lass das.« In letzter Sekunde konnte er verhindern, dass ein Foto von ihm mit dem albernen Damenhut auf dem Kopf entstand.

Irritiert ließ sie von ihm ab. »Und nun?«

»Fahren wir zu dir. Das war doch der Plan. Wo steht das Taxi?« Suchend sah er sich um.

»Ich bin selbst mit dem Wagen da. Sandra hat mir ihr Auto geliehen. Es steht dahinten, komm mit.«

Sie nahm seine Hand und zog ihn mit sich.

Die Reporterin, die Doreens Stolperer ein schlechtes Omen genannt hatte, stellte sich ihnen in den Weg.

»Frau Wakenitz, Herr Olsen, was werden Sie als Erstes tun, wenn Sie zu Hause sind?«

»Die Stille genießen.« Er blieb stehen und sah auf die Frau mit den dunklen Locken und den blutrot geschminkten Lippen herab. »Kaja Monsun, Sie geben wohl niemals auf?«

»Warum sollte ich?«

»Was wollen Sie?«

»Den Leserinnen unserer Zeitschrift die Augen öffnen, wo es bei Männern wie Ihnen langgeht.«

»So? Dann verrate ich Ihnen jetzt mal, wo es bei Ihnen langgeht. Sie verziehen sich aus meinem Blickwinkel und lassen uns in Ruhe. Wenn nicht ...«

Er tötete sie mit dem Blick, den er sich in den vergangenen Jahren antrainiert hatte, um sich vor Mitgefangenen zu schützen, die aggressiv oder zudringlich wurden oder die ihm – aus welchen Gründen auch immer – zu nahekamen.

Energisch schob er den Riemen des Rucksacks weiter über die Schulter. Den Trolley an der Hand, setzte er den Weg an Doreens Seite fort. Beinahe streifte er Kaja Monsun, die nicht daran dachte, ihm Platz zu machen.

Der Wagen, auf den sie zusteuerten, stand nicht weit entfernt vom Gefängnistor. Doreen öffnete die Türen.

Paulus legte den Rucksack ab.

»In den Kofferraum damit?«, fragte sie.

»Nein.« Er deponierte das Gepäck auf der Rückbank und ließ sich auf dem Beifahrersitz nieder.

Doreen stand neben der Fahrertür und blickte dorthin, wo die Medienvertreter standen.

Auch aus der Distanz hielten die Fotografen die Kameras auf das ungleiche Paar gerichtet, und die Journalisten näherten sich, als hätten sie jeder ein Richtmikrofon in der Hand, mit dem sie selbst aus fünfzig Meter Entfernung ein Flüstern aufnehmen konnten.

Kaja Monsun marschierte vorweg. »Was werden Sie jetzt tun? Haben Sie keine Angst, Frau Wakenitz?«

Paulus beugte sich nach links und betätigte den Griff der Fahrertür. »Steig doch ein. Worauf wartest du?«

10

Doreen zögerte einen Moment, dann folgte sie ihm in den Wagen und wandte sich ihm zu. »Du bist so blass.«

»Fahr los, bitte.«

Sie ließ den Motor an und gab Gas, ganz vorsichtig, als müsse sie sich erst wieder daran gewöhnen, nach langer Pause am Steuer eines Wagens zu sitzen. Mit einer Hand schlug sie auf das Lenkrad. »Auf in die Zukunft.«

Er gab vor, zustimmend zu lächeln.

Was hieß schon Zukunft? Was hatte er an Zeit zu erwarten? Monate, Wochen? Schlechtestenfalls Tage.

Dreizehn Jahre hatte er verloren. Dreizehn Jahre hinter unüberwindbar hohen Mauern auf einem Gelände irgendwo zwischen einem Flüsschen namens Wakenitz und den Wäldern von MeckPomm.

Er hatte viel nachgedacht. Es gab kein Entkommen. Als letzten Ausweg hatte er die Krankheit gewählt.

Doreen saß kerzengerade auf dem Fahrersitz, als wäre die Rückenlehne zu heiß, um sich daran anzulehnen.

»Heute Abend feiern wir zwei«, brachte sie in einem Ton hervor, der wie eine Frage klang. »Und für nächste Woche Samstag habe ich eine kleine Party organisiert, an der Strandpromenade, an einem einsamen Steg. Nur unsere engsten Freunde sind dabei, unsere Clique, unsere Gang.« Verschwörerisch nickte sie ihm zu.

»Das ist schön.«

Müde blickte er vor sich aus dem Fenster.

Die Straße verlief so schnurgerade wie das Leben eines anständigen Bürgers. Zur Rechten führten schmale Stichwege zu Häuserreihen, die seitlich zur Straße standen. Zwischen den Reihen lagen Rasenflächen, sauber gemäht. Vereinzelt spendeten Bäume Schatten.

Und überall Ruhe. Eine Bürgeridylle.

Paulus lehnte sich zurück und schloss die Augen. Er träumte von einem Leben, das er nie führen würde.

Es tat gut, Doreen zu haben. Doch wie weit würden sie beide gehen? Würde ihnen die Zeit bleiben, die man brauchte, um sich richtig nahezukommen? Würden sie die Kraft und die Ruhe haben, ein Paar zu werden?

Konnte sich die vage Hoffnung, die aus der anfänglichen Brieffreundschaft und den späteren Besuchen entstanden war, erfüllen, oder würde ihre Verbindung in eine Enttäuschung münden?

Plötzlich quietschten Reifen. Doreen bremste scharf.

Paulus wurde hart gegen den Sicherheitsgurt gepresst. Erschrocken riss er die Augen auf.

Schräg vor ihnen stand ein BMW, der aus einer Seitenstraße geschossen war und ihnen die Vorfahrt genommen hatte. Heraus sprangen Kaja Monsun und ein Fotograf.

Paulus löste den Sicherheitsgurt, schälte sich aus dem Wagen und ging den beiden ein paar Schritte entgegen.

»Wenn Sie sich uns noch einmal nähern ...«

Die Reporterin reckte ihm das Mikro entgegen und sah ihn von unten nach oben an wie ein Stier, der den Torero auf die Hörner nehmen will. »Was dann?«

Der Fotograf hielt seine Kamera hoch und drückte schnell nacheinander auf den Auslöser, als sollte ein Film aus der Abfolge der Bilder entstehen.

Paulus sammelte sich einen Moment. Dann senkte er die vor Wut zitternde Stimme. »Wagen Sie es nicht.«

Er drehte sich um und ging zum Auto zurück. An der Beifahrertür blieb er stehen und warf einen letzten Blick über die Schulter.

»Wagen – Sie – es – nicht!«

Er hob drohend die Faust. Dann stieg er ein, zog die Tür zu und legte den Sicherheitsgurt wieder an.

Doreen sah ihn fragend an, als wäre sie nicht sicher, ob sie losfahren sollte.

Er nickte ihr zu. »Bitte«, sagte er und wies mit dem Kopf nach vorn.

Sie ließ den Wagen langsam weiterrollen.

Kaja beugte sich so weit vor, dass ihr Kopf auf Höhe des Seitenfensters war. Sie verzog das Gesicht zu einer Grimasse. »Wir machen dir die Hölle heiß«, rief sie Paulus durch das geschlossene Fenster zu und trommelte mit der Faust gegen die Scheibe.

Doreen wandte sich nach der Reporterin um. Ihre Miene war verzerrt. »Ich mach dich platt, du Hexe!«, schleuderte sie der Frau entgegen.

Sie trat so fest aufs Gaspedal, dass der Wagen einen Satz nach vorn machte und Paulus in den Sitz gedrückt wurde. Mit überhöhtem Tempo fuhr sie davon.

2

Der Anruf erreichte Molly Bleck am Sonntag kurz vor Sonnenaufgang. Sie schreckte aus einem Traum auf, der sofort verflog, und begriff, dass es ihr Handy war, das so durchdringend klingelte.

Die Nummer, die auf dem Display aufleuchtete, war ihr vertraut. Sie verhieß nichts Gutes.

»Molly Bleck«, meldete sie sich mit müder Stimme.

Dem Kollegen am anderen Ende der Leitung war klar, dass er sie aus dem Schlaf gerissen hatte.

»Wir haben einen Leichenfund. Auf dem Steg in Höhe der ›Süßen Seebrücke‹. Eine Frau mit Teufelsmaske.«

»Eine Frau mit ...« Molly schluckte.

Zu der Zeit, als die Morde des Seebrückenteufels Schlagzeilen machten, lebte sie in Hamburg. Doch sie erinnerte sich gut an die drei Fälle. Sie hatte die Berichterstattung in der Presse verfolgt.

»Wisst ihr, um wen es sich bei dem Opfer handelt?«, fragte Molly mechanisch. »Name, Alter, Wohnort?«

»Die Meldung ist gerade erst reingekommen«, erwiderte der Kollege. »Ein Hundehalter hat die Leiche gefunden, als er mit seinem vierbeinigen Begleiter seinen morgendlichen Rundgang machte.«

Molly schlug die Decke zurück, schwang die Beine über die Bettkante und knipste das Licht an. Sechs Uhr zwölf. Janna schlief noch und Ole sicherlich auch.

»Ist Malte Graf schon informiert?«

Sie stand auf, ging ans Fenster und schob den Vorhang zurück. Dunst lag über der See. Die Strandpromenade lag einsam da. Die Koniferen zu beiden Seiten des Weges erschienen ihr vor dem milchigen Hintergrund wie Morgengeister, die sie mit tausend erhobenen Armen begrüßten.

»Sie sind die Erste. Nach Wichmann natürlich.«

Klar. Der Kollege in der Zentrale hatte Kriminalrat Wichmann angerufen, und der hatte den Fall an Molly und ihr Team von der SoKo Mysterious delegiert.

»Bei der ›Süßen Seebrücke‹?«, fragte sie nach.

»Jo.«

Molly wandte sich vom Fenster ab. »Ich informiere Malte selbst und fahre dann zum Fundort der Leiche.«

»Verstanden. Die Uniformierten sind schon da, und die Spurensicherung ist auf dem Weg.«

Der Kollege legte auf.

Molly klingelte Malte aus den Träumen und gab ihm das Wenige wieder, das sie erfahren hatte.

»Eigentlich wollte ich mal ausschlafen«, sagte er gähnend. »Das muss ich dann wohl aufs nächste Wochenende verschieben. Bis gleich in Travemünde.«

»Bis gleich.«

Sie legte den Pyjama ab und schlurfte ins Bad. Für eine Dusche und ein leichtes Make-up blieb keine Zeit. Eilig putzte sie sich die Zähne, wusch das Gesicht und kehrte ins Zimmer zurück, um sich anzuziehen.

Auf Zehenspitzen stieg sie von ihrer Dachwohnung in den ersten Stock hinab. Vorsichtig öffnete sie die Tür zum Gästezimmer einen Spalt breit. Ole schlief, er bemerkte sie nicht. Sie zog die Tür zu und schlich hinab ins Erdgeschoss.

Einen Moment überlegte sie, ob sie sich einen Tee in der Thermoskanne mitnehmen sollte. Doch die Zeit war zu kostbar, sie musste schnell am Tatort sein.

Auf der Kommode im Flur lagen Block und Kuli. Sie nahm den Stift und notierte mit krakeliger Schrift, dass sie zu einem Fall gerufen worden war.

Sie zog die hellbraunen Sneakers an, warf eine Jacke über den Arm, nahm ihre Handtasche und den Autoschlüssel und verließ das Haus.

Im Ort herrschte noch kein Leben, doch die Bundesstraße war bereits befahren. Erste Tagesausflügler waren unterwegs zu den beliebten Zielen an der schleswig-holsteinischen Ostseeküste.

Sie umklammerte das Lenkrad, streckte die Ellenbogen durch und lehnte den Kopf zurück.

Der Seebrückenteufel – vor gut einer Woche war er entlassen worden. Die Bevölkerung war gespalten in der Ansicht darüber, ob einem verurteilten Serienmörder Gnade widerfahren durfte, weil er wegen einer Krebserkrankung nur noch kurze Zeit zu leben hatte. Die Anwältin des Mannes, der stets die Mordabsicht bestritten hatte, hatte ihn im Prozess als Opfer seiner eigenen Drogensucht dargestellt.

Es war ausgerechnet eine Gruppe von Frauen im Alter der damaligen Opfer des Verurteilten, die sich über die Bemühungen der Juristin hinaus für die Freilassung von Paulus Olsen eingesetzt hatte.

Nun war er erst einige Tage frei, und schon gab es ein neues Opfer, das sich, den ersten Anzeichen nach zu urteilen, in die Serie der früheren Fälle einreihte.

Das Navi führte Molly von der Bundesstraße ab und über gottverlassene Straßen, die zwischen Feldern hindurchführten. Am nördlichen Stadtrand passierte sie verschlafen daliegende Häuser.

Sie fuhr bis zu dem Fußweg, der zur Strandpromenade führte, und parkte hinter den Streifenwagen und den Transportern der KTU. Noch während sie im Auto saß, traf Malte ein. Er stieg aus, schob die Hände in die Taschen und zog die Schultern hoch.

»Was für ein Sonntag. Und schattig ist es auch.«

Molly zeigte zum Himmel, an dessen östlicher Flanke ein vom Dunst verhangenes Orangerot aufflammte.

»Gedulde dich. Die Madame da oben wird gerade erst wach. Gehen wir zur Brücke.« Sie zog ihre Jacke über. »Hast du Benjamin schon informiert?«

»Bin ich die Chefin des Teams? Ehrlich gesagt, ich wollte ihn nicht wecken.«

»Ich rufe ihn nachher an«, sagte Molly. »Aber erst mal sehen, um wen es sich bei dem Opfer handelt.«

Maren Eggertsen empfing die Ermittler am Zugang zur Strandpromenade. Die aufgehende Sonne tauchte ihren weißen Schutzoverall in rotgoldenes Licht und ließ die Frau wie einen Engel erscheinen.

»Guten Morgen, ihr zwei. Schön, dass ihr da seid. Wir haben gerade die Identität der Toten festgestellt.«

Sie deutete mit dem Kopf auf die Bänke, die Rücken an Rücken mitten auf der Brücke standen – eine Reihe mit Blick nach Norden und eine mit Blick nach Süden.

»Wer ist es?«, fragte Malte.

»Eine Reporterin, eine relativ bekannte und durchaus umstrittene, weil provokante Person. Ihr kennt sie vielleicht. Ihr Name ist Kaja Monsun.«

3

Maren Eggertsen führte die Ermittler zu der Bank auf dem Steg, auf der die Leiche saß.

»Sie trägt die Maske noch«, stellte Molly fest. Der Anblick des leblosen Körpers mit der roten, hämisch grinsenden Fratze bestürzte sie und weckte zugleich ihren Zorn. »Wie kann man so pietätlos sein?«

Langsam ging Molly auf die Leiche zu.

Die Tote saß mit dem Gesicht nach Norden. Der Oberkörper wurde von der Rückenlehne aufrecht gehalten. Der Kopf war vornübergekippt, das Kinn aufs Brustbein gestützt. Die Arme hingen schlaff herab. Das eine Bein war um neunzig Grad angewinkelt, der Unterschenkel des anderen Beines unter die Bank geschoben. Auf den ersten Blick sah es so aus, als wäre die Frau bei dem Versuch, aufzustehen, kraftlos in sich zusammengesunken.

Malte stellte sich neben Molly. Er deutete auf den Kopf der Toten. »Sie hat eine klaffende Wunde am Hals.«

»Die Frau muss verblutet sein«, sagte Maren Eggertsen. »Wir haben eine lange Blutspur entdeckt. Sie führt von dahinten ...«, sie deutete mit dem Arm zur Strandpromenade, »bis hierhin. Nach derzeitigen Erkenntnissen ist es zwischen der Rückseite des Strandpavillons und den Bäumen, die dahinter stehen, zu einem Kampf gekommen, bei dem Kaja Monsun tödlich verletzt wurde. Dem Blut nach, das wir auf der Wiese gefunden haben, dürfte sie bereits dort gestorben sein.«

»Ist ein Forensiker unterwegs?«, fragte Molly.

»Ein Arzt aus Lübeck. Er muss bald hier sein.«

»Okay.« Molly suchte Abstand zu der Leiche. »Wie habt ihr festgestellt, wer die Tote ist?«

»Sie hatte einen kleinen Rucksack dabei, so einen mit einem einzigen Riemen, den man diagonal über den Oberkörper legt. Wir haben ihn abgenommen, um den Inhalt auf Papiere zu untersuchen.«

»Da war ihr Ausweis drin«, folgerte Molly.

»Der Personalausweis und ein Presseausweis. Ist euch Kaja Monsun ein Begriff?«

Molly schüttelte den Kopf.

Malte grinste verlegen. »Mir schon. Ich hatte mal eine Freundin, die die Zeitschrift abonniert hatte, für die Kaja Monsun die letzten Jahre geschrieben hat. Ich habe zwangsläufig reingeschnuppert.« Er verzog das Gesicht und wedelte mit der Hand in der Luft herum, als hätte er sich die Finger verbrannt. »Wenn ihr die Artikel gelesen hättet, würdet ihr euch nicht wundern, dass die Frau umstritten war.«

Seine Worte hatten Molly neugierig gemacht. »Wieso? Was war so Schlimmes daran?«

Malte guckte zögerlich zu der Leiche hinüber. »Ist hier nicht der richtige Ort, darüber zu reden. Nur so viel: Mein Opa hätte die Frau als Flintenweib abgetan.«

»Eine Frauenrechtlerin?«, sagte Molly. »Das ist doch heutzutage wirklich nichts Ungewöhnliches mehr.«

»Sie war ziemlich militant.« Malte trat von einem Fuß auf den anderen. »Ich sag doch, das hier ist weder der richtige Ort noch der passende Zeitpunkt ...«

Ein Wagen hielt an, und der Forensiker stieg aus.

Während er sich schweigend in Schutzkleidung hüllte, gingen Molly und Malte zu ihm.

»Wir sind die ermittelnden Kommissare«, sagte Molly und nannte ihm ihre Namen.

Der Mann erwies sich als wenig gesprächig. Er zog sich Handschuhe über und lugte an Molly vorbei. »Dahinten?«

»Dahinten«, sagte Malte trocken.

Der Gerichtsmediziner nahm seinen Koffer und trottete zum Steg.

Molly und Malte beobachteten, wie er damit begann, die Leiche in Augenschein zu nehmen.

Die Kriminaltechniker unterbrachen ihre Arbeit. Sie stellten sich im Kreis auf und besprachen etwas. Der Kreis löste sich wieder auf, und die Kollegen bewegten sich auf die Transporter zu, mit denen sie hergekommen waren.

Maren Eggertsen löste sich aus der Gruppe. »Molly, Malte, wenn ihr mögt, frühstückt mit uns. Ihr seid bestimmt auch mit leerem Magen gekommen, und wir haben genügend Proviant dabei.«

Maltes Augen leuchteten auf. »Das nenne ich echte Kollegialität.« Er hakte sich bei Molly unter und schloss sich mit ihr der Gruppe an.

Einer der Mitarbeiter schenkte Kaffee aus Thermoskannen in Pappbecher, die er an die anderen verteilte. Aus dem Heck eines der Wagen hievte eine Kollegin eine große Box, aus der mehrere Lagen belegte Sandwiches zum Vorschein kamen.

»Das sieht nach einem eingespielten Prozedere aus«, meinte Malte grinsend.

»Guck es dir genau an«, foppte Molly ihn. »Dann weißt du, was du beim nächsten Mal zu tun hast, wenn wir zu einer Unzeit gerufen werden.«

Die belegten Brote in der Box waren einzeln in aufklappbare Schachteln aus dünnem Plastik verpackt. Das Sandwich mit Scheibenkäse, das Molly sich ausgesucht hatte, schmeckte, als hätte es drei Wochen bei Hitze in der schlecht gekühlten Theke einer Tankstelle verbracht. Doch es half gegen das flaue Gefühl im Magen, und der Kaffee war wirklich stark, belebte die Geister und machte den pappigen Geschmack wieder wett.

Molly setzte sich auf einen der großen Steine, die Autofahrer daran hinderten, auf dem Grünstreifen zu parken. Malte ging neben ihr in die Hocke. Sie hatte das Gefühl, er rückte ihr ein bisschen zu dicht auf die Pelle. Instinktiv drehte sie sich ein paar Zentimeter weg.

Ein Blick auf die Uhr verriet ihr, dass Ben inzwischen wach sein dürfte. So beschloss sie, ihn nun auch zu informieren. Sie legte das angebissene Sandwich in die Schachtel auf ihren Knien und stellte den Kaffeebecher auf den Boden.

»Ich ruf Benjamin an«, sagte sie zu Malte.

Benjamin Fink kannte ihre Mobilfunknummer. Bereits nach dem ersten Klingeln meldete er sich. Er klang, als hätte er auf den Anruf gewartet.

»Hallo, Molly. Wenn du dich an einem Sonntagmorgen meldest, ist das kein gutes Zeichen.«

»Wie man's nimmt«, sagte Molly mit einer gewissen Melancholie in der Stimme. »Wenn man davon ausgeht, dass wir unseren Beruf ergriffen haben, um Verbrechen aufzuklären, kann ich sagen: Wir bekommen gerade wieder Gelegenheit, unsere Fähigkeiten unter Beweis zu stellen. Die Kehrseite der Medaille bedeutet aber leider: Wieder einmal ist ein Mensch in der Lübecker Bucht einem Mord zum Opfer gefallen.«

»Wer ist es, und wann und wo hat sich die Tat ereignet?«

Molly nannte dem jungen Kollegen die wenigen Informationen, die sie bisher hatten. »Es könnte wieder eine Tat des Mannes sein, der die letzten Jahre als Seebrückenteufel in der JVA Lübeck eingesessen hat.«

»Der ist doch gerade erst entlassen worden«, brachte Ben spontan hervor. »Das glaub ich nie im Leben, dass der die Reporterin umgebracht hat.«

Molly lächelte nachsichtig. »Die Erfahrung zeigt aber leider, dass eine Wiederholungstat kein Einzelfall wäre. Oft ist dabei eine offene Rechnung im Spiel, und der Täter hat während der Zeit im Gefängnis nur auf seine Entlassung gewartet, um sich endlich Genugtuung zu verschaffen.«

Ben erwiderte nichts darauf, und Molly sah förmlich sein enttäuschtes Gesicht.

»Ich lege aber nicht die Hände dafür ins Feuer, dass es in diesem Fall so ist«, tröstete sie ihn. »Ich wollte nur andeuten, dass alles offen ist. Wir ermitteln natürlich ...«

»... in alle Richtungen«, vollendete Ben den Satz. »Ich weiß. Ich bin ja nicht erst seit gestern bei der Kripo. Ihr seid noch in Travemünde?«

»Ja, aber es wird nicht mehr lange dauern, dann kommen wir aufs Kommissariat.«

»Super. Ich fahre schon mal hin und kremple die Ärmel hoch. Wir sehen uns. Bis nachher.«

Ben legte auf, und Molly wusste, dass er sich gleich daran begeben würde, das Archiv zu durchforsten.

Sie steckte ihr Handy in die Tasche. »Ben läuft bereits zu Hochform auf«, sagte sie zu Malte. »Wenn er in Archiven herumstöbern kann, ist er glücklich.«

»Gut, dass wir ihn haben.« Malte hatte seinen Kaffee ausgetrunken und sein Sandwich vertilgt. Er stand auf und sah zum Steg hinüber. »Ich glaube, der Forensiker ist fertig. Und du?«

»Lass mir noch zwei Minuten.«

Molly verschlang die letzten Bissen ihres Frühstücks. Der Kaffee war mittlerweile lauwarm, doch er schmeckte noch immer und tat ihr gut. Sie trank den Rest, sammelte die Becher und die Plastikschachteln der Kollegen ein und warf sie in einen Abfalleimer auf dem Gehweg.

»Vielen Dank für das Frühstück«, rief sie den Kriminaltechnikern zu. »Wir reden noch mit dem Gerichtsmediziner, dann überlassen wir das Feld wieder euch.«

»Wir schicken euch den Bericht«, erwiderte Maren.

Der Forensiker kam ihnen mit verschlossener Miene entgegen. »Das war ein Schnitt, der es in sich hatte. Die Tatwaffe dürfte Glas gewesen sein, eine zerbrochene Flasche vielleicht. Würde mich nicht wundern, wenn sie noch hier irgendwo in einem Abfalleimer läge.«

»War es ein einziger Schnitt?«, fragte Molly.

»Nach ersten Erkenntnissen ja. Er ging sehr tief.«

»Weitere Verletzungen?«, hakte Malte nach.

»Wenn ich die Leiche auf dem Tisch hatte, weiß ich mehr. Was ich jetzt schon sagen kann: Sie weist Hämatome an den Armen auf, wie ich beim Hochschoppen der Ärmel erkennen konnte. Außerdem Quetschungen an den Rippen, als hätte sich jemand auf sie gekniet.«

»Was meinen Sie«, fragte Molly, »ist sie das Opfer eines Sexualdelikts geworden?«

Der Forensiker hob die Achseln. »Konnte ich bei dieser ersten Inaugenscheinnahme nicht feststellen. Wie gesagt, später weiß ich mehr.«

»Auf jeden Fall hat sie sich gegen ihren Angreifer gewehrt«, resümierte Molly.

»Gegen wen sie sich gewehrt hat, kann ich nicht sagen«, antwortete er mit besserwisserischer Miene. »Nur dass sie es getan hat, das steht fest.«

Er tippte sich zum Gruß mit zwei Fingern an die Schläfe, ging an den Ermittlern vorbei, ohne sie noch einmal anzusehen, und trottete zu seinem Wagen.

»Was für ein freundlicher, aufgeschlossener Mensch«, zischelte Malte. »Dem möchte ich nicht mal auf dem Seziertisch begegnen.«

»Wer möchte das schon?«

Molly ging noch einmal auf Maren Eggertsen zu. »Hast du gehört? Die Tatwaffe könnte eine Flasche gewesen sein. Möglicherweise liegt sie noch hier.«

»Wir suchen Zentimeter für Zentimeter ab.«

»Viel Erfolg dabei.« Molly winkte den Kriminaltechnikern noch einmal zu und betrat das Verbindungsstück zwischen Strandpromenade und Straße.

Plötzlich wurden Malte und sie von Reportern umringt, die sich auf einer Wiese am Gehweg hinter Bäumen und Sträuchern verborgen gehalten hatten.

Eine Frau mit einem Mikrofon in der Hand versperrte ihnen den Weg. »Was sagen Sie zum Tod unserer Kollegin? Wie ist sie ums Leben gekommen? Stimmt es, dass der Seebrückenteufel wieder zugeschlagen hat?«

Molly hob abwehrend die Hände.

Malte legte beschützend den Arm um sie und streckte die andere Hand aus, um die Presseleute fernzuhalten.

»Aus ermittlungstaktischen Gründen geben wir im Moment noch keine Auskunft«, beschied Molly die Reporterin. »Gedulden Sie sich bitte, bis eine Pressekonferenz anberaumt wird.«

»Wann wird das sein?« Die Frau wich Molly nicht von der Seite, und ihrem Ton nach dachte sie keine Sekunde daran, sich zu gedulden.

Molly versuchte es mit Vernunftsargumenten. »Unsere Recherchen haben gerade erst begonnen. Zum jetzigen Zeitpunkt wäre es unseriös, etwas zu dem Fall zu sagen. Es wären unhaltbare Vermutungen.«

»Der Täter steht aber doch bereits fest. Die Teufelsmaske, die Seebrücke – die Indizien sprechen eine eindeutige Sprache. Oder sind Sie anderer Meinung?«

Die aufdringliche Person lief neben der Kommissarin her und machte deutlich, dass sie so bald nicht aufgeben wollte. Molly befürchtete sogar, sie würde zu ihr ins Auto springen.

Zwei uniformierte Kollegen, die in einem der Streifenwagen gesessen hatten, stiegen aus, eilten auf die Reporterin und ihre Begleiter zu und drängten die Gruppe zurück.

Endlich konnten die Ermittler unbehelligt weitergehen.

Molly schloss ihr Auto auf.

»Wer als erster in Timmendorf ist«, rief Malte ihr zu und schwang sich ans Steuer seines eigenen Wagens.

Molly schüttelte den Kopf. Typisch Mann!

Sie ließ Malte als Ersten losfahren und wartete noch einige Sekunden, bevor sie selbst den Motor anließ. Auf einen Wettbewerb um den kräftigsten Bleifuß hatte sie wirklich keine Lust.

Sie musste ohnehin mehr in den Rückspiegel gucken als nach vorn, um zu sehen, ob die Presseleute sie bis nach Timmendorf verfolgten.

Sollte das der Fall sein, würden sie Kollegen brauchen, die ihre Dienstvilla vor allzu aufdringlichen Medienvertretern schützten. Diese Fotografen und Journalisten, die für Boulevardblätter und Online-Portale berichteten, führten sich heute auf wie wilde Hunde, die Blut gerochen hatten.

Eine prominente Reporterin als Opfer des gerade erst entlassenen Seebrückenteufels war ein gefundenes Fressen für die Presse. Jede Reportage über den Tod von Kaja Monsun würde hohe Auflagen garantieren. Der Kampf um die abenteuerlichsten Bilder und Geschichten hatte am frühen Morgen begonnen.

Molly erreichte Timmendorfer Strand und bog in die Strandallee ein, das Ziel ihrer Fahrt. Sie verlangsamte das Tempo und hielt schließlich an.

Bevor sie aus dem Wagen stieg, sah sie sich noch einmal um, dann ging sie auf das Kommissariat zu. Aus einem vorbeifahrenden Wagen heraus, der kurz anhielt, wurde sie fotografiert. Wütend begab sie sich in den Schutz der Dienstvilla, in der Malte kurz vor ihr angekommen war.

Sie und ihr Team würden sich beeilen müssen, den Fall zu lösen, bevor die Öffentlichkeit durch die einseitig gefärbten Berichte in der Presse gegen Paulus Olsen aufgehetzt wurde. Auch ein Mann wie er hatte das Recht auf umfassende und vorurteilsfreie Ermittlungen.

4

Paulus zog sich den flauschigen königsblauen Bademantel über, den Doreen ihm zur Begrüßung geschenkt hatte. Er band den Gürtel um seine hageren Hüften und schlurfte in den viel zu großen Schlappen in die Küche.

Doreen stierte ihn an. »Du warst auf einmal weg.«

Verschnupft stellte sie die Kaffeekanne auf den Küchentisch neben den Korb mit den Brötchen, die sie vorhin aus der laut knisternden Tüte im Tiefkühlschrank herausgenommen und aufgebacken hatte.

Paulus hüstelte. »Guten Morgen erst mal.«

Er blieb im Türrahmen stehen. Er wollte nicht reden. Trotz der belebenden Dusche, der ersten seit vielen Jahren, die er unbeobachtet von anderen genossen hatte, fühlte er sich wie erschlagen.

Unschlüssig sah er zum Fenster hinaus.

Das Mehrfamilienhaus, in dem Doreen und nun auch er wohnten, wirkte ein wenig heruntergekommen. Doch es stand nur wenige hundert Meter vom Strand entfernt. Der Gedanke, der See so nah zu sein, gefiel ihm. Hier gab es Luft zum Atmen und Frische zum Leben.

Das Haus lag an einer Wiese, und gegenüber war ein Zwilling zu diesem Gebäude errichtet worden. Das sah nach netter, unaufdringlich gelebter Nachbarschaft aus.

»Setz dich doch.«

Doreen zeigte auf einen Stuhl, der vor dem Tisch mit den zwei Frühstücksgedecken stand.

Er ließ sich darauf nieder, stützte die Ellenbogen auf und faltete die Hände zusammen.

»Zu beten brauchst du bei mir nicht.« Doreen versuchte sich an einem Lächeln. »Wo warst du auf einmal gestern Abend? Wir haben uns Sorgen gemacht.« Sie wandte sich dem Aufschnittteller zu, den sie auf die Arbeitsfläche des Küchenschranks gestellt hatte.

»Ich war an der Küste unterwegs. Das hatte ich dir geschrieben. Hast du die Nachricht nicht gesehen?«

»Die Nachricht schon, aber dich nicht.«

Geschäftig öffnete Doreen die Kühlschranktür, nahm Salami und Mortadella heraus und ordnete die Scheiben auf einem Teller an. Sie stellte die Wurst und eine Platte mit Käse auf den Tisch und setzte sich ebenfalls hin.

»Ich habe dich gesucht, aber du warst nirgendwo.«

Paulus suchte nach einem Ausweg. Er vermied es, Doreen anzusehen. Manchmal waren ihre Blicke scharf und spitz wie ein Dolch. »Ich brauchte Ruhe.«

Sie hob den Brotkorb an und hielt ihn ihrem Gast entgegen.

Er nahm ein Kürbiskernbrötchen und schnitt es mit dem Brotmesser durch. »Was nimmst du?«, fragte er in der Hoffnung, mit einem Gespräch über die liebsten Brotsorten vom gestrigen Abend ablenken zu können.

Doreen entschied sich für ein Rundstück, das mit Sesamkernen bestreut war, und nahm das Messer mit dem Wellenschliff aus seiner Hand entgegen. Plötzlich hob sie anklagend den Kopf.

»Du warst wie vom Erdboden verschluckt.«

»Nicht ganz«, erwiderte er betont leichthin. »Ich war am Brodtener Ufer, hab mich auf eine Bank gesetzt und aufs Meer geguckt.«

Er lehnte sich zurück. Das Bild, das sich ihm an der Steilküste dargeboten hatte, hatte er noch immer vor Augen. Es war eine der Visionen gewesen, die ihm geholfen hatten, all die Jahre in den trostlosen Wänden der JVA zu überstehen: eines Tages wieder am Meer zu sitzen, Ausblick zu haben, frei zu sein.

Die Lichter der Badeorte am Abend gaben der Lübecker Bucht etwas Heimeliges. Es war wie der Rest einer längst vergangenen heilen Welt. Einer der großen Pötte, die nach Skandinavien fuhren, war aus dem Hafen von Travemünde ausgelaufen. Später hatte er eine Fähre erspäht, die von der See Kurs auf den Hafen nahm.

Er selbst würde es nicht mehr schaffen, so eine Reise zu unternehmen. Doch allein der Anblick der stolzen Schiffe war ein Abenteuer, das Flügel verlieh.

Doreen kaute andächtig an ihrem Marmeladenbrötchen, schluckte den Bissen hinunter und schlürfte von ihrem Kaffee. Schließlich stellte sie die Tasse ab und zog die Stirn in Falten. »Du bist von der Seebrücke bis zur Hermannshöhe gelaufen?«

Er nickte.

»Das ist ein ganzes Stück. Schaffst du das noch?«

Er spürte den Unwillen in sich, Rechenschaft ablegen zu müssen. »Zwischendurch hab ich mich hingesetzt.«

»Ich habe dich angerufen, mehrmals. Kein einziges Mal hast du reagiert. Warum hast du dich nicht gemeldet? Warum hast du nicht zurückgerufen?«

Paulus fühlte sich an vergangene Zeiten erinnert. Er legte sein Brötchen aus der Hand. »Sag mal, willst du ein Verhör mit mir führen?«

»Darum geht es doch gar nicht«, erwiderte sie genervt. »Ich hatte wirklich Angst um dich.«

»Ich bin erwachsen, ich komme allein zurecht.« Er räusperte sich. »Entschuldige bitte den Ton. Ich hab das nicht so gemeint. Ich bin ein bisschen gereizt.«

Aus dem Augenwinkel sah er, wie ein älterer Herr das Nachbarhaus verließ und leicht humpelnd über den Rasen auf das Haus zuging, in dessen Hochparterre Doreens Wohnung lag. Der Mann hielt direkt auf die Küche zu. »Will der zu dir?«

Doreen stand auf und öffnete einen Flügel des Fensters. »Moin, Herr Jürgens. Alles klar soweit?«

»Jaja, ich wollt' nur mal gucken, ob hier alles in Butter ist.« Der Nachbar trat näher heran, krallte sich mit beiden Händen am Fensterbrett fest und schielte in die Küche hinein. »Moin, der Herr.«

Doreen streckte den Arm in Paulus' Richtung aus. »Da ist er nun, der Herr Olsen, mein Dauergast.«

»Dauergast, soso.« Jürgens nickte wissend. »Na, dann mal viel Glück.« Er blinzelte Doreen vertraulich zu und wandte sich wieder ab.

»Wie geht's Ihrer Frau?«

Jürgens blieb stehen. »Soweit ganz gut«, rief er Doreen über die Schulter zu. »Anfang der Woche werden die Fäden gezogen, und wenn alles gut läuft, kann ich sie am Mittwoch aus der Klinik abholen. Dann bin ich wieder komplett. Also, falls Sie mal Hilfe brauchen ...« Er hob die Arme, ließ sie fallen und ging zum Nachbarhaus zurück. Kurz darauf kam er mit einem Dackel an der Leine wieder heraus und humpelte zur Straße.

»War das Neugier«, fragte Paulus, »oder war das der übliche Morgenschnack zwischen euch Nachbarn?«

Doreen setzte sich wieder hin. »Lenk nicht ab. Ich muss wissen, wo du warst. Es ist wichtig.«

»Wichtig wofür?«

»Für – unser Zusammenleben?« Trotzig, fast provokant, und doch auch unsicher sah sie ihn an.

Da waren sie wieder, die Dolche in ihren Augen.

Einen Streit mit Doreen konnte er sich nicht leisten. Er hatte nicht die Kraft, sich eine eigene Wohnung zu suchen, und seine Anwältin wollte er nicht bemühen. Sie hatte ihn vorgewarnt, dass es schwierig werden könnte, und diesmal sollte sie nicht Recht behalten. Doreen und er, sie mussten sich aneinander gewöhnen. Das sollte doch zu schaffen sein. Für die paar Wochen, die ihm noch blieben ... Es war doch all die Jahre gutgegangen, wenn auch in einer völlig anderen Situation.

»Ich habe mein Handy ausgeschaltet, nachdem ich dir die Nachricht geschickt hatte. Ich wollte meine Ruhe haben. Es war alles ein bisschen zu viel für mich.«

»Du meinst, wir hätten mit der Party warten sollen?«

»Zum Beispiel.«

Tränen stiegen Doreen in die Augen. Sie schien selbst mit den Nerven fertig zu sein.

Ihm wurde heiß und kalt zugleich. Er streckte den Arm aus und griff nach ihrer Hand.

»Das sollte kein Vorwurf sein, Doreen. Ich weiß, du hast es gut gemeint. Aber nach diesen ersten Tagen in Freiheit war mir auf einmal danach, ganz alleine frei zu sein. Verstehst du das? Ich wollte niemanden um mich haben, mich nicht gut benehmen müssen, nicht gesehen, nicht beobachtet werden. Ich wollte ganz ich sein, allein mit der Natur, dem Himmel, dem Wald, der See ...«

»Ja, das verstehe ich. Nur dass ich mir große Sorgen gemacht habe, dass ich überlegt habe, wie du nach Hause kommst, hast du daran gar nicht gedacht?«

»Du wusstest doch, dass ich einen Schlüssel zu deiner Wohnung dabeihatte. Und Geld für ein Taxi hatte ich auch.«

»Und? Hast du ein Taxi genommen?«

»Nein, ich bin zu Fuß gegangen. Die Nacht war zu schön. Die Luft war diesig, sie roch süß und salzig zugleich. Dieser Duft war ... Er war unbeschreiblich.«

»Ich fand, es roch nach Brackwasser.«

Er lachte leise. »Auch Brackwasser hat seine Reize.«

Doreen hob den Deckel von der Kanne und sah hinein. »Noch einen Kaffee?«

Er nickte und hielt ihr seine Tasse hin. Sie schenkte ihm ein und stellte die Kanne ab.

Die Stille, die sich ausbreitete, wurde unangenehm.

Er sah sich nach dem Radio um, das auf dem Küchenschrank in seinem Rücken stand.

Doreen warf einen Blick auf die Uhr und stand auf. »Ich mach mal an. Gleich kommen Nachrichten.«

Paulus belegte die zweite Brötchenhälfte mit Salami, biss hinein und schloss die Augen. Die feinen Gewürze nahmen Besitz von ihm, sie weckten seine kulinarische Lebensfreude.

Die letzten Töne eines flotten Schlagers verhallten. Dann meldete sich die Moderatorin des lokalen Radiosenders mit den neuesten Meldungen des Tages.

»Der Seebrückenteufel hat offenbar wieder zugeschlagen. In den frühen Morgenstunden wurde am Strand von Travemünde die Leiche einer Frau ...«

Schlagartig wütete ein wildes, dumpfes Rauschen in Paulus' Schädel. Er ahnte die Stimme, die weitere Informationen zu der Tat verlas, doch bei dem Tosen in seinem Kopf verstand er kein Wort.

Der Stuhl, auf dem er Platz genommen hatte, um den Tag in Ruhe zu beginnen, verwandelte sich schlagartig in den Wagen einer Achterbahn. Mit beiden Händen krallte er sich am Sitz fest, um nicht hinausgeschleudert zu werden.

Eine Zeit verging. Er wusste nicht, wie lange er so gesessen hatte. Auch Doreen hatte sich nicht gerührt.

Auf einmal stand sie auf wie eine Marionette, von unsichtbarer Hand bewegt. Sie stellte das Radio aus.

»Kaja Monsun ist tot«, sagte sie mit halb erstickter Stimme.

»Kaja Mon...?«

Paulus' Stimme versagte.

Doreen legte ihm eine Hand auf die Schulter »Hab keine Angst, ich steh zu dir. Wir alle stehen zu dir, auch meine Freunde.«

»Aber ...« Er konnte keinen klaren Gedanken fassen, keinen Satz zu Ende sprechen. Nicht einmal mehr einen Anfang finden.

Doreen setzte sich hin, ihre Lippen bebten. »Hab keine Angst«, brachte sie noch einmal hervor. »Ich regle das.«

5

Zurück in der Dienstvilla, klopfte Molly zur Begrüßung an den Türrahmen von Bens Büro.

Er drehte sich nach ihr um. Seine Wangen glühten vor Eifer und machten seinem karottenroten Haar Konkurrenz. »Team-Besprechung?«, fragte er.

»Machen wir gleich. Lass Malte und mich nur schnell nachsehen, was wir in der Mailbox haben.«

»Okay, dann trag ich euch die Fakten vor, die ich bisher zum Fall des Seebrückenteufels gefunden hab.«

Molly nickte. »In fünf Minuten sind wir da.«

Sie und Malte stiegen die Treppe hinauf und zogen sich in ihre Büros zurück.

Molly fuhr ihren Rechner hoch und warf einen Blick in die Mailbox. Es war nichts darin, das mit dem neuen Fall zu tun hatte. Lediglich die Anfrage eines Journalisten, ob er ein Gespräch mit Molly führen dürfe. Arved Lenzen war sein Name. Sie hatte noch nie von ihm gehört. Sein Tonfall war freundlich und unaufdringlich. Sie würde ihm später antworten.

Im Erdgeschoss brodelte der Wasserkocher, und es klapperte Geschirr. Ben bereitete die Besprechung im Konferenzraum vor.

Molly schrak zusammen. Malte stand plötzlich hinter ihr. Sie hatte sein Eintreten nicht bemerkt.

»Bist du so weit?«, fragte er. Dann zeigte er mit dem Finger auf die Mail des Journalisten. »Wer ist das?«

»Weiß nicht. Ich kenne ihn nicht.« Molly drehte sich auf dem Stuhl herum. »Es ist eine Mail an mich persönlich.« Sie lächelte hoheitsvoll, stand auf und begleitete Malte nach unten in den Besprechungsraum.

Ben schenkte gerade die Tassen voll Tee.

Molly nahm Platz, legte ihren Block vor sich hin und balancierte den Kuli zwischen den Fingern.

»Erste Überlegungen gehen allgemein in die Richtung, dass wir es im Fall Kaja Monsun wieder mit dem Seebrückenteufel zu tun haben.«

»Wer stellt diese Überlegungen an?«, fragte Ben. »Die Presse, die Medien oder auch ihr? Ist das nicht eine Vorverurteilung des Mannes, der seine Strafe fast abgebüßt und ein Recht auf faire Ermittlungen hat?«

Molly stimmte ihm zu. »Du hast recht, Ben. Wir müssen die aktuelle Tat zuerst einmal mit den vorherigen vergleichen, um zu sehen, ob es weitere Übereinstimmungen gibt. Und selbst wenn das der Fall sein sollte, könnten wir es mit einem Nachahmungstäter zu tun haben.«

»Das meine ich doch.«

Malte hob den Finger, und Molly erteilte ihm das Wort. »Ich muss gestehen, dass ich zwar mal vom Seebrückenteufel gehört habe, aber nicht verfolgt habe, was seine Taten konkret ausgezeichnet hat.«

»Das wird sich gleich ändern«, sagte Ben. »Ich fange einfach mal mit dem an, was das Archiv mir heute Morgen freigegeben hat.«

Er sortierte noch einige Blätter, die er vor sich hingelegt hatte, rieb sich die Hände und legte los.

»Was ist passiert? In den Sommern der Jahre 2007 bis 2009 sind an den Stränden der Lübecker Bucht drei

Frauen durch eine Überdosis Gamma-Butyrolacton – abgekürzt GBL – ums Leben gekommen. Das Zeug ist auch bekannt als die Partydroge Liquid Ecstasy.«

Malte fuhr sich mit dem Finger an der Nase entlang. »Die Erläuterungen zum GBL kannst du überspringen.«

Ben sah kurz von seinen Unterlagen auf. »Ich wollt's nur der Vollständigkeit halber gesagt haben.« Er beugte sich wieder über das Papier. »Mit allen drei Frauen hatte der Täter kurz vor ihrem Tod Geschlechtsverkehr. Und bei allen dreien wurden Hämatome gefunden, die darauf schließen ließen, dass der Sex nicht gerade einvernehmlich stattfand.«

»Ganz schön leichtsinnig von Täter«, meinte Malte, »bei allen drei Frauen seine DNA so eindeutig zu hinterlassen.«

Ben deutete dezent mit einer Hand auf ihn. »Warte ab, was das Archiv dazu hergegeben hat.«

Molly erinnerte sich nur zu gut an die Berichte über die Aussagen des Mannes vor Gericht. »Der Täter hat im Prozess beteuert, dass er bei keiner der Frauen einen Mord geplant hatte.«

»Um das mal abzukürzen«, warf Malte ungeduldig ein, »wie wurde Paulus Olsen eigentlich überführt?«

»Das erfährst du gleich«, erwiderte Ben seelenruhig. »In den Jahren, in denen die Taten verübt wurden, war Olsen im Labor eines Chemie-Unternehmens beschäftigt. Ein Kollege von ihm bemerkte, dass aus dem Lager GBL entfernt worden war, ohne dass jemand dokumentiert hätte, wofür es verwendet wurde. Außerdem war ihm aufgefallen, dass Olsen jedes Mal am Tag eines Leichenfundes und in der Zeit danach völlig übermüdet, abwesend und fahrig wirkte, als fände er keinen Schlaf.«

Malte lehnte sich zurück und krauste die Stirn. »Der Mann wollte wohl cool auftreten, war aber nicht cool genug, um mit den Taten zu leben.«

Molly schüttelte unwillig den Kopf. »Wie er erscheinen wollte und wie er sich gefühlt hat, wissen wir nicht. Dazu kann nur er selbst Stellung nehmen.«

Ben fuhr fort. Dabei hob er die Stimme, als wollte er Malte mit einer kräftigeren Tonlage dazu veranlassen, zu schweigen und zuzuhören.

»Als der Kollege des Täters die nicht dokumentierte Entnahme von GBL und die innere Unruhe des Mannes auch nach dem Fund der dritten Toten bemerkte, wandte er sich an die Polizei. Befragungen der damals zuständigen Ermittler im Umfeld der ermordeten Frauen ergaben, dass zumindest beim dritten Opfer in den Tagen vor der Tat eine Verbindung zu Paulus Olsen bestanden hatte. Drei Fakten waren also gegeben: Olsen hatte freien Zugang zu dem GBL, er hatte telefonischen Kontakt zu einem der Opfer, und ein Eintrag im Terminkalender dieser Frau ließ darauf schließen, dass sie am Abend ihres Todes mit Olsen verabredet war. Daher galt er als dringend der Tat verdächtig. Eine DNA-Analyse bewies schließlich, dass das Sperma, das bei allen drei Frauen sichergestellt wurde, von ihm stammte.«

»Von den Medien«, erinnerte Molly sich, »wurde das damals hoch dramatisiert. Es wollten sich sogar Bürgerwehren zusammentun, um alleinstehende Frauen um die Vierzig in der Nachbarschaft zu schützen. Olsen war zu der Zeit einundvierzig Jahre alt, und er hatte sich immer mit Frauen seines Alters verabredet.«

»Was ungewöhnlich ist«, sinnierte Malte. »Meist suchen ältere Männer sich jüngere Frauen.«

»So alt ist man mit Anfang vierzig ja nun auch noch nicht«, protestierte Molly.

Benjamin, der mit Abstand jünger war als Molly und Malte, grinste amüsiert. »Paulus Olsen behauptete im Gerichtsverfahren, er habe den Frauen das Liquid Ecstasy nicht verabreicht. Er blieb beharrlich bei der Aussage, sie hätten es selbst zu den Treffen mitgebracht und aus freien Stücken zu sich genommen. Er hat den Sex mit den Frauen gestanden, hat aber immer behauptet, er habe mit allen Frauen einvernehmlich stattgefunden.«

Malte wedelte heftig mit seinem Bleistift herum. »Das steht aber im Widerspruch zu den Hämatomen, die bei den Opfern festgestellt wurden.«

»Nicht unbedingt«, widersprach Ben.

»Ich erinnere mich«, sagte Molly. »Olsen hat geschildert, dass die Frauen sich gewehrt hätten, dass dies aber Teil des Spiels gewesen sei, das seine Partnerinnen und er im Rausch miteinander gespielt hätten.«

Malte zog die Nase kraus. »Was sind denn das für Spielchen?«

Molly zuckte mit den Schultern. »Bei Begegnungen dieser Art sind die Geschmäcker nun mal verschieden. Der eine träumt von Romantik, der andere von Gewalt. Und oftmals werden die individuellen Wünsche schon vor der ersten Verabredung deutlich geäußert.«

»Wie bitte?«, fragte Malte künstlich echauffiert.

»Olsen«, erklärte Ben, »hat vor Gericht ausgesagt, er habe sich mit den Frauen über ein Internet-Portal verabredet. Seine Partnerinnen und er hätten eine ausgelassene, ungewöhnliche Nacht am Strand erleben wollen.«

»Inklusive Gewalt?«, fragte Malte. »Und mit Teufelsmasken? Letzteres erinnert mich an Karneval.«

»Du gibst das Stichwort«, sagte Ben. »Die Teufelsmasken waren der größte Schwachpunkt der Aussagen von Olsen und der gesamten Verteidigungsstrategie. An den ersten Prozesstagen hat der Angeklagte dazu nichts gesagt. Dann meinte er plötzlich, er hätte sie in Absprache mit den Frauen mitgebracht. Sie gehörten angeblich zu den verabredeten Spielchen dazu.«

»Ja«, sagte Molly. »Mit der Erklärung kam er auf einmal an. Vom Gericht wurden diese Aussagen stark in Zweifel gezogen.«

Ben ordnete seine Unterlagen, legte sie auf den Tisch und faltete seine Hände darüber. »Die Tatsache, dass Paulus Olsen jedes Mal kurz vor einer Tat eine ausreichende Menge GBL aus dem Labor seines Arbeitgebers entwendet hatte, die festgestellten Hämatome bei den Leichen der Frauen und die Teufelsmasken auf ihren Gesichtern führten am Ende dazu, dass ihm die Taten als geplante Morde angelastet wurden und dass er eine lebenslange Freiheitsstrafe erhielt.«

Molly beobachtete eine Schar Möwen, die laut kreischend über dem Brunnen im Garten der Villa schwebten. »Olsen war zum Zeitpunkt der Taten drogenabhängig. Seine Anwältin hat versucht, ihren Mandanten für die Jahre, in denen er die Taten begangen hatte, für unzurechnungsfähig erklären zu lassen. Da ihm aber der Diebstahl des GBL zur Last gelegt wurde, der jedes Mal einiges an Planung und Geschick erforderte, ist sie damit nicht durchgekommen.«

Ben schob seine Unterlagen zur Seite und nahm einen Block hervor, auf dem er bereits einiges notiert hatte. Auf der linken Seite des Blattes standen Stichpunkte, die die früheren Taten charakterisierten. Er zog einen senkrechten Strich, um auch die rechte Spalte zu füllen. »Was wissen wir über den aktuellen Fall?« Erwartungsvoll guckte er seine Kollegen an.

»Das hervorstechendste Merkmal«, begann Molly, »ist wieder die Teufelsmaske, ein rotes Gesicht mit schwarzen Haaren und schwarzen Hörnern.«

»Und mit Vampirzähnen.« Malte schüttelte sich. »Selbst für Karneval wäre mir das zu scheußlich.«

Ben zeigte mit dem Kuli auf ihn. »Womit wir wieder bei der Geschmacksfrage wären.«

Molly wandte sich an Ben. »Hast du zufällig Fotos der Masken zur Hand, die bei den früheren Opfern gefunden wurden?«

»Zufällig ja.« Ben nahm sein Smartphone hervor und suchte nach Bildern, die er darauf gespeichert hatte.

Molly nahm das Handy entgegen und betrachtete die Bilder genau. Malte rückte mit seinem Stuhl dicht neben sie und warf ebenfalls einen Blick darauf.

Auch die damals verwendeten Masken waren in Rot und Schwarz gehalten, doch waren die Gesichtszüge der Fratzen und die Hörner anders gestaltet als bei der Maske, die der Täter Kaja Monsun aufgesetzt hatte.

Molly gab Ben das Mobiltelefon zurück. »Die unterschiedliche Gestaltung kann den Jahren geschuldet sein, die zwischen den Taten liegen. Die Masken der ersten drei Opfer stammen anscheinend aus derselben Produktionslinie. Vermutlich gibt es die heute gar nicht mehr.«

»Oder«, sagte Ben, »der Täter von heute ist ein anderer als der von damals. Er hat eine andere Bezugsquelle genutzt.«

»Oder so«, sagte Molly. »Viel wichtiger als die Teufelsmaske scheint mir aber die Tatwaffe zu sein. Und da haben wir einen gravierenden Unterschied. Auch wenn wir die Tatwaffe noch nicht genau kennen, wissen wir, dass Kaja Monsun nicht durch die tödliche Dosis einer Partydroge ums Leben kam, sondern durch gewaltsame Einwirkung mit einem scharfkantigen Gegenstand. Dahinter vermute ich ein völlig anderes Motiv, als es bei den früheren Taten vorlag.«

»Was auch auf völlig unterschiedliche Täter hindeuten könnte?«, fragte Ben.

»Nicht unbedingt«, brachte Malte spontan hervor.

Molly war in sich gespalten. Die Versuchung, Olsen einen vierten Mord zuzusprechen, war groß. Gleichzeitig erschien es ihr zu billig, voreilige Schlüsse zu ziehen. »Malte, was veranlasst dich dazu, den Täter von damals auch hinter der aktuellen Tat zu sehen?«

»Um es geradeheraus zu sagen: die Teufelsmaske. So was hat man nicht zufällig dabei, es fliegt einem auch nicht plötzlich zu. Man muss sie gezielt beschaffen. Und wer geht mit so was an den Strand?«

»Noch dazu im September«, pflichtete Ben ihm bei. »In einem Monat, der mit Karneval so viel zu tun hat wie Schwimmflossen mit einer Bergbesteigung.«

»Und in einer Region, in der es Karneval im Prinzip gar nicht gibt«, schob Malte hinterher. »Dass Kaja Monsun nicht an Liquid Ecstasy starb, ist insofern logisch, als Paulus Olsen nicht mehr bei dem Chemieunternehmen beschäftigt ist. Woher sollte er sich das Zeug so kurz nach seiner Freilassung beschaffen?«

»Oh«, sagte Molly, »da gäbe es Wege.«

Malte schüttelte energisch den Kopf. »Mich bestärkt die abweichende Tatwaffe nur in meiner Ansicht, dass alle vier Todesfälle von Olsen geplant waren.«

»Um jemandem eine Tat nachzuweisen«, gab Ben zu bedenken, »müssen wir zunächst das Motiv finden, aus dem heraus er gehandelt hat. Wir können nicht einfach Olsens Namen aus dem Ärmel schütteln und sagen: So, Herr Staatsanwalt, der Typ hier, der war's. Der hatte nämlich schon mal was mit Teufelsmasken.«

»Das Stichwort lautet ›Unschuldsvermutung‹«, sagte Molly. »Jeder hat ein Anrecht darauf, bis zum Beweis des Gegenteils. Was wir vor allem brauchen, sind weitere Informationen. Wir müssen wissen, ob Kaja Monsun vor ihrem Tod Sexualverkehr hatte.«

»Wir brauchen also das Ergebnis der forensischen Untersuchung«, stellte Malte fest.

Molly guckte auf den Kalender an der Wand. »Wir müssen mit Olsen reden. Als erste Amtshandlung morgen früh rufe ich seine Anwältin an.«

Malte schob seinen Stuhl zurück. »Wieso das? Wir können doch auch ohne sie mit ihm sprechen.«

»Mir ist lieber, sie ist dabei. Es gab viele Ungereimtheiten beim damaligen Prozess. Parallel zu dem Hass, der sich in den Medien über Olsen ergoss, haben etliche Zeitungsredaktionen sich ausgiebig darüber ausgelassen, wie unprofessionell die Ermittler in dem Fall vorgegangen sind. Ich möchte auf keinen Fall von der Presse als Kommissarin verrissen werden, die schlampig arbeitet und mit Vorurteilen behaftet ist.«

Malte stand stöhnend auf. »Okay. Gratulation zu deinen guten Vorsätzen. Du weißt hoffentlich, was du dir damit antust.«

Molly lächelte überlegen. »Vor allem weiß ich, was ich mir nicht antue.«

6

Molly half Ben, das Teegeschirr in die Küche zu bringen. Er öffnete die Klappe des Geschirrspülers und begann damit, die Teller und Tassen einzusortieren.

Molly schob ihn sanft zur Seite. »Danke, Ben, aber du musst hier nicht die Küchenfee spielen. Fahr ruhig nach Hause und genieß die letzten Stunden dieses Wochenendes. Die nächsten Tage werden anstrengend genug.«

»Wenn du meinst?« Ben sah sich noch einmal um, dann verabschiedete er sich von Molly.

Nach ihm betrat Malte die Küche. Allerdings nicht, um Molly beim Aufräumen zu helfen, sondern um ihr mit verschränkten Armen dabei zuzusehen.

»Und du?«, fragte er. »Was hast du heute noch vor? Wartet dein Göttergatte auf dich?«

»Er und Janna«, erwiderte Molly reserviert. »Und Arved Lenzen, der wartet auf meinen Rückruf.«

»Jetzt?« Malte schob den Ärmel des Sweatshirts zurück und sah demonstrativ auf die Uhr.

»Jetzt.« Molly verließ die Küche, knuffte Malte im Vorbeigehen gegen den Arm und stieg mit festen Schritten die Treppe hinauf. Sie schloss die Tür ihres Büros hinter sich und setzte sich auf den Drehstuhl.

Maltes Neugier war ihr nicht geheuer. Er hatte inzwischen geschluckt, dass Ole als fester Bestandteil in ihr Leben zurückgekehrt war. Aber sie wurde das Gefühl nicht los, dass er immer noch auf ein Wunder hoffte, und er konnte nur schwer verhehlen, dass es ihn störte, wenn ihr im Berufsleben andere Männer nahekamen als er selbst und Ben.

Sie hatte gelernt, über seine Annäherungsversuche zu lächeln. Aber würde er jemals akzeptieren, dass sie weiter nichts für ihn empfand als kollegiale Zuneigung? Sein Blick und sein Tonfall gerade eben, als es um das Telefonat mit Arved Lenzen ging, sprachen Bände.

Im schlimmsten Fall würde er sich in ein anderes Team versetzen lassen müssen. Doch Molly hoffte, dass es so weit nie kommen würde. Sie waren beide alt genug, um unverkrampft mit der Situation umzugehen.

Sie rückte mit dem Stuhl an ihren Schreibtisch heran, suchte im Eingangsordner die Mail mit den Kontaktdaten des Journalisten heraus und wählte seine Nummer.

»Arved Lenzen«, meldete er sich.

Die Stimme klang sonor und geschmeidig wie die eines Mannes, der darin geübt war, im Dialog mit fremden Menschen sofort eine Vertraulichkeit herzustellen.

»Molly Bleck, SoKo Mysterious. Störe ich gerade?«

»Nein, überhaupt nicht. Guten Abend, Frau Bleck. Eher müsste ich Sie fragen, ob es nicht ein bisschen aufdringlich war, Ihnen heute zu schreiben. Ich hätte damit auch bis morgen warten können. Als ich die Mail an Sie abgeschickt habe, habe ich überhaupt nicht daran gedacht, dass heute Sonntag ist. Für uns Journalisten ist das ja meist ein normaler Arbeitstag, sonst würden die Seiten der Tageszeitungen am Montag lediglich aus unbedruckten Blättern bestehen.«

Molly schmunzelte. »Ich hatte selbst fast ein schlechtes Gewissen, Sie heute noch anzurufen. Aber Ihre Mail hat mich neugierig gemacht.«

»Ich müsste lügen, wenn ich behaupten wollte, dass mir das leidtut.«

Arved Lenzen verstand es hervorragend, Molly gleich für sich einzunehmen. Sie musste sich in Erinnerung rufen, dass sie seine Nummer nicht gewählt hatte, um sich an diesem Sonntag, der auch für sie zu einem Arbeitstag geworden war, einer Charmeoffensive hinzugeben.

Sie schaltete in der Tonart um von zuvorkommend-freundlich auf sachlich-höflich.

»Sie haben mir wegen des Todes von Kaja Monsun geschrieben. Und wenn ich nicht zu viel in den schmalen Raum zwischen den Zeilen hineininterpretiert habe, haben Sie eine Information für mich.«

»Der gewaltsame Tod der Kollegin war ein Schock für alle, die in der Branche tätig sind. Innerhalb kürzester Zeit hat sich herumgesprochen, was geschehen ist.«

Lenzens Tonfall war auf einmal reserviert, seine Stimme klang belegt. Er räusperte sich.

»Haben Sie selbst mit Frau Monsun zusammengearbeitet?«, tastete Molly sich vorsichtig an das Thema heran. Noch wusste sie nicht, worauf Arved Lenzen mit diesem Telefonat hinauswollte.

»Wir haben nicht direkt zusammengearbeitet, aber ich kenne sie trotzdem ganz gut. In unserem Beruf läuft man sich zwangsläufig mit schöner Regelmäßigkeit über den Weg, und ich habe mich das eine oder andere Mal mit ihr über Themen und Geschehnisse ausgetauscht, über die wir unabhängig voneinander für verschiedene Medien berichtet haben. Dabei habe ich gewisse Einblicke in ihr Leben erhalten.«

»Gewisse Einblicke, das klingt interessant, aber auch geheimnisvoll. Können Sie konkreter werden?«

»Gerne. Dazu möchte ich allerdings eine Vereinbarung mit Ihnen treffen. Ich hatte es in der Mail schon angedeutet.«

»Es geht um die Geheimhaltung.«

»Ich hätte gern, dass alles, was ich Ihnen sage, unter uns beiden bleibt.«

Molly zögerte mit der Antwort. »Ich weiß nicht, ob ich Ihnen das so blind zusagen kann. Es kommt darauf an, worum es geht. Wenn es Informationen sind, die zur Lösung des Falles beitragen könnten, muss ich mit meinen Kollegen darüber sprechen. Um zu wissen, ob sie für diesen Fall relevant sind, muss ich tiefer in die Materie eintauchen, und auch das geht nur im Team, weil ...«

»Frau Bleck«, unterbrach Lenzen sie. »Lassen Sie es mich anders ausdrücken. Ich verfüge über Informationen, die Sie auf eine gewisse Spur führen können. Ob es eine heiße Spur zum Auffinden des Mörders von Kaja Monsun ist, kann ich nicht sagen. Das zu beurteilen überlasse ich Ihnen. Ich trete in diesem Fall allerdings als eine Art Nestbeschmutzer auf. Und wenn herauskommt, von wem Sie die Informationen haben, kann ich mir einen Job als Totengräber suchen. Sie werden verstehen, dass ich das um jeden Preis vermeiden will.«

»Natürlich.« Molly knabberte an ihrer Unterlippe, lehnte sich zurück und drehte sich auf ihrem Stuhl hin und her. Sollte sie sich darauf einlassen, oder begab sie sich in eine Grauzone?

»Frau Bleck, sind Sie noch dran?«

»Ja, das bin ich. Herr Lenzen, wir tasten uns einfach Schritt für Schritt heran und gucken, in welche Richtung das führt. Ich denke, wir sollten uns so bald wie möglich treffen.«

»Unter vier Augen?«, fragte er fordernd.

Molly seufzte. »Ja, unter vier Augen. Am besten ...«

Ein kaum hörbares Klopfen an der Tür ließ sie verstummen. Sie ahnte, wer es war, der seine Neugier nicht zügeln konnte, und drehte sich um.

Malte hatte die Tür geöffnet. Er stand im Türrahmen, als wäre das sein Stammplatz. Fragend guckte er sie an und nickte ihr dabei zu, als wollte er sagen: ›Nun leg schon los, worüber redet ihr, der Lenzen und du?‹

»Moment mal eben, Herr Lenzen. Bin gleich wieder bei Ihnen.«

Sie legte eine Hand über das Mikrofon ihres Handys. »Was gibt's?«, fragte sie unwirsch.

»Ich wollte dich nur hinausbegleiten.«

»Es dauert noch einen Augenblick, Malte. Geh ruhig nach Hause. Ist lieb von dir, aber ich finde nachher alleine hinaus.«

Malte hob die Achseln und ließ sie wieder sinken. »Wie du meinst.« Er machte kehrt, ließ die Tür offen stehen und stolzierte davon.

»Mach bitte die Tür zu«, rief Molly ihm hinterher.

»Wozu, wenn niemand mehr im Haus ist, der dich hören kann?«

Malte stapfte die Stufen hinunter, ging mit energischen Schritten durch den Flur und ließ die Haustür laut ins Schloss fallen.

Molly stand auf. Malte war wirklich hinausgegangen. Obwohl sie nun allein in der Dienstvilla war, schloss sie die Bürotür wieder hinter sich. Sie ließ sich seitlich zum Schreibtisch auf dem Drehstuhl nieder, zog einen weiteren Stuhl heran und legte die Füße darauf. In dieser Position hatte sie die Bürotür stets im Blick.

»Sind Sie noch dran, Herr Lenzen?«

»Na klar, so schnell verschwinde ich nicht.«

Molly hörte das verschmitzte Schmunzeln aus seinen Worten heraus. »Entschuldigen Sie bitte, dass ich Sie so lange abgehängt habe. Ich musste mit meinem Kollegen etwas klären.«

»Darf ich raten? Er wollte wissen, mit wem Sie telefonieren und worüber Sie reden.«

Molly verzog müde die Mundwinkel. »Wann und wo treffen wir uns? Schlagen Sie was vor.«

»Wie wär's mit dem Priwall?«

»Gute Idee. Wo da?«

Molly fielen die Hotels und Gastronomiebetriebe ein, die sich in den vergangenen Jahren dort etabliert hatten.

»Kennen Sie den Rosenhof?«, fragte Lenzen.

»Die Seniorenwohnanlage?«

»Genau die meine ich. Es wohnen nicht zufällig Verwandte von Ihnen da?«, sicherte Lenzen sich ab.

»Nein, ich kenne die Anlage nur von außen. Sie ist ja nicht zu übersehen.«

»Treffen wir uns dort im Restaurant? Es ist auch für auswärtige Gäste geöffnet, die am Nachmittag den Anblick der Fähren und Jachten auf der Trave bei Kaffee und Kuchen genießen wollen.«

»Super Idee. Dann kann ich mich schon mal davon überzeugen, ob ich in dreißig Jahren da einziehen will.«

Arved Lenzen lachte. »Das können Sie tun. Hängen Sie bei der Gelegenheit am besten gleich eine Hausbesichtigung dran. Auf jeden Fall werden wir zwei uns in der Anlage völlig unbeobachtet von Kripobeamten und neugierigen Journalisten unterhalten können.«

»Da bin ich ganz sicher.«

»Dann brauchen wir nur noch einen Termin.«

Den hätte Molly vor lauter Verwunderung über den ungewöhnlichen Treffpunkt fast vergessen.

»Lassen Sie uns nicht zu lange warten. Morgen und Dienstag werde ich allerdings voll und ganz mit den ersten Befragungen beschäftigt sein. Wie wär's mit Mittwochnachmittag? Den müsste ich mir nach derzeitigem Stand der Dinge freischaufeln können.«

»Das passt. Fünfzehn Uhr?«

»Abgemacht.« Molly notierte die Uhrzeit auf ihrer Schreibtischunterlage, ohne den Ort des Treffens dazuzuschreiben.

Lenzen verabschiedete sich von ihr, und sie speicherte die Verabredung nun auch in ihrem Smartphone.

Sie legte das Mobiltelefon weg, verschränkte die Hände hinter dem Kopf und schloss die Augen.

Lenzen hatte etwas an sich, das sie faszinierte, ohne dass sie sagen konnte, was es war. Seine Stimme wirkte, sie strahlte etwas Angenehmes aus.

Sie beschloss, ihr berufsbedingtes Misstrauen gegenüber Pressevertretern zu überdenken. Die Welt wimmelte nicht nur vor Journalisten, die die Kripo kritisierten und jeden Fehler bei den Ermittlungen aufspüren wollten. Es gab auch Vertreter dieses Berufsstandes, die die Polizei unterstützten.

Aber sie konnte Malte dieses Telefonat nicht gänzlich unterschlagen. Irgendetwas musste sie ihm sagen.

Sie speicherte den Termin noch in ihrem Team-Kalender, schloss ihr Mail-Programm, fuhr den Rechner herunter und öffnete die Bürotür.

Von den Treppen hallte ihr ein Knistern und Knarzen entgegen. Sie wusste, dass es das Holz war, das arbeitete. Gerade zum Abend hin war das der Fall, wenn die Temperaturwechsel, die sich draußen vollzogen, sich auch im Haus bemerkbar machten. Doch wenn sie alleine hier drinnen war und diese Geräusche hörte, überzog eine Gänsehaut ihren Nacken und ihre Arme. Dann glaubte sie, dass die unsichtbaren Geister früherer Bewohner dieser Villa in dem alten Gemäuer umgingen.

Sie beeilte sich, das Haus zu verlassen, und schloss die Tür zweimal hinter sich ab.

Im Wagen, auf dem kurzen Weg zu Ole und Janna am anderen Ende von Timmendorf, rief sie Malte an.

Er meldete sich nur mit seinem Nachnamen, als hätte er ihre Nummer nicht erkannt.

»Ich bin's, Molly. Bitte sei mir nicht böse wegen vorhin. Der Lenzen hat mir erzählt, wie schockiert alle Kollegen über den Tod von Kaja Monsun sind. Ich denke, dieser Fall hat für Journalisten eine ähnliche Wirkung wie für uns ein Polizistenmord. In manchen Branchen hängt man einfach enger zusammen als in anderen.«

»Ach, und um dir das anzuhören, musstest du dich quasi in Klausur begeben?«

Molly merkte, auf wie dünnem Eis sie sich bewegte. Sie durfte nicht vergessen, dass Malte eine Spürnase war wie sie selbst. So trat sie die Flucht nach vorne an.

»Lenzen möchte mich unter vier Augen sprechen, er möchte mich allein irgendwo treffen. Es kann sein, dass er eine Information für uns hat. Das will er aber nicht an die große Glocke hängen. Mehr kann ich dazu im Moment nicht sagen. Aber ich verspreche dir, ich mache keine Alleingänge, die gegen die Vorschriften sind.«

»Wenn du meinst.« Malte stellte das Autoradio ab. »Ich bin jetzt zu Hause und gönne mir gleich ein gepflegtes Bier – wenigstens das. Wir sehen uns morgen früh zu gewohnter Zeit. Dir an diesem Sonntag, der so ganz anders verlief, als wir uns das vorgestellt hatten, noch ein paar gemütliche Stunden.«

Er betonte das Wort ›gemütliche‹ über Gebühr.

Molly schluckte. Was sollte sie tun?

»Malte?«

»Ja?«

»Vertraust du mir?«

Nie hätte Molly geglaubt, dass sie diese Frage jemals einem Kollegen, mit dem sie eng zusammenarbeitete, würde stellen müssen.

Malte ließ sich Zeit mit der Antwort.

»Ja«, sagte er endlich, »ich denke schon.« Er atmete zweimal tief ein und aus. »Doch, natürlich, Molly, ich vertraue dir.«

7

Noch einmal zählte Doreen die blauen Häkchen nach. Jeder, der gestern Abend bei der Begrüßungsparty für Paulus dabei gewesen war, hatte ihre Nachricht erhalten: ›Punkt 18 Uhr bei mir. Dringend!‹

Die Aufforderung war unmissverständlich, alle hatten sie gelesen, und niemand hatte geantwortet, er könne nicht kommen.

Inzwischen war es zehn Minuten nach sechs. Warum war noch niemand hier?

Unruhig tigerte Doreen in ihrem kleinen Wohnzimmer auf und ab. Vier Schritte bis zur Schrankwand, vier Schritte zum Fenster. Ein Blick hinaus. Enttäuschung. Vier Schritte zur Schrankwand, vier zum Fenster ...

Paulus hatte die Flucht ergriffen. Es war schwieriger mit ihm, als sie es sich ausgemalt hatte. Vor einer Stunde, als er die Tür hinter sich zugeschlagen hatte, war ihr ein Gedanke gekommen, der sie so bald nicht mehr loslassen würde: Wäre es nicht besser gewesen, es bei einer Freundschaft ohne große Verantwortung zu belassen, bei einer gelegentlichen Hilfestellung? Wenn Paulus sich weiterhin so hielt, wie er es seit dem Nachmittag tat, war sie um eine Enttäuschung reicher.

Wieder drückte Doreen die Stirn gegen die Fensterscheibe, und endlich entdeckte sie Lissi. Sie ging in die Diele und erreichte die Wohnungstür in dem Moment, als ihre Freundin an der Haustür klingelte.

Lissi stolperte die fünf Stufen zum Hochparterre hinauf und trat ein. Sie hauchte Doreen einen Kuss an der Wange vorbei und lief weiter ins Wohnzimmer. Dort plumpste sie auf das verschlissene Sofa, auf dem auch Doreen immer saß.

Irritiert guckte sie auf den Wohnzimmertisch. »Wozu all die Zettel und die Kugelschreiber?«

Doreen blieb stehen in der Hoffnung, dass auch der Rest des Kreises gleich eintreffen würde. »Das erzähl ich euch, wenn ihr alle hier seid.«

Erneut klingelte es.

Diesmal war es Tina. Sie brachte ihren Schützling mit, Alex. Doreen hatte darauf gehofft, dass der ehemalige Mithäftling von Paulus ihre Freundin begleiten würde. Schließlich hatte auch er an der Party gestern Abend teilgenommen, und wenn die Kripo erfuhr, wer zu den Gästen zählte, würde er einer der Ersten sein, die sie verdächtigen und befragen würden.

»Wo habt ihr Sandra gelassen?«, fragte Doreen.

Lissi und Tina zuckten mit den Schultern.

Kurzentschlossen rief Doreen die noch fehlende Vierte im Bunde an.

»Ich bin gleich bei dir«, meldete Sandra sich. »Zwei Minuten. Ich steh schon fast vor der Tür.«

So abrupt, wie Sandra sich gemeldet hatte, legte Doreen auf. Sie warf das Smartphone aufs Sofa und ging in die Küche. »Sandra kommt gleich«, informierte sie die anderen. »Ich hol schon mal Wasser und Saft für alle.«

»Willst du uns nicht verraten, warum du uns zusammengetrommelt hast?«, fragte Tina.

»Gleich, wenn alle hier sind. Ich hab keine Lust, alles zweimal zu erklären.«

Sie kehrte mit zwei Flaschen Mineralwasser unterm Arm und einer großen Karaffe mit Orangensaft zurück.

Tina nahm ihr die Getränke ab und stellte sie auf den Tisch. »Jeder nimmt sich einfach, was er will. Ich hab im Moment keinen Durst. Ich würde jetzt gerne erfahren, was sich heute Abend hier abspielen soll.«

Es klingelte ein drittes Mal. Doreen atmete erleichtert auf. Gleich würden sie vollzählig sein, und dann konnte sie endlich die Dinge besprechen, die so dringend zu regeln waren.

Verlegen betrat die sonst so selbstsichere Sandra das Wohnzimmer. »Tut mir leid, die Verspätung. Mit dem Essen hat's ein bisschen gedauert. Aber nun bin ich da.«

Sie hockte sich auf einen der zwei Klappstühle, die Doreen zu dem gepolsterten Zweisitzer und dem Sessel gestellt hatte, schlug die Beine übereinander und guckte ebenso erstaunt auf die Blätter und Stifte wie die anderen Gäste zuvor.

»Was wird das hier? Ein Poesiewettbewerb?«

Doreen kniff die Lippen zusammen. »Mit ist gerade nicht zum Spaßen zumute.« Todernst blickte sie einen nach dem anderen an. »Ihr wisst, was in der Nacht passiert ist.«

Alex lachte. »Die vorlaute Schnepfe von der Presse ist tot. Mausetot.« Er machte eine Handbewegung, die den anderen zeigte, wie wenig ihn der Tod der umstrittenen Journalistin berührte.

»Wir müssen jetzt alle zusammenhalten«, sagte Doreen. »Wirklich alle. Für Paulus steht viel auf dem Spiel. Wenn wir ihm jetzt nicht helfen, wenn wir nicht zusammenstehen ...«

Ihre Stimme versagte.

Alex, der neben Sandra auf seinem Klappstuhl mehr hing als saß, richtete sich auf.

»Moment mal, Doreen. Vielleicht erklärst du uns zuallererst, worum es genau geht und was wir damit zu tun haben sollen.«

Doreen wurde blass. Ihre Blicke fixierten Alex. »Ich denke, das dürfte allen Anwesenden klar sein.«

Sie schenkte sich Orangensaft ein und mischte ihn mit Wasser. Ihre Hand zitterte, als sie das Glas zum Mund führte.

Sie hatte damit gerechnet, dass dieses Treffen nicht einfach werden würde. Es war ihr von Anfang an klar gewesen, dass Alex, den sie so wenig ausstehen konnte wie er sie, Probleme machen könnte.

Alex wartete, bis sie das Glas wieder abgestellt hatte.

»Doreen«, sagte er mit gespielter Freundlichkeit, »hör mir mal zu.« Er lehnte sich zurück, atmete geräuschvoll ein und tat, als würde er dabei nachdenken. »Wir hatten gestern Abend eine Party. Paulus war mit dabei. Nach einiger Zeit hatte er genug von uns. Er ist abgedampft, hat sich verdünnisiert.« Er unterstrich seine Worte über das Verschwinden von Paulus mit einer Geste, als wollte er eine lästige Fliege mit der Hand verscheuchen. »Wir haben noch das eine oder andere Bierchen getrunken. Dann sind wir irgendwann nach Hause gegangen. Und heute Morgen war die Journalistin tot. Zufällig lag die Leiche an der Stelle, an der unsere Party stattgefunden hat. So was passiert. Irgendwo müssen Leichen nun mal liegen. Aber, Doreen, was haben wir damit zu tun?«

Doreen versuchte, ruhig zu atmen und ihrer Stimme einen festen Ton zu geben. »Du hast von den Umständen gehört, unter denen Kaja Monsun gefunden wurde.«

»Wer hat das nicht?«, fragte Alex zurück. »Die ganze Lübecker Bucht weiß inzwischen, was Sache ist.«

Doreen wurde wütend. Sie rutschte auf die Sofakante vor, streckte den Arm aus und zeigte mit dem Finger auf Alex. »Als die Leiche gefunden wurde, hat sie eine Teufelsmaske getragen. Und wer von uns hat auf der Party auf einmal so eine Maske hervorgeholt? Warst das nicht du?«

Alex hob abwehrend die Hände. »Das war doch nur Spaß. Ich wollte Paulus ein bisschen foppen. Ist mir auch gelungen, wie ihr gesehen habt.«

»Ich habe eine Willkommensfeier für Paulus organisiert«, betonte Doreen weinerlich. »Und du hast ihn mit der Maske vertrieben. Das war kein Spaß. Es war abscheulich, was du dir geleistet hast. Stell dir vor, du wärst an seiner Stelle gewesen. Was hättest du dann gemacht? Wärst du nicht auch verärgert weggegangen?«

»Das geht mir zu weit, Doreen«, bremste Tina sie aus. »Um Alex geht es heute nicht. Was erwartest du jetzt von uns? Sollen wir Paulus ein Alibi geben? Sollen wir die Polizei belügen?«

Doreen wurde heiß, ihr Kopf fing an, zu glühen. Sie würde um die Ehre ihres Schützlings Paulus genauso leidenschaftlich kämpfen, wie Tina es für Alex tat.

»Das hat mit einer Lüge nichts zu tun«, beschwichtigte sie ihre Mitstreiterin. »Als wir die Prisoners' Angels gegründet haben, haben wir uns geschworen, dass wir gemeinsam durch dick und dünn gehen werden. Uns war klar, dass es ab und zu Probleme geben würde. Jetzt haben wir eins, aber wo bleibt eure Solidarität?«

Lissi deutete auf die Blätter und Kulis auf dem Tisch. »Wozu hast du uns das da hingelegt?«

»Hört zu«, sagte Doreen.

Sie sammelte sich. Jetzt kam es darauf an, die Frauen auf ihre Seite zu ziehen. Was Alex betraf, war ihre Hoffnung gering. Doch gerade er war wichtiger als die anderen. Wenn sie Tina überzeugen könnte – die würde Alex hoffentlich dazu überreden, sich ihnen anzuschließen.

Doreen nahm ihren Stift zur Hand.

»Die Polizei wird Paulus nach seinem Alibi fragen. Wir können die Party nicht verheimlichen. Wir wurden gesehen, wir haben Aufmerksamkeit erregt.«

Alle am Tisch nickten stumm.

»Die Polizei wird das rausfinden, und sie wird uns alle befragen. Wir müssen zu einer gemeinsamen ...« Sie hob den Kopf und überlegte, wie sie es am besten ausdrücken sollte. »... zu einer gemeinsamen Linie kommen, das müssen wir.«

Alex lachte durch die Nase. »Wie stellst du dir das vor?« Verächtlich wies er mit der Hand auf die leeren Zettel. »Willst du uns eine Aussage diktieren, und die plappern wir bei der Zeugenbefragung nach?« Er tippte sich an die Stirn. »Die von der Kripo sind doch nicht doof. Die finden sofort raus, dass wir uns abgestimmt haben. Dann sind wir alle dran. Nachher unterstellen sie uns einen gemeinschaftlichen Mord.« Er drehte sich auf dem Stuhl zur Seite und stützte beide Hände auf ein Knie. »Nee, da mach ich nicht mit.« Über die Schulter guckte er Tina an. »Was hältst du davon?«

Tina saß im wahrsten Sinne des Wortes zwischen den Stühlen. Sie war ein Prisoners' Angel, sie hatte Unterstützung in schwierigen Situationen geschworen. Aber nun hatte Alex ausgesprochen, was Doreen befürchtet hatte: dass sie alle in Verdacht geraten könnten.

Zaghaft machte Doreen einen letzten Versuch. »Es ist doch ganz einfach. Wir haben uns getroffen. Das war gegen sechs. Bis neun Uhr abends oder halb zehn haben wir zusammen gefeiert. Paulus war immer dabei. Dann sind wir nach Hause gegangen. Da ist nichts Verfängliches dran. Es zieht uns alle aus dem Verdacht heraus.«

Tina nahm den Kugelschreiber, der vor ihr lag, in die Hand und drehte ihn nervös hin und her. Über ihrer Nasenwurzel bildete sich eine tiefe Falte. »Ich möchte eigentlich nicht in die Sache hineingezogen werden.«

»Das will keiner von uns«, maulte Doreen sie an. »Deshalb sitzen wir hier. Deshalb hab ich euch eingeladen. Damit wir zu einer gemeinsamen Sprachregelung finden.«

»Sprachregelung.« Wieder schnaubte Alex. »Du redest daher wie eine Politikerin.« Er fuhr sich mit der Hand durchs Haar und schüttelte den Kopf, ohne irgendjemanden anzusehen.

Lissi ergriff das Wort. »Wenn ich das richtig sehe, muss die Journalistin ums Leben gekommen sein, nachdem wir nach Hause gegangen sind. Wenn wir einstimmig sagen, dass wir alle bis neun oder halb zehn da waren, dann kann uns doch gar nichts passieren. Oder?« Unsicher blickte sie in die Runde.

»Das ist genau das, was ich meine«, bestätigte Doreen in einer Mischung aus aufkeimender Hoffnung und Erleichterung. »Mehr verlange ich gar nicht.«

Tina hob den Finger. »Doch. Wenn ich dich richtig verstehe, willst du, dass wir sagen, auch Paulus war dabei, bis wir alle nach Hause gegangen sind. Das war er aber nicht. Das bedeutet, dass wir eventuell ...« Sie zögerte. »Dass wir möglicherweise den Täter decken.«

Doreen schmiss den Kuli an die Wand. »Tina, gerade von dir hätte ich was anderes erwartet.« Sie stand auf, lief zum Fenster, drehte sich hektisch um und stemmte die Hände in die Hüften.

»Wer von euch glaubt, dass Paulus es war?«

Betretenes Schweigen machte sich breit.

»Wer?« Doreens Stimme kippte.

Sie setzte sich wieder aufs Sofa und schlug mit den Fäusten aufs Sitzpolster. Fast flüsternd sprach sie weiter und guckte ihre Gäste dabei an. »Was seid ihr für Feiglinge. Was seid ihr für ein Pack.«

Wie sollte dieses Treffen enden? Ihr fehlte die Kraft, die anderen auf ihre Seite zu ziehen. Doch ihr fehlte auch die Kraft, die Gäste hinauszuwerfen.

Lissi seufzte laut. Sie guckte an die Decke. »Wenn ich drüber nachdenke – wir dürfen Paulus nicht im Stich lassen.« Sie senkte den Blick. »Alex, wir wissen, dass Du Paulus nicht magst. Du hast deine Gründe, auch das ist bekannt. Aber denk an dich selbst, und dann überleg dir, worauf du hoffen würdest, wenn du in so eine Situation geraten wärst. Würdest du nicht auch darauf bauen, dass wir dir aus der Patsche helfen?«

Alex neigte den Kopf zur Seite. Seine Lippen spitzten sich zu einem spöttischen Lächeln. Nach einer Weile des Nachdenkens stimmte er sich stumm mit Tina ab. Dann hob er die Hände.

»Ich bin raus aus der Nummer. Ich sag nichts mehr dazu. Wenn ihr behaupten wollt, wir alle hätten bis zum Schluss der Party gemeinsam mit Paulus am Strand gesessen, dann macht das. Ich werde euch nicht in die Suppe spucken. Wenn die Kripo mich befragt, sag ich einfach, ich hätte mich an dem Abend so volllaufen lassen, dass ich mich an nichts mehr erinnern kann. Ich habe jeden doppelt gesehen und niemanden erkannt.« Er lachte, als hätte er einen geistreichen Witz gerissen.

Doreen atmete auf. Wenn Alex der Polizei gegenüber behaupten würde, was er sich gerade zurechtgelegt hatte, würden sie ihm aufs Wort glauben. Er war einschlägig vorbestraft, und es war bekannt, dass er soff.

»Dann sind wir uns einig?«, fragte sie zaghaft.

Tina stierte verkniffen in die Luft. »Von mir aus. Aber wenn irgendjemand von euch kippt, dann sage ich auch, wie es wirklich war.«

»Wer soll denn kippen?«, fragte Lissi.

Doreen lächelte sie dankbar an. Lissi war unendlich schüchtern, doch sie war eine treue Seele. Auf sie war in der Not Verlass.

»Und du, Sandra, was ist mit dir? Können wir auch auf dich zählen?«

Sandra schluckte. »Ich wünschte, ich könnte den ganzen Abend ungeschehen machen.«

»Das wünschen wir uns wohl alle«, stimmte Lissi ihr bei. »Aber es geht jetzt nicht nur um Paulus, es geht auch um Alex. Wenn einer der Strandbesucher mitbekommen hat, dass er die Teufelsmaske rausgeholt hat, als wir gefeiert haben ...«

Doreen faltete flehentlich die Hände zusammen. »Bitte fang nicht wieder damit an. Wir haben schon genug darüber diskutiert. Es war einfach geschmacklos, mehr sag ich nicht dazu. Was ist nun mit dir, Sandra?«

Unangenehm berührt nickte die Freundin. »Ja, okay, wenn ihr alle mitzieht, bin ich auch dabei.«

»Danke.« Doreen blinzelte Tränen der Erleichterung weg, die ihr in die Augen stiegen. »Wenn wir Glück haben, befragt die Polizei nur Paulus und mich, und ihr könnt euch alle entspannt zurücklehnen. Es hilft Paulus und mir sehr, wenn wir wissen, dass ihr im Falle eines Falles unsere Aussage bestätigen werdet.«

Tina deutete auf die leeren Blätter. »Wir müssen dir hoffentlich nichts schriftlich geben.«

»Nein«, erwiderte Doreen. »Das Papier liegt auf dem Tisch für den Fall, dass jemand von euch sich Notizen machen will. Ich hatte gedacht, dass wir mehr ins Detail gehen würden bei dem, was sich gestern abgespielt hat.«

»Vergiss es«, wiederholte Alex seine Bedenken. »Die kriegen das sofort spitz, wenn wir Absprachen treffen.« Mit seiner Körperhaltung deutete er an, dass er nun gerne nach Hause gehen würde. »War's das dann?«

Doreen nickte. Frust mischte sich unter ihre Erleichterung. Es war ihr nicht gelungen, ihre Freundinnen und Alex so zu überzeugen, wie sie es sich gewünscht hatte. Der Gruppe fehlte heute das Feuer, das sie sonst immer hatte, wenn die Prisoners' Angels unter sich waren. Alex und Tina hatten die Atmosphäre vergiftet.

Doreen verabschiedete ihre Gäste und sammelte das Papier und die Kugelschreiber wieder ein. Sie öffnete eine Flasche Wein, setzte sich auf den Balkon und stierte auf die Wiese, auf der mehr Unkraut wuchs als Gras.

Warum hatte Alex unbedingt die Teufelsmaske zur Party mitbringen müssen?

8

Es war einer dieser Spätsommerabende, die man nicht vergaß. Wie ein Schleier lagen die Strahlen der untergehenden Sonne über der See. Das Wasser schimmerte geheimnisvoll, als würden jeden Moment Nixen und Seekobolde daraus hervortauchen. Zwischen den Zweigen der Nadelhölzer an der Strandpromenade glitzerten vereinzelt lange silberne Spinnwebfäden.

Ole und Janna saßen bereits auf der Terrasse und genossen den Abend. Janna hatte einen ihrer grandiosen Sommer-Cocktails zubereitet.

Ole breitete die Arme aus, als Molly aus dem Wohnzimmer heraustrat. »Ah, guckt an, meine vielbeschäftigte Frau findet doch noch den Weg nach Hause. Ich dachte schon, du übernachtest heute in deiner schicken Dienstvilla. Hast du nicht mal davon gesprochen, dass du im Büro ein Feldbett aufstellen wolltest?«

Seinem nachsichtigen Lächeln sah Molly an, dass er ihr wegen ihres Diensteifers keine Vorwürfe machte. Er wusste genau, dass er in ihrem Leben mindestens genauso wichtig war wie die Ermittlungsarbeit, dass Mörder und Totschläger aber nun mal die Eigenschaft hatten, Spuren zu verwischen und zu fliehen, sodass er als Ehemann oft das Nachsehen hatte.

Molly stellte sich hinter ihn, legte ihm die Hände auf die Schultern und massierte sanft seinen Nacken. Sie wies mit dem Kopf auf die Gläser, die auf dem Gartentisch standen. »Was für eine Köstlichkeit hast du da gezaubert, Janna?«

»Eine neue Kreation, den Beerentraum. Möchtest du auch einen?«

»Was für eine Frage.«

Janna stand auf. »Ich hole dir ein Glas.«

»Was ist da drin?«, rief Molly ihr hinterher.

Ole zog sie auf den Stuhl neben sich. »Lass Janna den Cocktail mischen, ich verrate dir, woraus er besteht.«

Molly ließ sich auf dem Gartenstuhl nieder, rückte nah an Ole heran und legte ihre Hände auf seine. Die Finger fühlten sich kalt an, obwohl die Temperaturen so mild waren. »Möchtest du eine Decke?«, fragte sie ihn.

Ole schüttelte den Kopf.

»Eine Jacke?«

»Hör auf, mich zu behandeln wie ein Kind, das nicht selbst an den Kleiderschrank gehen und sich mit wärmerer Kleidung versorgen kann, wenn es friert. Also, du bekommst ein Glas Prosecco mit einem Schuss Rum, je einem Spritzer Limetten-, Himbeer- und Brombeersaft, einem Hauch Zucker und einer Zitronenscheibe.«

Janna balancierte das Glas auf einem kleinen ovalen Tablett zur Terrasse, als würde sie einen Gast in ihrem Café bedienen. Besorgt blickte sie Ole an, während sie den Cocktail vor Molly abstellte. »Tut dir was weh?«

Ole massierte sich die Schulter. »Nicht der Rede wert. Ich hab letzte Nacht zu lang auf der einen Seite gelegen. Kommt davon, wenn man schläft wie ein Murmeltier.«

Sein Lächeln wirkte gequält. Molly wusste, wie sehr er es hasste, aufgrund seiner Krankheit ständig beobachtet zu werden und andauernd Auskunft darüber geben zu müssen, ob ihm übel war oder wie er sich fühlte.

Die Chemo war seit Kurzem beendet, die Prognosen der Ärzte hörten sich hoffnungsvoll an. Ole hatte recht. Langsam sollten sie alle dazu übergehen, ihn wie einen Menschen zu behandeln, für den eine schlimme Krankheit, eine große Operation und eine belastende Therapie Vergangenheit waren.

»Zum Wohl!«

Es war Jannas joviale Stimme, die Molly aus ihrer Nachdenklichkeit und Besorgtheit riss.

Molly hob ihr Glas und stieß mit Janna und Ole an. »Auf unser aller Gesundheit!«

Mit Absicht hatte sie sich nicht auf Oles Gesundheit beschränkt. Dieser Abend sollte der erste Schritt hin zur Normalität sein. Im Stillen erklärte sie ein Kapitel in ihrem Leben für abgeschlossen – ein neues begann.

Und was für einen Anfang es nahm!

Molly strich über Oles Arm, blieb an seiner Hand hängen und drückte sie. »Weiß Janna es schon?«

Er grinste und schüttelte den Kopf. »Über so was rede ich nicht, wenn du nicht dabei bist.«

Janna riss die Augen auf, stellte ihr Glas ab und faltete die Hände im Schoß zusammen. »Was habt ihr vor?«

»Willst du?«, fragte Molly.

»Nein«, sagte Ole. »Erzähl du.«

Auf Mollys Gesicht bahnte sich ein Lächeln den Weg, das ihr die Mundwinkel zu zerreißen drohte. Sie atmete tief durch, um die Spannung in sich zu lösen. »Wir zwei, Ole und ich ...«

Janna wurde ungeduldig. »Was ist mit euch beiden? Rück raus mit der Sprache.«

»Wir haben beschlossen, uns zum zweiten Mal das Jawort zu geben. Ja, wir heiraten noch einmal.«

Einen Moment lang blieb Janna der Mund offen stehen. Dann schlug sie die Hände zusammen. »Das finde ich toll. Vorausgesetzt, ich darf dabei sein.«

»Natürlich bist du dabei«, sprudelte es aus Molly heraus. »Ohne dich käme diese Trauung gar nicht infrage. Wir haben uns sogar überlegt, dass wir dein Café dafür nutzen möchten. Du müsstest es allerdings an dem Tag für andere Gäste schließen. Wärst du dazu bereit? Wir bezahlen dir den Ausfall natürlich.«

»Ihr spinnt wohl.« Janna streckte die Arme nach dem glücklichen Paar aus. »Sagt mir das Datum, und ich garantiere euch, ihr bekommt das schönste Fest, das ihr euch denken könnt. Ich werde den Raum schmücken lassen wie ein Paradies. Ich hab schon eine Idee, wer das übernehmen kann. Und dann ...« Sie legte den Finger an die Nasenspitze. »Wir brauchen Musik, Live-Musik. Eine Stammkundin von mir ist mit einem Mann liiert, der in einer Band spielt. Es sind Hobby-Musiker, aber sie wären perfekt für eure zweite Hochzeit. Ich sage euch, das wird ein Tag!«

Janna steigerte sich so in ihre Vorfreude hinein, dass Molly nach ihrem Cocktail-Glas griff und viele kleine Schlucke trank, um ihre Rührung zu bewältigen.

Sie sah Ole vor sich in einem kornblumenblauen Leinenanzug mit einem blütenweißen Hemd und offenem Kragen. Seine von Natur aus olivfarbene Haut, die blauen Augen ... Und sie, was würde sie tragen? Sie dachte an ein cremefarbenes Kostüm, Satin, mit einem Top in Türkis darunter. Dazu eine schmale Handtasche im gleichen Farbton.

Janna stützte die Hände auf die Knie. »Nun sagt mir endlich, wann ihr feiern wollt.«

Ole beugte sich vor und strich Molly über die Wange. »Lass meine Frau erst mal zur Ruhe kommen. Es soll im Herbst dieses Jahres sein, aber unsere Pläne sind noch ganz frisch, und Molly ist total aufgeregt.«

»Ha ha«, sagte Molly. »Und du gehst die Sache ganz cool an, was?«

»Ich steh nicht so unter Dampf wie du. Mich jagt niemand, aber du musst einen Mörder finden.« Er wandte sich an Janna. »Ich denke, wir sollten den konkreten Termin ins Auge fassen, sobald Molly absehen kann, wann sie sich ein paar Tage ausklinken kann.«

»Ja, geht denn das so kurzfristig?«, fragte Janna. »Also, von mir aus schon. Ich habe keine langfristigen Reservierungen, mit meinem Café bin ich flexibel. Aber ihr braucht doch sicher einen Redner, der die Rolle des Standesbeamten oder eines Pfarrers übernimmt?«

»Wir haben eine ganz reizende Dame gefunden, die das relativ spontan übernehmen kann«, erklärte Molly ihrer besten Freundin. »Sie führt ein kleines Hochzeitshotel in der Nähe von Grömitz und führt ab und zu freie Trauungen durch. Sie bereitet gerade die Rede vor. Wir haben mit ihr vereinbart, dass sie mit deinem Einverständnis die Zeremonie bei dir im Café durchführt, und anschließend verbringen wir unsere zweiten Flitterwochen bei ihr im Hotel.«

»Dann ist ja alles schon perfekt vorbereitet«, meinte Janna. »Ihr braucht euch nur noch das passende Datum auszusuchen.«

»Länger als vier oder fünf Wochen möchte ich nicht damit warten.« Molly musterte Ole. »Was meinst du? Fühlst du dich bis Oktober fit genug, die Feier und all die Aufregung durchzustehen?«

»Ich hab doch gesagt, du sollst dir um mich nicht so viele Gedanken machen, Molly. Natürlich bin ich fit, wenn die Trauung ansteht. Wann sonst, wenn nicht an dem Tag?«

Er hielt sich wieder die Schulter, und er war blass geworden. Die Aufregung war wohl doch zu viel für ihn. Kein Wunder, dass die Nacken- und Schulterpartie verspannte. Außerdem hatte er gerade wieder mit der Bildhauerei angefangen. Nach der langen Pause war die Arbeit ungewohnt.

Janna stand auf. »Kinder, das muss gefeiert werden. Ich stelle uns noch einen Cocktail zusammen und hole ein bisschen Knabberzeug.«

Molly hob die Hand. »Für Ole bitte nicht so viel Alkohol. Er soll noch vorsichtig sein. Die Leber hat mit all den Medikamenten zu kämpfen.«

Ole verdrehte die Augen. »Molly ...«

9

Montagmittag

Seinem Gesichtsausdruck nach war Malte ernsthaft besorgt um Molly. Schon während des gemeinsamen Essens in der Mittagspause, die sie mit ihm an einer Imbissbude in Strandnähe verbrachte, hatte er sie immer wieder mit gekrauster Stirn aus dem Augenwinkel betrachtet. Fast hätte sie ihn gefragt, ob ein UFO auf ihrer Nase gelandet sei.

Jetzt, als sie in Mollys Büro saßen, um die nächsten Schritte zu besprechen, kam er endlich mit der Sprache heraus.

»Du wirkst so zerstreut. Der Sonntag war sicher zu anstrengend für dich.«

»Glaub mir, das täuscht.«

Wenn er wüsste, was sie bewegte!

Molly setzte bewusst eine verträumte Miene auf und strich sich mit beiden Händen die Haare zurück.

»Du siehst aber mitgenommen aus«, insistierte Malte. »Du brauchst die Wochenenden zur Erholung.«

»Mach dir nicht zu viele Sorgen um mich, Malte.«

Am Strand vor der Dienstvilla spielten Kinder im seichten Wasser. Sie bespritzten sich gegenseitig mit dem kühlen Nass. Ihr vergnügtes Kichern und Quieken drang über die Promenade und den Garten der Villa bis hinauf zu den Büros der Ermittler.

Molly deutete zu den Schäfchenwolken hinauf, die als Ausgleich für den frühherbstlich-milchigen Sonntag zum Wochenbeginn den prallen Sonnenschein durchließen. »Dieses Wetter ist ein Geschenk des Himmels.«

Sie verschwieg ihrem Kollegen, wie inständig sie auf einen goldenen Oktober hoffte. Genauso wenig redete sie über den Plan, den Ole und sie gefasst hatten. Die Einladung zu ihrer zweiten Hochzeit würde sie Malte und Ben erst aussprechen, sobald der Termin dafür feststand. Die Zeit bis dahin würde allerdings nicht ganz ohne Sorgen vergehen.

Sie riss sich zusammen.

»Packen wir's an. Gleich vierzehn Uhr. Paulus Olsen und seine Anwältin werden pünktlich sein.«

»Was macht dich so sicher?«

»Beim Telefonat mit Frau Grellmann hatte ich den Eindruck, sie wäre am liebsten sofort erschienen. Sie wirkte beinahe übereifrig auf mich.«

Ben setzte sich zu seinen beiden Kollegen. Die letzten Sätze hatte er mit angehört.

»Ist kein Wunder, dass sie gleich voll aufgedreht hat«, meinte er. »Wir wissen alle, dass Paulus Olsen nur noch eine begrenzte Zeit zu leben hat. Das ist eine schwierige Situation für die Anwältin. Sie steht unter Druck. Sie wird die Dinge klären wollen, bevor ihr Mandant die Ermittlungen nicht mehr mitverfolgen kann.«

Molly zog einen Stuhl heran und bedeutete Ben, sich zu ihnen zu setzen.

»Wenn es so sein sollte«, sagte sie, »könnte ich das gut verstehen. Frau Grellmann fühlt sich vermutlich mitverantwortlich für Olsens Schicksal. Zum einen für die Verurteilung damals, vor der sie ihn zu bewahren versucht hatte. Zum anderen dafür, dass er die letzten Wochen oder Monate seines Lebens in Freiheit bleiben kann. Für sie selbst wäre es genauso ein Desaster wie für ihren Mandanten, wenn er wegen des Todes von Kaja Monsun in dringenden Tatverdacht geraten und erneut in Haft genommen würde.«

Ben stimmte ihr zu. »Dass es zurzeit in der Öffentlichkeit zu einer Vorverurteilung kommt, beruht nicht auf Beweisen, sondern lediglich auf der Vorgeschichte.«

»Wobei Olsen für die Verurteilung wegen der damaligen Taten selbst verantwortlich ist«, korrigierte Malte die nachsichtigen Worte seiner Kollegen.

Molly senkte den Blick. »Natürlich ist er das. Er hat nie bestritten, an den Todesfällen beteiligt gewesen zu sein. Nur die Mordabsichten – ob er die wirklich hatte, das ist bis heute fraglich. Und nur diese unterstellte Absicht hatte zu der lebenslänglichen Verurteilung geführt. Andernfalls wäre er zu einer geringeren Haftstrafe verurteilt worden.«

»Aber die Teufelsmasken«, fiel Malte ein. »Verabredungen mit drei Frauen und drei Teufelsmasken dabei. Das war kein Zufall, das sprach für sich. Da blieb dem Gericht kein großer Interpretationsspielraum.«

Molly schob ihren Stuhl so heftig zurück, dass Ben erschrocken zusammenzuckte. »All diese Überlegungen bringen uns nicht weiter. Lasst uns nach unten gehen. Sie werden bald kommen.«

Die beiden Männer erhoben sich von ihren Stühlen und folgten Molly ins Erdgeschoss.

»Was wissen wir eigentlich über Kaja Monsun?«, fragte Molly. »Hast du dazu schon recherchiert, Ben?«

»Sie muss eine etwas spezielle Person gewesen sein«, legte Ben vorsichtig los. »Sie ist 1975 als Tochter eines deutschen Diplomaten in Wien zur Welt gekommen und dort sowie in den USA, Australien und Frankreich aufgewachsen. Unter Journalistenkollegen galt sie als ehrgeizig, sprunghaft und kapriziös. Sie hatte viele Bewunderer in der Branche, aber nur wenige echte Freunde. Es heißt, sie verfügte über eine gewisse Macht, die allein auf ihrer Ausstrahlung und ihrem selbstsicheren Auftreten beruhte.«

»Du meinst, sie hatte eine natürliche Autorität?«

»So kann man das nicht unbedingt ausdrücken. Sie wusste die Leute um den Finger zu wickeln. Manche sagen über sie, dass sie eine unverfrorene Hinterlist ausgelebt hat. Sie hatte viele Kontakte zu einflussreichen Leuten, wie auch immer sie sich die beschafft hat. Sie war eher gefürchtet als geliebt, und wenn man bei ihr in Ungnade fiel, war sie bereit, alle Hebel in Bewegung zu setzen, um den Ruf der betreffenden Person zu zerstören.«

»Puh«, machte Molly. »Das klingt nach einem Menschen, der viele Feinde hatte.«

»Sicher hatte sie die, aber niemand wird das zugeben. Die Menschen in ihrem Umkreis haben Kaja Monsun lieber schweigend geduldet, als sich offen gegen sie zu stellen.«

»Hatte sie Familie?«

»Sie selbst war ledig und kinderlos. Die Eltern haben sich in Neuseeland zur Ruhe gesetzt, der Bruder lebt in New York, die Schwester in Madrid.«

»Über die ganze Welt verstreut«, kommentierte Molly. »Hatte Frau Monsun einen Lebensgefährten?«

»Soweit ich in Erfahrung bringen konnte, hat ihr letzter Freund sich vor einem Jahr von ihr getrennt.«

»Ein ziemlich einsames Leben, scheint mir. Und eins, das zu einer Reihe von Mordmotiven führen konnte.«

»Wenn sie sich mit so vielen prominenten Leuten angelegt hat, wie Ben sagt«, überlegte Malte, »dann dürften wir ganz schön zu tun bekommen.«

»Oh«, rief Ben aus. »Die Anwältin kommt.«

Ein blassgelber Sportwagen, ein älteres Modell, das von einigen gut sichtbaren Roststellen übersät war, hielt vor der Dienstvilla. Aus der Tür auf der Beifahrerseite stieg ein Mann, den Molly auf den ersten Blick als Paulus Olsen identifizierte. Er war groß und hager wie auf den jüngsten Fotos. Sein stumpfes schwarzes Haar, das von grauen Strähnen durchzogen war, stand wirr vom Kopf ab. Es rief förmlich nach einem Friseur.

Aus der Fahrertür zwängte sich eine mittelgroße kräftige Frau um die Sechzig. Sie trug ein zu enges, beigefarbenes Kostüm, das wie das Erbstück von einer Großtante wirkte. In seiner Gediegenheit stand es in krassem Gegensatz zu dem Sportwagen, wobei das Gefährt selbst den Eindruck machte, durchaus flottere Zeiten erlebt zu haben. Ihre dichte goldblonde Mähne hatte die Frau zurückgekämmt. Das Haar wurde von einem braunen Band aus der Stirn gehalten.

Molly vergewisserte sich, ob auf ihrem Smartphone das Klingeln eingehender Anrufe aktiviert war. Sie wollte auch während des Gesprächs mit der Anwältin und ihrem Mandanten telefonisch erreichbar sein. Oles müde, kraftlose Augen gestern Abend und die merkwürdigen Schmerzen in seiner Schulter ließen ihr keine Ruhe. Zum Glück war Janna heute zu Hause und konnte sich um ihn kümmern, wenn er Hilfe brauchte. An diesem Montag, der nach dem Ende der Haupturlaubssaison ruhig zu verlaufen versprach, übernahm ihre Mitarbeiterin den alleinigen Dienst im Lesecafé.

Molly lenkte den Blick wieder nach draußen.

Paulus Olsen war auf dem Gehweg stehen geblieben. Er wartete darauf, dass die Anwältin ihre abgegriffene Ledermappe aus dem Kofferraum holte und zu ihm aufschloss.

Seite an Seite gingen sie durch das breite Gartentor der Villa und schritten über den gepflasterten Weg auf die Eingangstür zu.

10

Benjamin öffnete den Besuchern die Tür und geleitete sie ins Besprechungszimmer, wo Molly und Malte sie neben dem Tisch stehend empfingen.

Nach einer kühlen Begrüßung mit dem üblichen unverbindlichen Vorgeplänkel über das sonnige Wetter bot Molly den Besuchern an, sich zu setzen. Auch Malte und sie selbst nahmen Platz, und schließlich suchte sich Ben, der an der Tür zu dem Raum auf einen Wink von Molly gewartet hatte, den Stuhl neben ihrem aus.

Gunda Grellmann kam ohne Umschweife zur Sache, bevor Molly selbst noch ein paar einleitende Sätze zum Grund der Einladung äußern konnte.

»Ich gehe davon aus, dass Sie Ihr Wort halten«, sagte die Strafrechtlerin. »Am Telefon haben Sie gesagt, dies wird kein Verhör, es wird lediglich eine Befragung.«

Molly besann sich auf ihre innere Ruhe, die ihr in früheren Jahren immer geholfen hatte, bei schwierigen Gesprächen gelassen zu bleiben. Warum war sie mit den Jahren so dünnhäutig geworden?

»Ganz recht«, erwiderte sie. »Nennen Sie es ruhig ein informatives Gespräch. Meine Kollegen und ich gehen vorurteilsfrei an diese Unterhaltung heran.«

Die Augenbrauen der Anwältin hoben sich. »Vorurteilsfrei?« Sie betonte jede Silbe dieses Wortes. »Ist das nach den Berichten, die sicher auch Sie heute Morgen in den Medien gelesen haben, überhaupt möglich?«

Molly verschränkte die Hände und pochte damit leise auf den Tisch. »Meine Kollegen und ich haben natürlich gelesen, in welchem Umfang und in welchem Ton über den Tod von Kaja Monsun berichtet wurde«, brachte sie in überlegtem Ton hervor. »Dennoch begegnen wir Ihrem Mandanten objektiv.«

Gunda Grellmann grinste ironisch. »Aha, deshalb haben Sie sich gleich bei der ersten Kontaktaufnahme dazu entschieden, seine Anwältin anzurufen.«

Malte schaltete sich ein. »Wir dachten, dass er sich bei diesem Gespräch mit Ihnen an seiner Seite sicherer fühlen würde.«

Er nickte dem Mann, der von der Presse so unverhohlen unter Verdacht gestellt wurde, aufmunternd zu.

Molly dankte ihm im Stillen dafür, dass er ihr beistand und keine verdeckten Spitzen gegen Olsen losließ, obwohl er dem Mann skeptisch gegenüberstand.

Olsen räusperte sich. »Rührend, dass die Kriminalpolizei sich plötzlich so viele Gedanken um mich macht.« Er sah niemanden an. Stattdessen suchte er Halt an einem Punkt auf dem Tisch.

Der Zynismus seiner Worte war nicht zu überhören. Der Ton versetzte Molly einen Stich.

»Sie verstehen aber«, fragte sie ihn, »warum wir mit Ihnen sprechen wollten, bevor wir mit den eigentlichen Ermittlungen beginnen?«

Er lehnte sich zurück und nahm Blickkontakt mit ihr auf. »Sie haben in der Zeitung gelesen, dass ich am Samstagabend mit Freunden am Strand gefeiert habe. Zufällig da, wo später die Leiche gefunden wurde.«

»Die Berichte darüber sind uns nicht entgangen«, gab Molly zu.

Olsen nickte. »Natürlich haben Sie auch mitbekommen, dass Kaja Monsun am Freitag der voraufgegangenen Woche vor dem Gefängnistor gestanden hat, als ich die JVA verlassen habe. Und Sie wissen, dass es nicht gerade ein Strauß roter Rosen war, den sie mir hingehalten hat. All das haben Sie aus den Medien erfahren.« Er schnippte mit Daumen und Zeigefinger. »Und klick, schon haben Sie ein Bild vor Augen. Sie brauchen nur noch ein Geständnis, und schon ist der Fall für Sie abgeschlossen. Hab ich recht?«

Seine Worte verschlugen Molly für einen Moment die Sprache. Aus dem Augenwinkel sah sie Ben und Malte an. Auch die beiden Kollegen saßen da, als fühlten sie sich unangenehm berührt.

»Sie sehen die Dinge zu einfach«, sagte Molly kühl.

Sie nahm das ausgezehrte Gesicht des Mannes wahr. Augen, die in den Höhlen versanken und die viel älter wirkten, als Olsen laut Geburtsdatum war. Und mit einem Mal glaubte sie, zu wissen, warum der Mann so zermürbt und pessimistisch daherredete.

Es war eine gewagte Vermutung. Sie fasste sich ein Herz und sprach sie aus.

»Ich glaube, Sie haben sich selbst aufgegeben. Entschuldigen Sie bitte, wenn ich Ihnen das auf den Kopf zusage, aber so kommen wir nicht weiter, Sie nicht und auch wir mit unseren Ermittlungen nicht.« Sie warf der Anwältin einen ernsten Blick zu. »Wir sind redlich bemüht, aufzudecken, wer den Tod von Kaja Monsun zu verantworten hat. Schieben Sie uns nicht in die Ecke der Ermittler, die einen Fall schnell und bequem vom Tisch haben wollen. Es ist Ihr Leben, Herr Olsen, es ist Ihr Schicksal. Bitte helfen Sie uns, die Wahrheit zu finden.«

Die Anwältin schob ihren Stuhl ein Stück vom Tisch weg, verschränkte die Arme und schlug die Beine übereinander. »Sie sind über die gesundheitliche Situation meines Mandanten informiert. Ihm fehlt die Kraft, sich gegen Anschuldigungen zu wehren, die aus der Luft gegriffen sind. Er hat auch nicht mehr die Zeit dafür.«

»Dann blockieren Sie nicht völig«, rief Molly ihr heftiger zu, als sie beabsichtigt hatte. »Unterstützen Sie uns dabei, den Schuldigen zu finden. Wir müssen wissen, wie der Samstagabend im Kreis der Freunde Ihres Mandanten verlaufen ist.« Sie wandte sich Olsen zu. »Wir möchten Sie bitten, uns die Namen der Personen zu nennen, mit denen Sie am Samstag gefeiert haben.«

Olsen zog die Augenbrauen zusammen. »Sie vermuten den Täter im Kreis dieser Leute?«

Malte stöhnte. Natürlich lag diese Vermutung nahe.

»Sie und Ihre Freunde waren da, wo wenig später ein Mord geschah«, sagte er. »Von jedem der Anwesenden, auch von Ihnen persönlich, möchten wir wissen, ob Sie Kaja Monsun an dem Abend gesehen haben. Ob die Journalistin Ihnen aufgelauert, ob sie Sie belästigt hat.«

»Eine weitere Frage ist«, fuhr Molly fort, »ob Sie jemanden bemerkt haben, der sich verdächtig verhalten hat. Die Frage bezieht sich sowohl auf Ihre Freunde als auch auf eine fremde Person, die sich möglicherweise an dem Abend am Strand oder in der Nähe des Steges herumgeschlichen hat.«

Ben saß etwas abseits vom Tisch. Er zog einen Block zu sich heran, nahm einen Stift zur Hand und hielt sich bereit, Stichworte oder Gesprächsfetzen zu notieren.

Olsen stimmte sich stumm mit seiner Anwältin ab. Dann begann er, zu reden.

»Frau Monsun war nicht am Strand, solange wir gefeiert haben. Ich habe sie an dem Abend nicht gesehen.«

»Wäre sie Ihnen überhaupt aufgefallen?«, hakte Malte nach. »Ich meine, bei einer Feier in einem festen Freundeskreis ist man unter sich. Da guckt man nicht so genau hin, wer sich sonst noch am Strand aufhält. Würden Sie schwören, dass Frau Monsun nicht da war?«

»Ich habe sie an dem Abend nicht gesehen«, wiederholte Olsen stereotyp.

Seine Anwältin nickte dazu. Die beiden schienen die Aussage im Vorweg abgesprochen zu haben. Trotzdem konnte sie der Wahrheit entsprechen.

»Gut«, sagte Molly. »Frau Monsun kann durchaus zu späterer Stunde erschienen sein. Wann hat Ihre Party begonnen, und bis wann hat sie gedauert?«

»Angefangen hat sie um sechs. Aufgehört hat sie um halb zehn herum.«

Gunda Grellmann hob Einhalt gebietend die Hand. »Wann ist der Tod von Frau Monsun eingetreten?«

Molly antwortete ebenso spitz, wie die Anwältin ihre Frage gestellt hatte. »Das Obduktionsergebnis liegt uns noch nicht vor.« Sie verschwieg der Frau, dass der Forensiker, der sich die Leiche am Fundort angesehen hatte, sich so wenig auskunftsfreudig gezeigt hatte, dass sie ihn nicht nach einer ersten Einschätzung gefragt hatten, die er ohnehin mit hoher Wahrscheinlichkeit nach der Obduktion hätte revidieren müssen.

»Ich darf Sie bitten, mich umgehend zu informieren, wenn Sie vom Todeszeitpunkt Kenntnis erlangen.«

»Selbstverständlich, Frau Grellmann.« Molly wandte sich wieder Paulus Olsen zu. »Sind Sie alle gemeinsam nach dem Ende der Party nach Hause gegangen?«

Olsen nickte. »Alle gemeinsam.«

Molly wartete ab, doch Olsen sagte nichts weiter.

Zweimal nahm sie gedanklich Anlauf, bevor sie den Punkt ansprach, der bei dieser Befragung der heikelste war.

»Die Teufelsmaske, wer hat die mitgebracht?«

»Halt«, rief die Anwältin. »Woher wollen Sie wissen, dass jemand aus dem Kreis meines Mandanten die Maske zum Ort der Party mitgebracht hat?«

Molly hatte mit dieser Reaktion gerechnet. Insgeheim hatte sie darauf gehofft, dass Olsens Miene ihr eine Antwort lieferte, die trotz ihrer Lautlosigkeit die Rückfrage der Anwältin übertönen würde. Doch sein Gesicht war versteinert, sein Blick wie tot. Von ihm würden sie zu diesem Thema keinen brauchbaren Hinweis erhalten.

Doch war seine Erstarrung nicht Aussage genug?

»Sie haben es vorhin selbst angesprochen«, fuhr Molly unbeirrt fort. »Frau Monsun hat bei Ihrer Entlassung vor dem Gefängnistor auf Sie gewartet. Ist es da zu einem Disput zwischen Ihnen beiden gekommen?«

»Ein Disput?«, fragte die Anwältin. »Wie meinen Sie das? Mein Mandant wurde nach Jahren aus der JVA entlassen, und diese Frau stand einfach vor dem Tor wie viele andere Pressevertreter auch. Wie soll es zu einem Streit zwischen den beiden gekommen sein?«

Malte hob provokant das Kinn. »Mit etwas Fantasie fällt einem dazu was ein.«

Olsen schüttelte müde den Kopf. »Kein Disput«, sagte er leise. »Nur Blitzlichtgewitter und ein Sturm von Fragen. Nichts weiter.«

Molly leckte sich über die spröden Lippen und guckte kurz auf ihren Notizblock. »Sie ... Sie wurden von der

JVA abgeholt, Herr Olsen. Nicht von Ihrer Anwältin, sondern von einer anderen Dame.«

Gunda Grellmann rückte mit ihrem Stuhl wieder näher an den Tisch heran. Sie kratzte sich nervös mit ihrem Kuli hinter dem Ohr.

»Das war Frau Wakenitz, Doreen Wakenitz. Sie ist eine langjährige Bekannte meines Mandanten.«

»Wakenitz wie der Fluss?«, erkundigte Benjamin sich.

»Ja, eine seltsame Namensgleichheit, aber so heißt sie nun mal. Frau Wakenitz ist ...« Die sonst so eloquente Anwältin suchte nach Worten. »Sie hat es sich zur Aufgabe gemacht, langjährige Gefangene zu retten.«

»Zu retten?« Molly zog die Augenbrauen hoch.

»Nun ja, sie hat so eine Art Helfersyndrom.« Die Anwältin bedachte Olsen mit einem unsicheren Blick aus dem Augenwinkel. »Verzeihung, aber so muss man das wohl nennen.« Sie wandte sich wieder den Ermittlern zu. »Vor acht Jahren hat sie eine Gruppe ins Leben gerufen, die sich Prisoners' Angels nennt.«

»Gab es das nicht auf Deutsch?«, fragte Malte nassforsch nach.

»Übersetzen Sie's, wenn Sie mögen. Dann verstehen Sie, warum sich die Damen für die englische Variante entschieden haben.«

Benjamin erbarmte sich. »Engel der Gefangenen. Hört sich ein bisschen kitschig an.«

»Sehen Sie?« Gunda Grellmann lächelte ihm zu. »Es waren mal neun Single-Frauen, alle noch in den Dreißigern. Vier sind davon übrig geblieben. Sie nehmen Kontakt zu den Anwälten von Männern auf, die zu langjährigen Freiheitsstrafen verurteilt wurden, und loten aus, ob die Häftlinge an einer Brieffreundschaft interessiert sind.

Wenn ja, schreiben sie sich viele Jahre lang. Ab und zu entsteht eine echte Freundschaft daraus, mit Besuchen in der Haftanstalt oder kleineren Unternehmungen, wenn ihr Schützling in den offenen Vollzug wechselt. Wenn er schließlich entlassen wird und keine Angehörigen oder Freunde hat, nehmen sie ihn manchmal sogar als Gast bei sich auf und ...«

»Und?«, fragte Malte mit unverhohlener Neugier.

»Nun ja, sie gucken, was sich daraus entwickelt.«

»Es sind ausschließlich Männer, an die diese Frauen sich wenden?«, fragte Molly.

Gunda Grellmann bestätigte das. »Ich vermute, es hängt damit zusammen, dass nur selten eine Frau zu einer so langen Haftstrafe verurteilt wird. Aber genau kann ich Ihnen das nicht sagen. Da müssten Sie die Damen selbst befragen.«

»Das werden wir tun. Herr Olsen, waren die Frauen dieser Gruppe am Samstag mit auf der Party?«

Er nickte stumm.

»Also auch Frau Wakenitz?«

»Sie hat die Party organisiert.«

Olsen seufzte laut, und Molly fragte sich, ob er von ihrer Frage genervt war oder von der Tatsache, dass diese Party für ihn veranstaltet worden war.

»Darf ich Ihnen eine ganz persönliche Frage stellen? Nur um die Hintergründe zu verstehen?«

Wieder nickte Olsen.

Molly suchte nach Worten, die erkennen ließen, dass ihre Frage auf reinem Interesse basierte.

»Ich versuche, zu verstehen, wie es dazu kommt, dass zwei wildfremde Menschen sich Briefe schreiben, noch dazu in dieser besonderen Situation.«

Olsen zuckte mit den Schultern.

»Als Schülerin«, ergänzte Molly, um zu verdeutlichen, warum sie die Frage stellte, »hatte ich eine Brieffreundin in Athen. Die Adresse hatte ich über eine internationale Agentur erhalten, bei der man seine Interessen angab und die Sprache, in der man kommunizieren wollte. Helena und ich waren beide Schülerinnen auf dem Gymnasium, wir waren gleich alt und wollten uns auf Englisch schreiben. Wir lebten in verschiedenen Ländern und trotzdem in vergleichbaren Situationen. Es gab so vieles, worüber wir uns austauschen konnten. In Ihrem Fall aber – eine Frau, die in Freiheit lebt, und ein Mann, der zu einer lebenslangen Haftstrafe verurteilt wurde –, was hat Sie veranlasst, diese Brieffreundschaft einzugehen?«

Olsen überlegte nicht lange. »Ablenkung. Für mich war das so eine Art Internet. Man hat einen Kanal, der einem den Blick in die Welt da draußen offenhält.«

Die Anwältin schaltete sich erneut ein. »Mein Mandant kann nur für seine eigene Person sprechen. Was andere Häftlinge sich von so einem Kontakt versprechen und wie die Frauen selbst das sehen, dazu kann er nichts sagen. Und ich denke, er hat nun genug erzählt.«

»Noch nicht ganz. Eine Frage haben wir noch, die wir Herrn Olsen leider nicht ersparen können. Der Staatsanwalt wird sie uns stellen, und wir müssen eine Antwort darauf geben können.«

»Reden Sie sich nicht heraus«, sagte Gunda Grellmann. »Fragen Sie. Dann haben wir es hinter uns.«

Molly fiel es schwer, Paulus Olsen in die Augen zu sehen. »In den Tagen zwischen der Entlassung und der Party ...« Sie überwand sich und sah ihm offen ins Gesicht. »Hat es in dieser Zeit Berührungspunkte zwischen

Kaja Monsun und Ihnen gegeben? Hat sie versucht, ein Interview mit Ihnen zu bekommen, oder hat sie Ihnen vor der Haustür aufgelauert?«

»Sie meinen«, erwiderte die Anwältin an Olsens Stelle, »ob es in diesen Tagen zu einer Begegnung zwischen den beiden gekommen ist, die ein Motiv für den Mord darstellen könnte? Nein, ist es nicht. Ich dachte, das hätten wir bereits zu Anfang dieses Gesprächs geklärt.«

Sie nahm ihre Ledermappe und stand auf.

»Wenn ich noch eine einzige Frage zu den früheren Taten stellen dürfte?«, sagte Molly.

Olsen und seine Anwältin sahen sie fragend an.

»Warum die Teufelsmasken?«

Olsen zuckte mit den Schultern. »Die Idee war im Telefonat mit meinem ersten Opfer entstanden. Es war als Spaß gedacht, als Gag. Bei den anderen beiden Frauen hat es sich dann so ergeben.«

»Nun reicht es aber mit den Rückblicken«, beschied die Anwältin. »Wir gehen jetzt.«

»Okay«, sagte Molly. »Herr Olsen, wenn Sie uns bitte die Namen aller Teilnehmer der Party geben würden?«

Gunda Grellmann ergriff erneut das Wort. »Die sende ich Ihnen nachher per Mail zu.«

»Mit den Anschriften und allen verfügbaren Telefonnummern«, bat Molly.

»Selbstverständlich. Wir dürfen uns dann von Ihnen verabschieden. Herr Olsen braucht Ruhe. Sie wissen, warum.«

Die Anwältin lächelte süßsauer und ging zielstrebig auf die Ausgangstür zu.

11

Ben brachte die Rechtsanwältin und ihren Mandanten zur Tür und kehrte zu den Ermittlern zurück.

Molly und Malte standen am Fenster und beobachteten, wie die Besucher in den Wagen stiegen.

Malte wirkte angespannt und verärgert. Er trommelte mit den Knöcheln auf die Fensterbank. »Die Anwältin nutzt die Krankheit ihres Mandanten aus, um ihn vor tiefergehenden Fragen von unserer Seite zu bewahren.«

»Würden wir das an ihrer Stelle nicht genauso machen?«, fragte Molly.

Er murmelte etwas, das sie nicht verstand.

Sie klopfte ihm beschwichtigend auf die Schulter und wandte sich Ben zu. »Wenn du mir deine Notizen gibst, schreibe ich das Protokoll.«

Ben strahlte über das ganze Gesicht. »Könnte ich dir diese Bitte abschlagen?« Er händigte ihr den Block aus und zwinkerte ihr zu. »Mach das bloß ordentlich.«

Molly zog sich in ihr Büro zurück.

Sie erweckte den Computer zum Leben, der während ihrer Abwesenheit in den Ruhemodus verfallen war, und legte ihre Finger auf die Tastatur.

Mitten im ersten Satz des Protokolls klingelte ihr Handy. Jannas Nummer blinkte auf.

Hastig nahm Molly den Anruf entgegen. Noch ehe sie sich melden konnte, vernahm sie eine Stimme, die so verzweifelt klang, dass sie Janna kaum erkannte.

»Molly, ich weiß nicht, wie ich es dir sagen soll. Die Rettung ist hier. Ole ... Er liegt im Koma.«

Schlagartig fühlte Mollys Körper sich an, als bestünde er durch und durch aus arktischem Eis. Ihr Hirn hörte auf, zu funktionieren. Alle Härchen im Nacken, an den Armen und Beinen stellten sich auf.

»Ich komme sofort.«

Sie vergaß, das Telefonat durch Betätigen des roten Hörersymbols zu beenden. Wie ferngesteuert warf sie das Smartphone in die Handtasche und lief ins Treppenhaus.

»Malte, schnell, bitte fahr mich nach Hause.«

»Was ist denn passiert?« Malte kam aus seinem Büro.

Molly war bereits die halbe Treppe hinabgesprungen. »Später. Fahr mich. Bitte!«

Er lief hinter ihr her, öffnete den Wagen und fuhr sie zu Jannas Haus, ohne eine weitere Frage zu stellen.

Ein Rettungswagen der Feuerwehr und ein Notarztwagen standen vor dem Grundstück.

Janna stürzte aus dem Haus und warf sich Molly an den Hals.

»Er war klinisch tot, als ich ihn gefunden habe. Sie haben ihn reanimiert, aber sie wissen nicht, ob er es schafft. Es ist das Herz. Es hat ganz plötzlich aufgehört, zu schlagen.«

Zwei Männer schoben die Trage im Eiltempo in den Rettungswagen. Wie gelähmt sah Molly ihnen zu. Janna sprach mit einem von ihnen, während er in den Wagen sprang. Dann fuhren sie mit Blaulicht und Sirene los.

Malte stand wie versteinert am Straßenrand und drehte sich um die eigene Achse, als stünde er auf einem mobilen Podest, das sich von selbst im Kreis bewegte.

»Komm.« Janna zog Molly mit sich fort. »Wir fahren hinterher. Sie bringen ihn in die Uniklinik.«

Auch Janna schien zum Roboter mutiert zu sein.

Wie zwei Menschen ohne Seele und ohne pulsierendes Blut in den Adern saßen sie in dem Wagen, der sich fremdgesteuert den Weg durch den Verkehr zu bahnen schien.

Klinisch tot. Wie war das möglich? Gestern Abend hatten sie noch Pläne geschmiedet. Und heute?

Molly traute sich nicht, zu fragen, was geschehen war. Sie traute sich nicht, zu fragen, wie tot Ole gewesen war, als Janna ihn fand. Sie traute sich nicht, darüber nachzudenken, was werden würde, wenn ...

»Er saß da«, fing Janna unvermittelt zu reden an. Sie sprach leise wie zu sich selbst, den Blick nach vorn gerichtet, als säße niemand neben ihr. »Er hat nicht mehr geatmet, das hab ich sofort gemerkt. Es war klar, dass er nicht schlief. Dass etwas Schreckliches passiert war. Mir wurde eiskalt. Ich wusste nicht, was ich tun sollte. Dann hab ich die Rettung gerufen, und sie haben mir gesagt, wie ich vorgehen muss, bis der Arzt und die Sanitäter eintreffen. Es war – so furchtbar.«

Sie erreichten die Klinik, und Janna suchte fieberhaft nach einem Parkplatz. Sie legte sich mit einer Besucherin an, die offensichtlich wegfahren wollte, aber eine Ewigkeit brauchte, um eine kleine Reisetasche im Kofferraum zu verstauen. Endlich setzte die Frau sich ans Steuer und machte den Platz frei.

Hektisch parkte Janna in die schmale Lücke ein. Sie setzte mehrmals vor und zurück, bis rechts und links genügend Platz zum Aussteigen war. Beim Rangieren hätte sie fast einen älteren Herrn umgefahren.

Die beiden Freundinnen wanden sich aus dem Auto. Atemlos vor Panik hetzten sie zur Intensivstation.

Am Eingang wurden sie gebeten, zu warten.

»Bedienen Sie sich gern am Wasserspender«, sagte eine freundliche Schwester.

Molly wollte kein Wasser, sie wollte wissen, wie es um Ole stand.

Sie nahm neben Janna Platz und erinnerte sich, dass dies nicht das erste Mal war, das sie im Wartebereich vor der Intensivstation darauf hoffte, jemand käme und sagte ihr, wie es um ihren Mann bestellt war.

Die Stille um sie herum war furchteinflößend.

Molly ahnte die hektischen Aktivitäten, die sich hinter der verschlossenen Tür der Station abspielten. Noch heute hatte sie von früheren Besuchen das dumpfe Geräusch eiliger Schritte im Ohr. Dieser Schritte, die zu Betten hasteten, in denen Menschen lagen, die zwischen Himmel und Erde schwebten. Noch heute hallten in ihrem Schädel diese Töne wider, die die Geräte in all den Zimmern von sich gaben. Ein Piepsen und Pfeifen, das Leben oder Tod signalisierte.

Plötzlich wurde die Tür der Station geöffnet. Ein Mann in grünen Hosen und grünem Kittel trat heraus.

Nie würde Molly die Schuhe vergessen, auf die sie blickte, als er wie in Zeitlupe auf sie zukam.

»Frau Bleck?«

Sie sah ihn nicht an. Sie stand nicht auf.

Er ging vor ihr in die Hocke, nahm ihre Hände und drückte sie.

»Ihr Mann ... Es tut mir unendlich leid. Wir haben alles versucht, aber wir konnten nichts mehr für ihn tun.«

12

Am übernächsten Tag

Betreten begrüßten Malte und Ben ihre Teamchefin, als sie nach nur einem Tag Abwesenheit wieder in der idyllischen alten Dienstvilla erschien. Janna hatte die beiden auf Mollys Wunsch hin instruiert, ihr nicht zu kondolieren und sie nicht auf das Grauen anzusprechen, das sich am Montagabend ereignet hatte.

Beide Kollegen befolgten die Bitte. Doch Malte hielt Molly am Arm zurück, als sie in den ersten Stock hinaufgehen wollte.

»Bist du sicher, dass du ...«

»Ich denke, Janna hat euch meine Haltung erklärt. Mehr habe ich dazu nicht zu sagen.« Sie riss sich los und nahm die ersten Stufen.

Bens Worte, auch wenn er sie leise aussprach, drangen an ihr Ohr.

»Lass sie. Es ist bestimmt besser für sie.«

Sie tat, als hätte sie es nicht gehört. Aber Ben hatte recht. Sie konnte nicht zu Hause sitzen und warten.

Warten worauf? Darauf, dass die Trauer sich legen würde? Das würde sie niemals tun. Darauf, dass der Schmerz nachließ? Er würde nicht erträglicher, wenn sie apathisch auf dem Sofa saß und von Ole träumte.

Sie hatte einen großen, einen unverzeihlichen Fehler begangen. Ole und ihr gemeinsames Leben hatte sie auf Eis gelegt. Sie hatte ihren Mann hinter den Fall gestellt, der sich am Sonntag in ihr Leben gedrängt hatte.

Keine Sekunde hatte sie daran gedacht, dass Ole sterben könnte. Nicht jetzt, nicht an seiner Krebserkrankung und schon gar nicht an einem Herzinfarkt.

Vom ersten Moment an war es ihr Ziel gewesen, den Mordfall Kaja Monsun aufzuklären, bevor der todkranke Paulus Olsen starb. Schuldete sie es nun nicht auch Ole, der so geduldig auf den Abschluss der Ermittlungen hatte warten wollen, dieses Ziel zu erreichen?

Molly schloss die Bürotür hinter sich und setzte sich an den Schreibtisch. Einen Augenblick zögerte sie, den Computer einzuschalten. Es fühlte sich merkwürdig an, hier zu sitzen, anders als sonst.

Lag es daran, dass sie nun Witwe war?

Sie schüttelte die Überlegungen ab. Ihre Gedanken durften sie nicht daran hindern, ihrer Arbeit nachzugehen. Jeden Tag verloren unzählige Menschen auf der Erde ihren Partner, ihre Partnerin. Allen erging es wie ihr: Sie wunderten sich darüber, wie es möglich war, dass die Welt sich weiterdrehte. Doch sie tat es. Sie drehte und drehte und drehte sich.

Stillstand war der Tod.

Sie öffnete den Terminkalender auf dem Monitor und kaute an einem Fingernagel.

Kein neuer Eintrag war zu sehen, aber für heute Nachmittag die Verabredung mit Arved Lenzen auf dem Priwall, die eigentlich verschoben werden sollte.

Abrupt schob sie den Rollenstuhl zurück. Sie öffnete die Bürotür, ging auf den Flur und lehnte sich über das Treppengeländer.

Ben und Malte standen unten noch immer zusammen und unterhielten sich leise. Ben sah zu ihr hoch, als er sie bemerkte.

»Habt ihr die Kontaktdaten der Freunde von Doreen Wakenitz erhalten?« Sie wunderte sich über sich selbst, dass ihr der Name der Dame präsent war.

»Haben wir«, rief Malte nach oben.

»Habt ihr Termine mit den Leuten gemacht?«

»Haben wir, aber ...«

»Warum stehen sie nicht in meinem Terminkalender? Ihr habt Zugriff darauf, es ist ein Teamkalender. Gehöre ich auf einmal nicht mehr dazu?«

Sie schaute in die betroffenen Gesichter der zwei und schämte sich. Mit gesenktem Blick stieg sie die Treppe hinunter. Ihr war, als fiele sie Stufe für Stufe hinab.

Als sie unten ankam und auf ihre Kollegen zuging, starrten die zwei sie an wie einen Geist.

»Entschuldigt bitte, ich benehme mich völlig daneben. Es tut mir leid. Das alles ist so ... so ...«

Ben löste sich aus seiner Erstarrung. Er schlang seine Arme um Molly und drückte sie an sich.

Sie schaffte es, nicht zu weinen. Als sie wieder normal atmen konnte, machte sie sich los. »Ich danke dir. Ich danke euch beiden. Setzen wir uns kurz in Bens Büro?«

Sie ging voran und ließ sich halb auf dem Schreibtisch nieder. »Mit wem sprechen wir zuerst?«

Ben öffnete den Kalender auf seinem Monitor und nannte Molly die Termine und die Reihenfolge der Personen, die sie befragen wollten.

»Zuerst Doreen Wakenitz«, sagte Molly. »Das ist gut. Sie scheint mir die wichtigste Person zu sein.«

»Und Alex Rossi«, sagte Malte. »Er fällt ein bisschen aus dem Rahmen.«

»Weil er keine Frau ist?«

»Weil er im Knast gesessen hat.«

»Ah, interessant. Ich dachte, außer Paulus Olsen wären nur Mitglieder der Prisoners' Angels auf der Party gewesen. Ist Rossi so eine Art Quoten-Mann unter den Damen, oder wird auch er von den Engeln gerettet?«

Eine Sekunde lang staunte sie darüber, dass sie zu einer ironischen Bemerkung fähig war. Sie atmete auf. Vielleicht war es tatsächlich die richtige Entscheidung gewesen, sich nicht mit ihrer Trauer in der Einsamkeit zu verkriechen. Die Arbeit im Team tat ihrer Seele gut. Das hatte auch Janna vermutet, als sie mit ihr darüber diskutierte, ob sie sich einige Tage krankschreiben lassen oder nach einem Tag Pause wieder arbeiten gehen sollte.

Auch Malte hatte ihre Ironie bemerkt. Er schüttelte leise schmunzelnd den Kopf. »Alex Rossi ist kein rettender Engel. Er wurde gerettet – oder wird es noch. Er ist der Schützling von Tina Bode, die zu den Gründerinnen des ehrenwerten Grüppchens gehört.«

»Aha. Wann und wo hat er eingesessen?«

Ben, der eifrige Rechercheur, gab ihr die Antwort. »In der JVA Lübeck, zu einer Zeit, als auch Olsen da inhaftiert war.«

»Verrätst du mir auch, was er verbrochen hat?«

Ben lächelte sie aus treuen Augen an. »Wenn du so lieb fragst ... Er war wegen Totschlags zu sechs Jahren Haft verurteilt worden und wurde letztes Jahr entlassen. Er hat im Suff einen Bekannten erschlagen. Der Grund war ein Lotto-Schein, mit dem die beiden Millionäre geworden wären, wenn der Freund nicht vergessen hätte, den Schein abzugeben.«

»Waren Alex Rossi und Paulus Olsen während der Haftzeit miteinander bekannt, oder sind sie sich erst durch diese Frauen begegnet?«

»Das müsste ich noch klären«, sagte Ben.

Malte sah auf die Uhr. »Molly, wir müssen bald los. Frau Wakenitz erwartet uns. Sie hat sich heute extra frei genommen.«

»Was ist mit Arved Lenzen?«, fragte Molly. »Der Termin heute Nachmittag steht noch in meinem Kalender. Habt ihr ihn nicht angerufen?«

»Doch, wir haben euer Treffen auf morgen verschoben«, sagte Malte. »Gleiche Uhrzeit, gleicher Ort.«

»Er kennt den Grund der Verschiebung?«

Malte nickte stumm. Mit unsicherer Miene trat er von einem Fuß auf den anderen.

»Warum hast du den Termin nicht in meinem Kalender verschoben?«, fragte Molly, um von Maltes offensichtlicher Verlegenheit abzulenken.

»Ich wollte dir nicht einfach ein Date reinknallen, ohne dich vorher gefragt zu haben. Ich habe Lenzen gesagt, wenn er heute nichts von uns hört, bleibt es bei dem Termin am Donnerstagnachmittag am verabredeten Treffpunkt. Andernfalls würdest du dich noch mal mit ihm in Verbindung setzen.«

»Der Donnerstag passt. Mit den ersten Befragungen sind wir bis dahin durch, und ...« Sie schluckte. »Die Beerdigung ist am Freitagnachmittag. An dem Tag müsste ich früher gehen. Aber ihr schafft den Wochenausklang auch ohne mich.«

Sie schob sich von Bens Schreibtisch herunter und lief aus dem Raum. »Bin gleich wieder da.«

Sie verschwand im Toilettenraum, tupfte sich kaltes Wasser ins Gesicht und trocknete sich ab. Mit beiden Händen stützte sie sich auf dem Waschtisch auf und sah in den Spiegel. »Kopf hoch, Molly Bleck«, flüsterte sie.

»Molly?«

Es war Ben, der sie rief.

»Ja?« Sie kehrte zurück in sein Büro.

»Eine Mail von Maren Eggertsen.«

Malte saß neben Ben vor dessen Bildschirm. Er hatte die Nachricht geöffnet.

Molly setzte sich dazu. »Was schreibt sie?«

»Sie haben die Tatwaffe gefunden«, referierte Malte. »Es ist eine zerschlagene Bierflasche. Sie lag unter einem der Sträucher, und es klebt Blut an der scharfen Kante. Es ist das Blut von Kaja Monsun. Aber was noch viel schöner ist ...«

Malte machte es spannend.

»Was ist es denn?«

»Es sind Fingerabdrücke am Flaschenhals. Von mehreren Personen. Eine davon ist – rate mal.«

»Malte, wir sind nicht beim Fernsehquiz. Von wem stammen die Abdrücke?«

»Von Paulus Olsen.« Malte guckte sie bedauernd an. »Das muss aber noch nichts heißen. Wie gesagt, es sind noch andere Abdrücke dran. Aber seine sind aus unserer Datei bekannt, während die anderen von Personen stammen, die bei uns noch nicht registriert sind.«

»Ich vermute«, sinnierte Molly, »die Prisoners' Angels hatten an dem Abend einen Kasten Bier dabei. Olsen kann die Flasche herausgezogen und an jemanden aus der Gruppe weitergegeben haben. Dann sind von mindestens zwei Leuten Abdrücke daran. Aber damit ist nicht gesagt, dass auch nur einer von denen der Täter gewesen sein muss.«

»Das sehe ich auch so«, pflichtete Ben ihr bei. »Sie können die Flasche auf der Wiese vergessen haben. Später hat sich jemand mit Kaja Monsun getroffen, die Flasche gefunden, zerschlagen und als Tatwaffe benutzt. Der Täter könnte sogar Handschuhe getragen haben, sodass er selbst keine Fingerabdrücke hinterlassen hat.«

»Wenn die Flasche zu einem Kasten gehörte, den die Prisoners' Angels mitgebracht haben, müsste sie beim Aufräumen des Platzes am Ende der Party gefehlt haben«, stellte Malte mit Kennermiene fest.

»Wenn wirklich ein ganzer Kasten zur Party mitgebracht wurde«, folgerte Molly, »muss den jemand transportiert haben, der ein Auto oder einen Fahrradanhänger hat. Mindestens dieser Person dürfte das Fehlen der Flasche aufgefallen sein.«

Malte sah Ben und Molly lange an. »Oder auch nicht«, brachte er schließlich hervor. »Was ist, wenn derjenige der Mörder ist, der den Kasten mitgebracht hat?«

13

Mark-Friedrich Fokke stolzierte in die Redaktion der ›Macht der Frau‹. Leise pfiff er eine Melodie daher. Dem Pförtner, der sich über den breiten Tresen aus Kirschbaum beugte und ihn mit einem teils tadelnden, teils fragenden Blick bedachte, klopfte er im Vorbeigehen auf die Schulter.

Geflissentlich übersah er das überdimensionale Porträt der so unglücklich verblichenen Kollegin Kaja Monsun, das am Morgen im Foyer ausgehängt und mit einem Trauerflor versehen worden war. War dieses Zurschaustellen der Trauer nicht ein wenig übertrieben?

Er drückte auf den Schalter des Aufzugs, doch ihm fehlte die Geduld, zu warten. Lieber nahm er die Treppe in den dritten Stock. Manchmal konnte es ihm nicht schnell genug aufwärtsgehen.

Ed Müller, sein Kollege, registrierte verwundert, wie Mark-Friedrich mit einem Schwung um die Ecke kam und das gemeinsame Büro mit seiner überbordenden Präsenz bis in den letzten Winkel erfüllte.

Der fröhliche Reporter pfefferte sein Handy auf den Tisch und ließ sich auf den Bürostuhl fallen.

Ed zeigte auf das Smartphone. »Ist das unkaputtbar?«

Mark-Friedrich antwortete nicht darauf. Mit der einen Hand schob er sein zottliges, verschwitztes strähniges Haar aus der Stirn, mit der anderen schaltete er den Computer ein.

Während der Rechner hochlief, lehnte der stellvertretende Chefreporter der ›Macht der Frau‹ sich zurück, faltete die Hände über dem deutlich sichtbaren Bauchansatz zusammen und streckte die Beine von sich. Er schnaufte.

»Was für ein Termin gestern in der JVA.«

»Du warst im Knast?« Ungläubig sah Ed ihn an.

Mark-Friedrich nickte zufrieden. »Interview mit einem Vollzugsbeamten. Persönlicher Kontakt von mir.« Er hämmerte mit der Faust auf den Tisch. »Das wird ein Reißer.«

»Was war das Thema?«

»Was glaubst du wohl, worum es ging?« Mark-Friedrich beugte sich über den Tisch und signalisierte seinem Kollegen mit einer lockenden Geste, es ihm gleichzutun.

Ed, der seit einem Hörsturz im letzten Herbst nur noch wenig verstand, sich aber nicht für die Anschaffung eines Hörsystems entscheiden konnte, reckte seinem Gegenüber ein Ohr entgegen.

Mark-Friedrich senkte die Stimme. »Kaja Monsun und der Seebrückenteufel.«

Ed pfiff durch die Zähne. »War der Mann autorisiert, darüber zu reden?«

»Ich nenne seinen Namen in dem Artikel nicht«, wich Mark-Friedrich aus. »Du weißt doch, wie wir in solchen Fällen vorgehen. Ich verwende ein Pseudonym, versehe es bei der ersten Nennung mit einem Sternchen, und in der Fußnote steht: ›Name geändert. Der wirkliche Name ist der Redaktion bekannt‹.«

»Das gibt Ärger, mit dem Verleger und mit der Behörde. Sei ehrlich«, sagte Ed skeptisch, »am Ende ist nicht nur der Name, sondern die Person erfunden.«

Mark-Friedrich lachte die Bedenken weg. »Vor allem gibt es viel Aufmerksamkeit und eine hohe Auflage. Und das ist erst mal alles, was zählt. Für das, was danach kommt, haben wir einen Justiziar.«

»Und der Beamte? Wenn er tatsächlich existiert, findet die Behörde raus, wer es war. Dann ist er dran, wenn er das Interview ohne Abstimmung mit der Anstaltsleitung gegeben hat. Die in der oberen Etage waren sicher mit keinem Wort eingeweiht. Ich weiß doch, wie schwierig es ist, einen offiziell genehmigten Interviewtermin zu bekommen.«

Mark-Friedrich bleckte die gebleichten Zähne und lächelte überlegen. »Ist das mein Bier?«

»Aber wenn du in der JVA warst und da jemanden getroffen hast, wissen doch alle, wer es war.«

Verärgert schob Mark-Friedrich die Tastatur seines Computers zur Seite. »Nimm doch nicht immer alles so wörtlich. Der Termin hat nicht in den Räumen der JVA stattgefunden, sondern in der Gegend. Weit genug entfernt, dass wir keine Spione um uns hatten.«

»Okay, wenn es so ist. Und was hast du erfahren?«

Der stellvertretende Chefreporter schmunzelte und schwieg.

Missmutig schob Ed seinen Kaffeebecher zur Seite. »Ich will dich nicht aushorchen, aber hast du was rausgefunden, was die Konkurrenz noch nicht weiß?«

»Hab ich.« Mark-Friedrich verschränkte die Arme. Er genoss seine Überlegenheit. »Auch Kaja hatte ihre Kontakte in die JVA. Sie wollte über Paulus Olsen berichten, nachdem bekannt wurde, dass er begnadigt werden sollte. Sie wollte den Lesern erzählen, wie er all die Jahre in der JVA gelebt und gelitten hat. Auch über seine Konfrontation mit Alex Rossi, dem Totschläger und verhinderten Lottomillionär, wollte sie recherchieren. Das hat den beiden Männern natürlich überhaupt nicht gepasst.«

»In dem Brei hat die Kaja rumgerührt?«

»Sie hat es versucht. Aber Kaja, die immer glaubte, alles zu können und die Größte und Beste zu sein, hat es verdammt ungeschickt angestellt. Da gingen sofort alle Türen zu.« Zufrieden lehnte Mark-Friedrich sich zurück. Er sprach so laut weiter, dass er über den ganzen Flur zu hören war. »Da musste erst ein Mark-Friedrich Fokke kommen, um die richtigen Kontakte herzustellen und die Türen für die ›Macht der Frau‹ aufzustoßen.«

Ed Müller schüttelte den Kopf. »In der Redaktion hat Kaja kein Wort über diese Pläne fallen lassen. Das muss ein Alleingang von ihr gewesen sein.«

»Du weißt, das war ihr Stil. Kaja war keine Teamworkerin. Sie war von Ehrgeiz zerfressen. Mein Informant hat mir von ihren Versuchen erzählt, einen Fuß in die JVA zu bekommen und sich Paulus Olsen aufzudrängen. Er weiß es von einem Kollegen, den sie angebaggert hat. Sie hat sich auch an die Mädels von dieser Engelstruppe herangeschlichen. Sie hat es überall probiert. Du hast selbst erlebt, wie hartnäckig sie war. Wenn sie irgendwo landen wollte, hat sie alle Hebel in Bewegung gesetzt und jeden genervt. Jetzt, wo sie tot ist, will natürlich niemand mehr mit ihr Kontakt gehabt haben.«

»Verständlich. Jeder könnte in Verdacht geraten ... Hast du eine Ahnung, wer Kaja auf dem Gewissen hat?«

Mark-Friedrich zog die Mundwinkel nach unten und schob die Unterlippe vor. »Mein Tipp ist der Olsen. Sie war ihm mit irgendwas auf der Spur. Er soll bei seiner Gerichtsverhandlung gelogen haben, hat sie von einer früheren Mitarbeiterin der Anwältin erfahren. Wenn das durch Kajas Reportage an die Öffentlichkeit gelangt wäre, wäre es mit der Begnadigung wohl vorbei gewesen.«

»Hm, wenn das so ist ...« Ed Müller strich sich übers Kinn. »Dann könnte es aber auch eine dieser Frauen gewesen sein. Ich meine die eine, die ihn bei sich aufgenommen hat. Die hat doch was mit ihm. Würde mich wundern, wenn nicht. Kann mir niemand erzählen, dass eine Frau sich jahrelang mit so einem Typ schreibt, ihn nach der Entlassung bei sich zu Hause aufnimmt und das alles ohne irgendwelche Hintergedanken macht.«

»Du meinst, die hat die Gruppe, die sie gegründet hat, als kostenlose Partnervermittlung genutzt?«

Ed nickte eifrig. »Davon geh ich mal aus. Und wenn ich mit meiner Vermutung richtig liege, dann fährt die doch sofort die Krallen aus, wenn eine Frau wie die Kaja daherkommt und ihren Traum zerstören will.«

Mark-Friedrich kniff die Augen zusammen und zeigte mit dem Finger auf seinen Kollegen. »Da ist was dran, Ed, du hast recht. Ich werde mich mit den Damen in Verbindung setzen.«

Ed hob den Finger. »Dann steht auch mein Kürzel unter dem Stück. MFF und EMU, so viel ist klar.«

»Sag mal, Ed, hast du das nötig? Die Kontakte in dieser Sache habe ich, die Interviews führe ich. Glaubst du, ich wäre nicht von selbst auf die Idee gekommen, diese Frauen auszuhorchen?«

Er stand auf und verließ den Raum.

»Wo gehst du hin?«, rief Ed ihm hinterher.

Mark-Friedrich machte zwei Schritte rückwärts und grinste ihn an. »Zur Chefredaktion. Der Posten der Chefreporterin ist seit Montag vakant.«

Ed blieb der Mund offen stehen. »Du ... Du ... Du willst Chef...« Er schluckte. Plötzlich fing er laut an zu lachen. Er zeigte mit dem Finger auf Mark-Friedrich. »Du willst Chefreporterin der ›Macht der Frau‹ werden? Du bist echt komisch. Der erste Kerl, der bei unserer Zeitschrift Chefreporterin wird.«

Er hielt sich den Bauch vor Lachen.

Mark-Friedrich machte gute Miene zum bösen Spiel und kniff sich ein souveränes Lächeln ab. »Du hast meinen Plan durchschaut. Und wenn du dich ganz doll anstrengst, mache ich dich zu meiner Sekretärin.«

Er klopfte zweimal auf das Holz der Türzarge und stob davon.

Dies war sein Tag, es war seine Karriere. Dem nächsten Schritt nach oben stand nichts mehr im Weg.

14

»Es ist verrückt«, sagte Malte und stieg mit Molly in den Wagen, um zu Doreen Wakenitz zu fahren. »Normalerweise recherchieren wir als Erstes, wer ein Motiv für den Mord hatte. Dann ermitteln wir, ob er die Gelegenheit zur Tat hatte, und schließlich, ob er im Besitz der Tatwaffe war. Jetzt haben wir einen einschlägig Vorbestraften, dessen Fingerabdrücke an der Tatwaffe haften. Er hatte die Gelegenheit zum Mord ...«

»Aber er hat kein Motiv«, folgerte Molly.

»Stimmt so nicht ganz«, widersprach Malte vorsichtig. »Wir sehen im Moment keins, aber wir wissen nicht, ob er nicht doch eins hatte.«

»Selbst wenn es so sein sollte, wird er nicht der Einzige sein.«

»Das ist das Problem.« Malte seufzte. »Wie ich schon sagte: Bei einer Frau vom Kaliber einer Kaja Monsun wird es schwierig sein, Menschen zu finden, die kein Motiv hatten, sie zum Schweigen zu bringen. Gesellschaftsreporter haben ein extrem hohes Berufsrisiko.«

»Jetzt übertreibst du aber.«

»Das sehe ich anders. Wer ein Promi ist, etwas zu verbergen hat und von einer Journalistin verfolgt wird, die den Ruf hat, über Leichen zu gehen, kann sich schnell veranlasst sehen, böse zuzuschlagen.« Malte bog in die Straße ein, in der Doreen Wakenitz lebte.

»Ob Paulus Olsen auch da ist?«, fragte Molly.

»Glaub ich nicht. Ich hab ihr gesagt, wir möchten sie gern alleine sprechen.«

Er parkte am Straßenrand vor einem Haus, dem man ansah, dass die Bewohner nicht der High Society angehörten.

Doreen Wakenitz hatte das Kleid angezogen, das sie auch bei Paulus Olsens Entlassung getragen hatte, wie in den Zeitungsberichten zu sehen gewesen war. Sie führte die Ermittler ins Wohnzimmer.

»Sie sind allein?«, fragte Molly vorsichtshalber.

»Herr Olsen ist nicht hier, wenn Ihre Frage darauf abzielt.«

Doreens Lächeln lag auf einer Skala zwischen Kühle und Provokation. Ihre eisgrauen Augen hatten eine Ausstrahlung, die Molly dazu veranlasste, sich im Stillen zu fragen, was Olsen daran anziehend fand.

Geschäftig kramte sie in ihrer Handtasche nach Notizblock und Stift. »Wie lange kennen Sie Herrn Olsen schon?«, fragte sie beiläufig.

»Je nachdem, was man unter Kennen versteht. Ich habe schon seinen Prozess verfolgt.«

»Live, also vor Gericht?«, fragte Malte.

»Nein, in der Zeitung. Das heißt, ein paar Mal war ich auch bei Gerichtsterminen dabei. Ich wollte wissen, wer dieser Mann ist, wie er denkt und fühlt.« Sie hob das Kinn. »Ich bin bis heute davon überzeugt, dass er zu Unrecht wegen Mordes verurteilt wurde. Paulus ist kein Mörder. Er hatte eine schwierige Kindheit.«

Malte grunzte leise. »Hatten wir die nicht alle?«

»Seine war besonders schwer. Ich möchte jetzt nicht ins Detail gehen. Fragen Sie ihn selbst, wenn Sie mögen, oder seine Anwältin.«

»Nein«, sagte Molly resolut. »Das interessiert uns jetzt nicht. Wir wollen nicht die Todesfälle aus vergangenen Zeiten aufrollen. Wir sind hier wegen des Todes von Kaja Monsun.«

»Mit dem Paulus Olsen nichts zu tun hat«, warf Doreen ihr mit fester Stimme zu.

»Nach unseren Informationen geben Sie Herrn Olsen ein Alibi, und wir sind hier, weil wir das überprüfen müssen. Wir möchten uns gern ein Bild vom Ablauf des Abends machen. Die Anwältin von Herrn Olsen hat uns bereits mitgeteilt, mit wem Sie sich getroffen haben. Bitte sagen Sie uns: Um welche Uhrzeit hat die Party begonnen, und wann war sie zu Ende?«

»Getroffen haben wir uns um sechs, und gefeiert haben wir bis neun, halb zehn.«

»Neun, halb zehn«, wiederholte Molly, während sie die Zeiten aufschrieb. »Was bedeutet das? Sind um neun die Ersten von Ihnen gegangen und die Letzten um halb zehn?«

»Nein.« Doreen klimperte mit den Lidern. »Wir sind alle zusammen weggegangen. Ich weiß nicht auf die Minute genau, wann. Es hat keiner von uns auf die Uhr gesehen.«

»Ach«, sagte Malte. »Und trotzdem wissen Sie so genau, dass der Spaß zwischen neun und halb zehn zu Ende war?«

Doreens Miene versteinerte. »Jep.«

Molly meinte, das Herz der Frau bis zum Hals klopfen zu hören. Und sie ahnte schon jetzt, dass sie von den anderen Gästen dieselbe Zeitangabe hören würde.

»Hat einer von Ihnen sich während der Zeit mal von der Gruppe entfernt?«, fragte sie.

»Nein. Wir waren alle die ganze Zeit zusammen.«

»Sie haben aber nicht im Pavillon der ›Süßen Seebrücke‹ gefeiert, wie unsere Kollegen bei der Befragung der Wirte erfahren haben.«

Doreen winkelte den Arm an und stützte das Kinn auf die Faust. »War das jetzt eine Frage?«

»Ob Frage oder Feststellung – sagen Sie uns einfach, wie es war.«

»Wir haben auf der Wiese hinter dem Pavillon gefeiert. Der Gastronomiebetrieb schließt um sechs.«

»Daraus folgere ich, dass Sie selbst Proviant mitgebracht haben.«

»Natürlich.«

»Was genau?«, hakte Molly nach.

Doreen legte den Kopf in den Nacken und seufzte. »Was war das noch?« Sie guckte die Ermittler wieder an. »Jeder von uns hat was zu essen mitgebracht. Selbstgemachte Wraps, Zwiebelkuchen und Salzgebäck.«

»Und Getränke?«

»Die natürlich auch.«

»Alkoholische, nehme ich an«, sagte Malte.

»Auch«, sagte Doreen. »Ich habe zwei Flaschen Wein spendiert. Meine Freundinnen hatten Dosen mit Erfrischungsgetränken dabei.«

»Wer hat das Bier mitgebracht?«, fragte Malte.

»Das Bier?«

»Sie hatten einen Kasten Bier dabei«, sagte Molly ihr auf den Kopf zu.

»Ach so, ja.« Doreen senkte den Blick.

»Wer hat den transportiert?«, hakte Molly nach.

Doreen wippte nervös mit dem Fuß. »Sandra. Sie ist die Einzige von uns, die ein Auto hat.«

»Sandra Koll also.« Malte nickte Molly zu. »Den Kasten haben Sie an dem Abend geleert?«

»Nein, nicht ganz. Die beiden Männer haben ein paar Flaschen getrunken, und ich glaube, Tina und Lissi hatten auch jede eine.«

Molly holte die Liste der Namen, die sie von der Anwältin erhalten hatten, aus ihrer Tasche hervor. »Tina Bode und Lissi Holm«, vergewisserte sie sich.

Doreen nickte stumm.

»Wie heißt Frau Holm mit vollem Vornamen?«

»Elisabeth natürlich.«

Molly nickte verständig. »Das dachte ich mir, aber ich wollte sichergehen. Im Laufe meines Lebens habe ich einige Male erlebt, dass ein Kosename nichts mit dem eigentlichen Vornamen zu tun hatte.«

»In diesem Fall ist es aber so«, sagte Doreen mit offensichtlicher Gereiztheit.

»Als Ihre Feier zu Ende war«, setzte Malte die Befragung fort, »war der Bierkasten vollzählig bestückt mit den leeren Flaschen und mit denen, die noch nicht ausgetrunken waren, oder fehlte da was?«

Die Befragte stutzte. »Das weiß ich nicht.«

»Hat niemand nachgezählt, ob eine Flasche fehlte?«

Doreen wurde offensichtlich ungemütlich zumute. »Ich sag doch, ich weiß es nicht«, wehrte sie ab. »Um die Getränke hab ich mich nicht gekümmert.«

»Sie kümmern sich doch sonst um so vieles. Schade, dass Sie uns dazu nichts sagen können«, entgegnete Malte mit gespieltem Bedauern. »Aber kommen wir zu einem anderen Punkt, der für unsere Ermittlungen von Bedeutung ist. Bei Herrn Olsens Entlassung ist Ihnen die Reporterin Kaja Monsun begegnet.«

Doreen zog die Mundwinkel herab. »Begegnet ist gut. Sie hat sich uns aufgedrängt. Sie hat vor dem Gefängnis gestanden und darauf gelauert, dass Paulus rauskam und sie ihn überfallen und mit ihren Fragen belästigen konnte. Aber ich hab sie locker abgewimmelt.«

»Ist es zwischen Ihnen und Kaja Monsun zu einer Auseinandersetzung gekommen?«, fragte Molly.

Doreen schüttelte den Kopf.

»In den Medien wurde Ihre Reaktion auf die Belagerung durch die Journalisten und Fotografen als nicht sonderlich entgegenkommend bezeichnet.«

»Wundert Sie das?«

»Nein, keinesfalls«, entgegnete Molly. »Was mich aber wundert, ist, dass Sie vorgeben, so gelassen damit umzugehen. Ich merke es Ihnen an: Es brodelt noch heute in Ihnen. Waren Sie sehr wütend auf Frau Monsun? Hat die Reporterin noch in den Tagen nach der Entlassung versucht, an Herrn Olsen heranzukommen?«

Trotzig guckte Doreen die Ermittler an. »Sie wollen darauf hinaus, dass ich Ärger mit der Frau bekommen habe. Sie glauben, dass ich meine Wut an ihr ausgelassen und sie umgebracht habe.«

»Sie geben also zu, wütend auf Frau Monsun gewesen zu sein«, stellte Malte fest.

»Natürlich war ich wütend. Aber ich habe sie nach dem Tag vor der JVA nie wieder gesehen. Sie hat mich am Telefon belästigt, sie hat versucht, irgendwie an Paulus heranzukommen. Aber sie hat es nicht geschafft. Ich habe sie abgeblockt.«

»Hat Sie dieses Haus belagert?«, fragte Molly.

»Nein. Oder wenn, dann im Dunkeln. Ich bin ihr hier jedenfalls nicht begegnet.«

Malte schlug die Beine übereinander und legte einen Finger ans Kinn. »Wir können anhand des Mobiltelefons von Frau Monsun feststellen, ob sie hier war und wenn ja, wann und wie lange.«

»Dann tun Sie das doch«, brüllte Doreen ihn an.

»Hat Herr Olsen ein Mobiltelefon?«, fragte Molly.

»Ja, natürlich. Das war das Erste, was er sich zugelegt hat, als er freikam.«

»Dann können unsere Kriminaltechniker feststellen, ob sie Kontakt miteinander hatten. Seine Nummer lautet wie?«

Doreen ratterte die Ziffern herunter.

Molly steckte Block und Kugelschreiber wieder ein und stand auf. »Vielen Dank für die Auskünfte, Frau Wakenitz.« Sie überreichte ihr eine Visitenkarte. »Für den Fall, dass Sie uns noch was mitzuteilen haben ...«

Doreen blieb unschlüssig im Zimmer stehen. Als die Ermittler die Wohnungstür erreichten, folgte sie ihnen.

»Verstehen Sie, dass das eine Scheißsituation für uns ist? Ich wollte, dass Paulus am Ende seines Lebens noch mal eine schöne Zeit hat. Dass er, wenn es so weit ist, von dieser Welt gehen kann mit tollen Erinnerungen an seine letzten Monate. Und jetzt kommt alles völlig anders. Wissen Sie, was das bedeutet?«

Molly zerriss es das Herz, als sie Doreens Worte hörte. Sie nahm alle Kraft zusammen.

»Ja«, sagte sie mit stockendem Atem, »das weiß ich, und es tut mir unendlich leid. Für Sie beide.«

Doreen wirkte niedergeschlagen, als die Ermittler sich von ihr verabschiedeten.

Molly spürte ihre Blicke noch immer im Rücken, als Malte und sie in den Wagen stiegen.

Malte zog sein Handy hervor, das er wie Molly während des Gesprächs mit Doreen Wakenitz stumm geschaltet hatte.

»Guck an, eine Nachricht von Ben. Der Forensiker sagt, der Tod von Kaja Monsun dürfte zwischen zweiundzwanzig und zwei Uhr eingetreten sein.«

Molly lehnte den Kopf zurück. »Dann kann es jeder der Partygäste gewesen sein. Sie sind alle gemeinsam gegen neun, halb zehn aufgebrochen, und dann ist einer von ihnen noch mal zurückgekehrt. Aber wer?«

»Es bleibt noch immer die Möglichkeit«, brachte Malte ihr in Erinnerung, »dass es ein Außenstehender war, den wir noch gar nicht auf dem Schirm haben.«

Ja, auch das war möglich.

Molly dachte an das Gespräch, das sie morgen Nachmittag mit Arved Lenzen führen würde. Was wusste er, was würde sie von ihm erfahren?

15

Tina Bode wohnte am westlichen Stadtrand von Travemünde. Ihre Wohnung lag in einem Mehrfamilienhaus, das deutlich sichtbar einer Renovierung bedurfte. Sie war als Verkäuferin in einem Supermarkt tätig und hatte heute ihren freien Tag.

»Ich bin schon ganz aufgeregt«, empfing sie die Ermittler. »Ehrlich gesagt, frage ich mich seit Ihrem Anruf gestern, was Sie von mir wollen.«

Malte sah freundlich auf die Frau herab, die kaum größer als einen Meter fünfundfünfzig war und quirlig wirkte wie ein Kind.

»Habe ich Ihnen das nicht am Telefon gesagt, als wir den Termin vereinbart haben?«

»Wahrscheinlich haben Sie das, aber ich war zu aufgewühlt, um es mir zu merken.«

Tina führte die Besucher in ihre kleine, gemütlich eingerichtete Wohnküche. »Viel Platz ist hier nicht«, meinte sie entschuldigend. »Aber Sie werden ja auch nicht lange bleiben.«

»Wer weiß?« Malte zwinkerte ihr zu und nahm auf einem Stuhl Platz, ohne zu merken, dass eins der hölzernen Beine eine merkwürdig schräge Stellung aufwies.

»Vorsicht«, rief Tina aus, als der Stuhl unter ihm zusammenzubrechen drohte. »Vielleicht nehmen Sie lieber den danebene.«

»Ist wohl besser.«

Malte versuchte, sich den Ärger über den verpatzten Einstieg in dieses Gespräch nicht anmerken zu lassen, und wechselte den Platz.

Molly sah sich den Stuhl, den sie sich ausgesucht hatte, genauer an, bevor sie sich darauf niederließ.

In einem anderen Zimmer der Wohnung spielte Musik, vermutlich aus dem Radio. Die letzten Töne verhallten, ein Moderator sprach.

»Herr Rossi ist auch da?«, fragte Molly in der Erwartung, dass Alex Rossi den Song zu Ende hörte und dann zu ihnen in die Küche kam.

Tina schlug sich die Hand vor den Mund. »Wollten Sie auch mit Alex sprechen?«

Sie zog den letzten verbleibenden, gebrauchsfähigen Stuhl vom Tisch, soweit der Küchenschrank, der dahinter stand, es erlaubte, schob sich auf den Sitz und stützte die Arme auf.

»Das hatte ich gestern so mit Ihnen besprochen«, sagte Malte, dessen Ton nun etwas ungehalten wurde.

»Ich sag ja, ich bin einfach zu nervös, um alles aufzunehmen«, entschuldigte Tina Bode sich. »Sie verstehen sicher, dass ich ziemlich durch den Wind bin. Für solche Geschichten bin ich langsam zu alt.«

Malte runzelte die Stirn. »Solche Geschichten? Was meinen Sie konkret damit?«

Tina wirbelte mit den Händen in der Luft herum. »So ziemlich alles, angefangen mit der Begnadigung und Doreens Angst, dass doch noch was schiefgehen würde.«

»Dass Paulus Olsen doch nicht begnadigt würde?«

»Ja, es war spannend bis zur letzten Minute. Wir haben Doreens Bibbern hautnah mitbekommen und ihre Wut über diese ... diese ...«

Tina wurde von einem Hund abgelenkt, der auf der Wiese vorm Haus herumtollte und den Rand eines Blumenbeetes als Toilette benutzte. Sie rutschte von ihrem Stuhl und öffnete das Fenster.

»Die Hinterlassenschaften Ihres Köters nehmen Sie aber bitte mit, Frau Heimfeld«, rief sie der Hundehalterin zu. Dann zwängte sie sich auf den Stuhl zurück und sah die Ermittler an, als wären sie wieder an der Reihe, zu reden.

»Sie sprachen gerade von der Wut, die Doreen Wakenitz verspürt hatte«, knüpfte Molly an das unterbrochene Gespräch an. »Auf wen war sie wütend?«

Verstohlen griff Tina nach ihrem Handy, das auf dem Tisch lag. Molly sah, dass kein einziges der Symbole für die verschiedenen Nachrichten-Apps den Eingang einer neuen Meldung signalisierte.

»Auf Kaja Monsun«, sagte Tina leise. »Die Frau war ganz schön nervig. Als sie spitzgekriegt hatte, dass Paulus Olsen entlassen werden soll, hat sie über ihn recherchiert, über seine Taten, sein Leben davor. Sie wollte alles über ihn wissen.« Tina streckte trotzig die Nase in die Luft. »Die hat sich den Leserinnen ihres Magazins gegenüber aufgeführt wie eine Mutti, die ihre Töchter aufklären muss, um sie vor dem Bösen zu bewahren. Dabei war sie selbst bestimmt auch kein Engel.«

Molly lächelte. »Im Gegensatz zu Ihnen und Ihren Freundinnen, den Prisoners' Angels.«

Bei diesen Worten sah Tina Bode sich offenbar in einer Rechtfertigungsposition.

»Natürlich haben auch wir unsere kleinen Macken. Aber wir engagieren uns für die Gesellschaft. Wir befassen uns mit Menschen, um deren Gegenwart andere

Leute sich nicht unbedingt reißen. Wir bieten ihnen einen kontinuierlichen Kontakt zur Außenwelt und versuchen, ihnen das Gefühl zu geben, dass sie zwar verurteilt und eingesperrt, aber nicht vergessen sind.«

»Warum machen Sie das?«, fragte Molly ernsthaft interessiert.

Die Frage brachte Tina in Verlegenheit. Sie zuckte mit den Schultern.

»Warum machen wir das? Es gibt Leute, die werden Mitglied bei der Freiwilligen Feuerwehr und riskieren ihr Leben. Es gibt Menschen, die leisten freiwillig Dienst als Rettungssanitäter oder in Hospizen. Wir sind eben die, die sich um Gefängnisinsassen kümmern.«

»Ist das nicht eher eine Aufgabe für Sozialpädagogen oder Bewährungshelfer?«, fragte Malte. »Für so etwas muss man doch ausgebildet sein.«

»Muss man nicht«, erwiderte Tina resolut. »Wir tragen keine Verantwortung.« Sie wiegte sich in den Schultern. »Irgendwie natürlich schon, aber nicht offiziell. Wir bieten uns als Abwechslung im eintönigen Gefängnisalltag an. So, wie manche Häftlinge gerne Bücher lesen, gibt es andere, die gerne Briefe schreiben.«

Molly konnte sich kaum vorstellen, dass diese Behauptung die Wirklichkeit traf. Wer schrieb schon gerne Briefe, noch dazu mit der Hand? Oder hatten die Häftlinge Computer dafür zur Verfügung?

»Frau Bode, das trifft so bestimmt nicht ganz zu. Es steckt doch eine Absicht hinter diesen Brieffreundschaften, auf beiden Seiten.«

Tina senkte den Blick. »Na gut, die Häftlinge hoffen natürlich auf mehr.« Sie wuselte mit einer Hand in ihren Haaren herum. »Und für uns ist das mal was anderes.

Wir erleben ja sonst nichts. Wir können uns keinen Urlaub auf den Malediven leisten, keine tollen Klamotten und keine Theaterbesuche. Auf Dauer ist so ein Leben etwas langweilig. Ist es nicht so?«

Treuherzig guckte sie Molly an.

»Das kann ich nicht bestätigen, aber ich kann Ihre Gefühle nachvollziehen. Ihre Argumente sind eine plausible Erklärung für Ihr Engagement.«

Ein Engagement, dachte Molly im Stillen, das weniger auf die gesellschaftliche Unterstützung anderer Menschen ausgerichtet war als darauf, dem eigenen Leben eine gewisse Würze zu verleihen. Sie schloss daraus, dass diese Frauen zu einem hohen Grad bereit waren, auch mal ein Risiko einzugehen. No risk, no fun.

»Verstehe ich Sie richtig«, fuhr sie fort, »dass zu dieser Lebensweise eine Portion Mut gehört?«

Tina ließ von ihren Haaren ab. »Wie meinen Sie das?«

»Ich denke, dass Sie sich ab und zu in Situationen begeben, die nicht vollkommen ungefährlich sind.«

»Das stimmt.« Tina grinste verschmitzt. »Die Männer, mit denen wir Kontakt aufnehmen, sind ganz schön harte Typen. Denen könnte gelinde gesagt auch mal die Hand ausrutschen. Man weiß das eben nie. In der Zeit der Brieffreundschaft versuchen wir herauszufinden, mit was für einem Charakter wir es zu tun haben. Aber die Wahrheit kommt erst ans Licht, wenn die Jungs rauskommen aus dem Knast und wenn wir uns dann tatsächlich näherkommen.«

»Sie verschreiben sich denen voll und ganz?«, fragte Malte skeptisch. »Sie befassen sich jahrelang mit einem bestimmten Häftling und hoffen darauf, dass er zu Ihnen passt, wenn er rauskommt?«

»Nein, so ist das nicht. Wir haben natürlich auch immer mal einen Partner außerhalb der Haftanstalt. Aber meist hält das keine Ewigkeit. Mit den Männern, denen wir schreiben, führen wir jahrelange Beziehungen, wenn auch auf Abstand. Genauso lange hält dieses Prickeln im Bauch an. Man weiß all die Jahre nicht, ob mehr draus wird.« Sie lächelte verwegen. »Das ist wie Russisches Roulette, nur mit Männern statt mit Pistolen.«

Molly stockte der Atem, als sie begriff, welche Einstellung die Prisoners' Angels, diese vermeintlichen Engel, ihren inhaftierten Brieffreunden gegenüber hatten.

Sie fixierte Tina Bode mit ihren Blicken. »Diesem Spiel, Ihrem ganz speziellen Russischen Roulette, ist am Ende Kaja Monsun zum Opfer gefallen.«

Tina riss die Augen auf. »Nein! Wie kommen Sie darauf? Wie können Sie so was sagen? Das ist ungerecht.«

Molly war nicht sicher, ob die Empörung echt war oder gespielt.

»Sie hat Ihnen dazwischengefunkt. Sie wollte mehr über Paulus Olsen wissen, als Ihnen und Ihren Mitengeln lieb war.« Molly rückte den Stuhl ein paar Zentimeter nach hinten, drehte sich zur Seite und legte den Arm auf die Rückenlehne. »Frau Monsun hat Sie verfolgt. Sie hat sich sogar selbst zu der Begrüßungsparty eingeladen, die Sie für Paulus Olsen veranstaltet haben.«

Tinas Lippen wurden schmal. Sie dachte kurz nach, dann schüttelte sie den Kopf. »Nein, hat sie nicht. Sie war nicht auf der Party. Wir haben sie da nicht gesehen.«

»Von wann bis wann haben Sie am Samstagabend gefeiert?«

»Getroffen haben wir uns um sechs, und gefeiert haben wir bis neun, halb zehn.«

Molly nickte nachdenklich. Die Worte waren spontan und ohne jegliche Überlegung aus Tina Bode herausgesprudelt. Demnach hatten sie weit vorne in ihrem Gedächtnis bereitgestanden. Und sie entsprachen eins zu eins den Angaben, die Doreen Wakenitz zu Protokoll gegeben hatte.

»Von sechs bis neun, halb zehn, sagen Sie. Können Sie den Schluss genauer eingrenzen? War es zehn nach neun oder doch schon fünf vor halb zehn?«

Tina kniff die Augen zusammen und stierte auf die Wand. Es hätte nicht viel gefehlt, und Molly hätte sie aufgefordert, nicht so zu tun, als dächte sie nach.

Tina seufzte. »Ich weiß es nicht. Tut mir leid, ehrlich. Die anderen erinnern sich vielleicht besser daran.«

»Das glaub ich nicht«, sagte Malte, »Sie wissen doch, wie das ist, wenn eine Party zu Ende geht. Da guckt niemand auf die Uhr. Wozu auch? Man hat ja die ganze Nacht noch vor sich.«

Tina lächelte ihn unsicher an.

Molly nahm das Gespräch wieder auf. »Sie kannten Kaja Monsun aber? Sie wussten, wie sie aussah?«

»Vor allem«, sprudelte es aus Tina heraus, »weiß ich, dass sie eine Egomanin war. Sie hat sich im Leben nur um eine Person gedreht: um sich selbst. Sie war bloß an ihrem eigenen Image und an ihrer Karriere interessiert. Und sie wollte nichts als Sensationsberichte schreiben, auch über uns. Ehrlich gesagt, bin ich froh, dass sie nicht mehr lebt. Jetzt haben wir endlich unsere Ruhe.«

»War es so schlimm?«, hakte Malte nach. »Haben Sie sie so gehasst, dass Sie ihr den Tod gewünscht haben?«

Tina wich das Blut aus dem Gesicht. Ihr wurde anscheinend bewusst, dass sie gerade spontan offenbart hatte, ein Motiv für den Mord an Kaja Monsun gehabt zu haben.

»Na, so sehr nun auch wieder nicht«, schob sie eilig hinterher.

»Wie sind Sie nach der Feier nach Hause gekommen?«, fragte Molly.

»Mit dem Bus. Um die Zeit fuhr der noch.«

»Dann hat der Busfahrer Sie gesehen?«

»Das weiß ich nicht. Ich habe eine Monatskarte. Die hab ich vorgezeigt, dann bin ich nach hinten durchgegangen. Der Fahrer hat auf die Karte geguckt. Ich denke, mein Gesicht hat er nicht registriert.«

Molly nickte wissend. Tina Bode sorgte vor, damit erst gar kein Busfahrer nach ihr befragt werden würde.

»Waren Sie allein unterwegs?«

»N-nein, Alex war bei mir.«

»Hat er die Nacht bei Ihnen verbracht?«

»Geht Sie das was an?«, fragte Tina patzig. »Ich bin vierundvierzig, ich kann über Nacht bei mir beherbergen, wen ich will.«

»Mir ist es im Prinzip wurscht, wer bei Ihnen übernachtet«, erwiderte Molly nicht weniger ungehalten. »Aber ein Alibi kann nicht schaden. Das dürfte Ihnen in den letzten Minuten klargeworden sein.«

Erneut machte Tina große Augen. »Ein Alibi? Sie glauben doch nicht etwa ...«

»Waren Sie allein, ja oder nein?«, donnerte es aus Malte heraus.

Tina zog ein Taschentuch aus der Tasche ihrer Jeans, schnäuzte sich die Nase und steckte es umständlich wieder weg. Zwischen Tisch und Küchenschrank war sie so eingeklemmt, dass ihr kaum Bewegungsfreiheit blieb.

»Alex war hier«, brachte sie leise hervor, ohne die Ermittler anzusehen. Es schien ihr auf einmal peinlich zu sein. »Er ist mit mir nach Hause gefahren und bis zum Morgen geblieben. Er ... Er schläft manchmal hier. Nicht immer. Er wohnt zur Untermiete in Lübeck und hatte an dem Abend keine Lust, noch weiterzufahren.«

»Das ist sehr zuvorkommend, dass Sie dem Mann die Fahrt durch die Nacht erspart haben«, spöttelte Malte. »Waren Alex Rossi und Paulus Olsen in den Jahren, in denen sie beide in der JVA Lübeck eingesessen haben, miteinander befreundet?«

Tina legte eine Hand an die Wange und guckte unbeteiligt drein. »Befreundet würde ich das nicht unbedingt nennen. Sie kannten sich. Mehr kann ich dazu nicht sagen. Ich hab das nur mal am Rande mitbekommen.«

»Am Rande, natürlich.« Molly schmunzelte. »War Kaja Monsun auch an Alex Rossi interessiert?«

»N-nö. Nicht, dass ich wüsste.«

»Aber die Journalistin hatte Kontakt zu Ihrer Gruppe, und sie hat den Kontakt zu Paulus Olsen gesucht.«

Tina schlug die Zähne in die Unterlippe und biss sich daran fest. Sie nickte.

»Wann hat sie Sie das letzte Mal kontaktiert?«

»In den Tagen, bevor Paulus entlassen wurde. Sie hat es bei fast allen von uns versucht, bei Doreen, Sandra und mir. Sie hat mir sogar Geld geboten. Aber«, sagte Tina mit Nachdruck, »ich bin nicht käuflich.«

»Wenn sie so hinter Ihnen her war«, überlegte Malte laut, »hat sie sich doch bestimmt an Ihre Gruppe drangehängt. Dann ist sie Ihnen bis zur Party gefolgt.«

»Wie gesagt, ich hab nichts bemerkt«, erwiderte Tina mit ungewohnter Schärfe. »Ich weiß davon nichts.«

»Hat Paulus Olsen sich mal für eine Zeit aus Ihrer Party-Zone entfernt?«, bohrte er nach.

Tina war merklich unsicher geworden.

»Nein«, erwiderte sie beinahe fragend.

»Und Doreen Wakenitz?«, fragte Molly. »War die mal weg?«

»Doreen?« Tina schnappte nach Luft. »Nein, die war nicht weg. Die war die ganze Zeit da. Doreen wäre niemals dazu fähig, jemanden umzubringen, auch nicht Kaja Monsun. So was dürfen Sie nicht mal denken.«

»Wenn Sie eine Ahnung hätten, was wir von Berufs wegen sogar denken müssen«, sagte Malte. »Aber lassen wir das. Herr Rossi wohnt in Lübeck zur Untermiete, sagten Sie? Wir haben nur Ihre Anschrift, seine nicht.«

»Müssen Sie mit ihm reden?«

Malte sah sie mitleidig an. »Muss ich diese Frage wirklich beantworten?«

Tina schnaufte. »Ich schreib Ihnen die Adresse auf.«

Sie erhob sich und ging in ein anderes Zimmer.

Die Ermittler standen ebenfalls auf und warteten in der kleinen Diele darauf, dass Tina zurückkam.

Sie drückte Molly einen Zettel in die Hand, auf dem die Adresse und die Mobilfunknummer von Alex Rossi standen.

»Er wird Ihnen genauso wenig weiterhelfen können wie ich«, sagte sie mit einer Stimme, in der mehr Hoffnung mitschwang als Überzeugung.

»So wenig war das doch gar nicht«, tönte Malte jovial und verunsicherte sie damit vollends.

Tina blieb an der Tür stehen, die Hand auf der Klinke. »Ich weiß nicht, was Alex Ihnen sagen wird«, brachte sie langsam hervor, »aber wenn Paulus an dem Abend mal weggewesen sein sollte, dann maximal für eine Viertelstunde, länger war das nicht. In der Zeit bringt man doch keinen Menschen um?«

Wieder sah sie die Ermittler mit ihren großen fragenden Kinderaugen an.

»Um welche Uhrzeit war er denn weg?«, fragte Molly.

Tina schüttelte den Kopf. »So genau kann ich das nicht sagen.«

16

Den Rücken ans Bettgestell gelehnt und die Beine angezogen, kauerte Alex auf dem Teppichboden seines Zimmers in einem der gepflegten alten Häuser mit den hohen, geschwungenen Giebeln an der Obertrave. Die Hände hatte er wie der Papst zum Gebet zusammengelegt. Darin verborgen lag das Smartphone. Seine Pranken wärmten es, als wollten sie ein Ei ausbrüten.

Den Anruf von Tina hatte er abrupt beendet. Sein Engel hatte ihn verraten, hatte die Adresse rausgerückt. So etwas machte niemand ungestraft mit ihm.

Wütend stieß er mit dem Fuß nach einer Fliege, die über den Boden krabbelte. Das Insekt stob davon, prallte gegen die Fensterscheibe und irrte dort, nach einem Ausweg suchend, aufgeregt summend hin und her.

Alex rammte die Ferse in den hochflorigen Teppich. Was nützte ihm diese exklusive Adresse, wenn er hier nicht sicher war? Was nützte ihm ein Prisoners' Angel, wenn sich hinter der Engelsfassade ein Teufel verbarg?

Diese letzte Frage brachte ihn auf eine Idee ...

Doch zuerst einmal musste er verschwinden und mit ihm das verräterische Equipment.

Seine Kneipenbekanntschaft Karl, der Mieter dieses schicken Apartments, würde wie üblich erst am späten Abend aus der Werbeagentur zurückkehren, in der er als Kreativstratege tätig war. Er würde schnell begreifen, dass er sich einen neuen Untermieter suchen musste.

Den zu finden sollte ihm nicht schwerfallen. So, wie er immer das Maul aufriss, kannte er nicht nur Gott und die Welt, sondern hatte das ganze Universum in seiner Kontaktliste gespeichert. Allerdings — nach allem, was Karl erzählte, dürfte er es gar nicht nötig haben, einen Untermieter zu suchen. Oder war das Gehalt, das er einstrich, doch nicht so hoch, wie er gerne behauptete?

Egal. Auch ein Alex Rossi hatte seine Kontakte. Er hatte kein Geld, doch er hatte Freunde.

Mühsam kam Alex in die Senkrechte. Es knackte in seinen Gelenken. Auch wenn er sich gut gehalten hatte: Mitte fünfzig und fast zwanzig Jahre Gefängnis, aufgeteilt in einzelne Häppchen und angefangen mit Jugendknast – das hinterließ seine Spuren im Skelett.

Er streckte sich, hob die verknautschte lederne Reisetasche vom Kleiderschrank und stellte sie aufs Bett. Der spärliche Inhalt des Schrankes war schnell ausgeräumt und in der Tasche verstaut.

Aus dem Bad holte er Zahnbürste, Rasierer und was der Mann sonst noch brauchte, um für Frauen attraktiv zu sein. Er stopfte die Utensilien in ein Seitenfach.

Zum Schluss zog er die Schublade am Fuß des Kleiderschranks auf und holte eine bunt bedruckte Tüte heraus. Kurz nach der Entlassung aus der Haft hatte er die Teufelsmasken in einem Shop für Partybedarf in den Niederlanden erstanden.

Beim Stadtbummel mit Sara hatte er sie zufällig entdeckt. Sofort war ihm Paulus in den Sinn gekommen, der ihm in der JVA die Geschichte seines aus dem Ruder gelaufenen Lebens vorgebetet hatte, und im selben Augenblick war ihm klar gewesen: Es gab keine Zufälle, es sollte so sein.

Alex musste schmunzeln, wenn er sich an das Intermezzo in Holland erinnerte. Die Dame, die er dort besucht hatte, war eine Drogendealerin, die er während des offenen Vollzugs in einem Lübecker Café kennengelernt hatte. Sie war so großzügig gewesen, ihm ihre Liebe anzubieten und das Zugticket zu spendieren.

Tina hatte ganz schön geschluckt, als sie ihn letztes Jahr vom Gefängnis abholte und er ihr als Erstes offenbarte, dass er für ein paar Tage nach Amsterdam fahren würde. Doch sie musste einsehen, dass er nun ein freier Mann war und tun und lassen konnte, was er wollte.

Die Sache mit Sara war wild gewesen, hatte aber nur wenige Tage gehalten. Zum Glück war Tina von Natur aus verständnisvoll. Nach der Rückkehr aus den Niederlanden hatte sie ihn ein zweites Mal in Empfang genommen, diesmal am Lübecker Hauptbahnhof.

Alex öffnete die Tüte und lächelte diabolisch, als er die Fratzen aus stabiler Pappe betrachtete. Von den drei Masken, die die Packung ursprünglich enthielt, waren noch zwei übrig geblieben. Für eine davon ließe sich eine Verwendung finden. Die andere würde er unauffällig verschwinden lassen, und zwar dort, wohin er sich nun selbst klammheimlich verflüchtigen würde.

Er verschloss die Tüte wieder und schob sie zwischen die Kleidung und den Rand der Reisetasche.

Als letzte Handlung in dieser Wohnung zog er seine Geldbörse hervor und entnahm ihr einen Fünfzig-Euro-Schein als Miete für diesen angebrochenen Monat. Er wollte nicht knausrig sein, doch wenn man vorzeitig ging, hatte man das Recht, den Zins zu kürzen.

Wie hatte Karl gesagt? Er brauchte sich nur einmal umzudrehen, dann war das Zimmer wieder vergeben.

Alex nahm die Tasche, ging zur Wohnungstür, die er einen Spalt breit öffnete, und lugte auf den Flur.

Alles still. Er konnte das Haus verlassen.

Er schlich hinaus und zog die Tür so sanft hinter sich ins Schloss, dass nur ein schwaches metallisches Klicken zu hören war. Er atmete auf, drehte sich um und ging auf die Treppe zu.

»Sie verreisen?«

Er guckte über die Schulter. Die alte Bartholdy stand hinter ihm. Sein Herz schlug bis zum Hals.

»Äh, nein, ich bring nur den Anzug zur Reinigung.« Er hielt ihr die Reisetasche entgegen. »Bin gleich wieder zurück.«

»Ach, die Reinigung. Soso. Na denn.«

Sie blieb wie angewurzelt stehen und stierte ihn an.

»Ist noch was?«

Alex ärgerte sich selbst über seine dämliche Frage. In all den Jahren hinter Gittern hatte niemand ihn in Verlegenheit gebracht. Er hatte immer gewusst, sich die Leute vom Hals zu halten. Nun kam diese Neunzigjährige daher und ließ ihn hilflos dastehen wie einen erwischten Taschendieb mitten im Kaufhaus vor Publikum.

»Ich muss dann mal weiter.« Er winkte ihr zu und stieg eilig die Treppen hinab.

»Welche Reinigung denn?«, hörte er sie rufen, als er die Haustür öffnete.

Krachend fiel die Tür hinter ihm ins Schloss.

Alex schlug den Weg zum Taxistand am Holstentor ein. Für die Fahrt zu Egon musste das Geld noch reichen. Er wählte die Nummer seines Freundes.

»Hey, Alter«, begrüßte er den Kumpel aus seinen frühesten Gefängniszeiten. »Ich brauche für einige Zeit eine Unterkunft auf dem Land. Bin unverschuldet in eine Sache reingerutscht. Bist du zu Hause?«

»Auf dem Weg dahin. Wie lange brauchst du zu mir?«

»Kommt drauf an, wie schnell ich ein Taxi bekomme und wie weit ich mich chauffieren lasse. Ich werde mich zwei oder drei Kilometer von deiner Hütte entfernt absetzen lassen und den Rest zu Fuß gehen. Muss niemand wissen, wohin ich fahre.«

»Sind die Bullen dir auf den Fersen?«

Alex atmete tief durch. »Rechne mal anderthalb bis zwei Stunden, dann bin ich da.«

»Okay«, erwiderte Egon. »Bis dahin bin ich zurück.«

»Dann schmeiß schon mal den Kamin an. Ich hab Futter für ein teuflisches Feuer.«

Egon schien unsicher zu sein, wie er darauf reagieren sollte. »Ein teuflisches Feuer? Brenn mir nicht die Villa ab. Hat mich genug Geld gekostet, den alten Kasten zu renovieren.«

Kaum war das Gespräch beendet, rief Tina an. »Bist du mir böse?«

Böse war nicht das passende Wort. Es gab keinen Begriff für das, was er war. Alex fluchte, warf Tina aus der Leitung und schob das Handy in die Hosentasche.

Umgehend klingelte es erneut. Er riss das Telefon wieder hervor, strich über das grüne Hörersymbol und hielt sich das Gerät ans Ohr. »Lass mich in Ruhe. Ich melde mich, wenn's passt.«

»Kriminalhauptkommissarin Molly Bleck«, sagte eine Stimme, die so ruhig und entschieden klang, dass sein Handy am Ohr kleben blieb. »Wir haben ein paar Fragen an Sie und sind gerade auf dem Weg zu Ihrer Wohnung. Hätten Sie ein halbes Stündchen für uns?«

Alex näherte sich dem Taxistand. Drei Wagen warteten auf Fahrgäste. Die Fahrer standen beieinander und unterhielten sich.

»In meiner Wohnung?«

Alex sah sich um. Er hatte sich noch keine zweihundert Meter von Karls Apartment entfernt, und bei der Kripo wusste man nie, wie nah sie war. Er legte einen Schritt zu.

»Ich bin gerade unterwegs, zur Reinigung. Bin aber in ungefähr einer halben Stunde wieder zurück. Sie haben meine Adresse, sagen Sie?«

»Ich denke schon.« Die Ermittlerin nannte ihm die Anschrift, die Tina ihr gegeben hatte. »Das ist sie doch?«

»Jaja. Wenn Sie so nett wären, vorm Haus auf mich zu warten?«

»Das machen wir«, sagte die Kommissarin. »Dann bis nachher.«

»Bis nachher.«

Mit klammen Fingern kappte Alex die Leitung, steckte das Smartphone weg und winkte einem Taxifahrer zu.

Der öffnete sofort den Kofferraum, damit der Fahrgast sein Gepäck hineinlegen konnte. Dann ging er zum Fahrersitz und stieg ein.

Alex setzte sich auf die Rückbank. »Richtung Boltenhagen«, sagte er.

Der Fahrer gab Gas und fädelte sich in den Verkehr ein. »Nach MeckPomm? Urlaub machen?«

»Hmhm«, machte Alex. Unauffällig guckte er erst aus dem rechten, dann aus dem linken Seitenfenster.

Kein Blaulicht zu sehen. Glück gehabt.

17

Malte hatte einen Parkplatz in unmittelbarer Nähe des Hauses gefunden, in dem Alex Rossi sich eingemietet hatte. Während sie auf die Rückkehr des Mannes warteten, schaltete er von einem Radiosender zum nächsten und wieder zurück, sobald ein Song erklang, der ihm nicht zusagte.

Molly beobachtete ihn dabei. Wehmütig dachte sie an Ole. Auch er hatte es keine Minute lang ausgehalten, ein Musikstück anzuhören, das ihm nicht gefiel.

»Du bist aber auch nervös heute«, sagte sie. »Schalt den Kasten doch aus. Rossi muss sowieso jeden Augenblick hier sein.«

Sie selbst und Malte wussten nicht, wie der Mann, den sie gleich befragen wollten, aussah. Ben hatte ihnen das Foto aus dem ›Erinnerungsalbum‹ der Polizei, wie er das Archiv der straffällig Gewordenen nannte, heraussuchen und zusenden wollen. Doch Malte hatte abgewinkt und gemeint, er erkenne jeden ehemaligen Kunden der Justiz an einem gewissen Schatten im Blick.

Seit sie hier standen, hatten sie beide permanent die Straße wie auch den Eingang des Hauses im Auge behalten. Zwei junge Frauen waren aus der Tür gekommen, dann eine offensichtlich gut situierte Dame im eleganten Kostüm. Ein betagter Herr im dunklen Anzug war ins Haus hineingegangen. Aber es war niemand zurückgekommen, der Alex Rossi hätte sein können.

»Rufst du ihn noch mal an?«, fragte Malte.

Molly überlegte. Wenn sie von vornherein gewusst hätten, dass Rossis Besorgungen längere Zeit in Anspruch nehmen sollten ... Anstatt hier herumzusitzen und Däumchen zu drehen, hätten sie auch einen Bummel durch die Altstadt machen können.

»Ich frag ihn, wie lang es noch dauert«, beschloss sie. »Wenn es sich hinzieht, machen wir entweder einen neuen Termin mit ihm und fahren gleich weiter zu Lissi Holm, oder wir gucken uns die Altstadt an. Ich war noch nie so richtig hier.«

»Noch nie so richtig?« Fragend zog Malte die Augenbrauen hoch. »Wenn sich einer unserer Verdächtigen so schwammig ausdrückt wie du gerade, haken wir immer nach, was er damit meint.«

Molly zögerte mit einer Erwiderung. »Den Weg zur Uniklinik, den kenne ich jetzt. Aber sonst habe ich noch nicht viel von der Stadt gesehen. Die Altstadt würde ich gerne mal in aller Ruhe besuchen. Das Buddenbrookhaus in der Mengstraße ... Ich möchte nicht sterben, ohne es wenigstens einmal besichtigt zu haben.«

Malte erschrak über ihre Worte. »Ich hoffe, du willst noch lange nicht sterben. Wenn du dir das Haus ansehen möchtest – ich geh gerne mit dir hin. Anschließend lade ich dich bei Niederegger zu Tee und Marzipantorte ein. Muss man unbedingt probiert haben, wenigstens einmal im Leben.« Er vertiefte seinen Blick in ihre Augen. »Das könnte ein sehr schöner Tag werden.«

Molly zuckte innerlich zurück. »Danke, Malte, das ist lieb von dir. Ich komme darauf zurück, wenn mir danach ist. Aber bitte hab Verständnis dafür, dass ich im Moment am liebsten alleine bin.«

»Natürlich verstehe ich das«, erwiderte er mit unverkennbarer Enttäuschung in der Stimme. »Auf Dauer ist es aber nicht gut, wenn du dich total zurückziehst. Das Leben findet nicht im stillen Kämmerchen statt.«

Missbilligend verzog sie den Mund.

»Entschuldige bitte«, sagte Malte schnell. »Ich wollte dir nicht zu nahetreten. Es ist ja alles noch ganz frisch. So einen Schicksalsschlag muss man erst mal verarbeiten, und dazu braucht man seine Ruhe, das ist klar.«

»Können wir dann bitte das Thema wechseln?«

Molly bemühte sich, so sachlich wie möglich zu sprechen. Geschäftig versenkte sie den Blick in ihre Handtasche und holte das Handy hervor.

»Ich rufe ihn jetzt noch mal an.«

Malte verstand, was sie ihm damit signalisieren wollte, und schwieg, um sie bei dem Telefonat nicht zu stören.

Molly hörte es fünfmal klingeln, dann sagte ihr eine freundliche Automatenstimme, dass sie dem Teilnehmer eine Nachricht hinterlassen könne.

»Er nimmt nicht ab«, sagte sie verärgert. »Es ist nur der Anrufbeantworter angesprungen.«

»Möglicherweise ist er gerade in einem Funkloch.«

»Ja«, sagte Molly, »oder er hat gar nicht vor, mit uns zu reden.«

»Du meinst ...«

»Genau das.« Molly sah zu dem Haus hinauf. »Im dritten Stock wohnt er. So hat Tina Bode es aufgeschrieben. Lass uns mal nachsehen. Ich hab auf einmal so ein merkwürdiges Gefühl.«

Sie stieg aus und ging auf die Haustür zu. Bis Malte ihr nachgelaufen war, hatte sie bereits auf die Klingel der betreffenden Wohnung gedrückt.

»Da reagiert keiner«, sagte sie zu Malte. »Ich probiere es bei den Nachbarn.«

Sie drückte auf die Klingel der Wohnung, die gemäß der Anordnung auf dem Klingelbrett auf derselben Etage liegen musste.

Es knisterte aus dem Lautsprecher.

»Halloo?«, fragte die raue Stimme eines älteren Menschen von undefinierbarem Geschlecht.

»Kriminalpolizei«, sprach Molly in das Mikrofon der Gegensprechanlage. »Wir wollen zu Herrn Rossi. Würden Sie uns bitte öffnen?«

»Der Rossi ist weg.«

»Trotzdem – bitte machen Sie uns die Tür auf.«

Molly betätigte die Klingel noch einmal und hatte schon die eines Bewohners der darunter liegenden Etage im Blick, als der Türsummer ertönte.

Malte war schneller als sie. Er drückte die Tür auf, dann aber ließ er Molly den Vortritt.

Im Haus roch es nach Reinigungsmitteln. Die Holzstufen, die an den Kanten mit messingfarbenen Metallschienen abgesetzt waren, glänzten, als wären bis eben Heinzelmännchen mit Poliermitteln am Werk gewesen.

Ehrfurchtsvoll stieg Molly die Treppen hinauf bis in die Etage, auf der Alex Rossi gemäß Tina Bode lebte.

Eine alte Dame in einem blauen Rock und einer sorgfältig gebügelten Bluse mit einem filigranen, abstrakten Muster empfing sie auf dem Treppenpodest.

»Der Herr Rossi ist nicht da«, sagte sie voreilig, noch ehe die Ermittler erneut nach ihm fragten. »Er ist mit einer großen Tasche in der Hand weggegangen. Das ist ungefähr eine Stunde her.«

»Eine Stunde?«, fragte Malte.

Die Dame nickte. »Er hat behauptet, er bringt seinen Anzug zur Reinigung, aber der hat nie im Leben einen Zwirn besessen. Ich habe ein Auge für so was, ich kenn mich mit solchen Männern aus. Wenn der überhaupt mal einen Anzug hatte, dann so einen schwarz-weiß gestreiften, Sie wissen schon, so einen, wie man ihn aus Witzen oder Comics kennt.«

Molly unterdrückte ein Schmunzeln. Rossis Nachbarin hatte den richtigen Riecher, was ihre Mitmenschen betraf, daran bestand kein Zweifel.

»Zur Reinigung wollte er?«, fragte sie nach.

»Vergessen Sie's. Der hat nie Kleidung getragen, die man zur Reinigung bringen müsste. Von der Kriminalpolizei sind Sie, haben Sie gesagt?«

Malte nickte und zog diensteifrig seinen Ausweis hervor.

Die Dame winkte ab. »Stecken Sie den ruhig wieder weg, junger Mann. Ich glaub Ihnen auch so. Ich bin die Frau Bartholdy, und wenn Sie mich fragen: Der Mann, den Sie besuchen wollen, ist stiften gegangen. Hat er gewusst, dass Sie kommen?«

»Möglicherweise«, antwortete Malte, der vor der resoluten Dame einknickte wie ein Baum im Sturm.

Sie hob drohend den Finger. »Dann beeilen Sie sich. Wenn Sie flott genug sind, kriegen Sie ihn vielleicht noch. Andernfalls ...« Sie hob die Achseln und ließ sie wieder fallen. »Wenn Sie sonst noch was brauchen, melden Sie sich gerne wieder bei mir.«

Resignation machte sich in Molly breit. »Danke, Frau Bartholdy. Wir kommen gerne auf Ihr Angebot zurück.« Die Kommissarin holte eine Visitenkarte hervor. »Darf ich Ihnen die überreichen, damit Sie wissen, mit wem

Sie es zu tun hatten? Wenn der Herr Rossi doch wieder auftaucht, wenn er doch nur bei der Reinigung war ...«

»Dann rufe ich Sie natürlich sofort an, Frau ...« Die auskunftsfreudige Dame streckte den Arm mit der Karte weit aus. »Oh, Frau Kriminalhauptkommissarin. Ich melde mich. Aber machen Sie sich nicht allzu viel Hoffnung.«

Sie nickte den Beamten zu und zog sich in ihre Wohnung zurück.

Die Ermittler stiegen wortlos die Treppe hinab und setzten sich in den Wagen. Beide waren gleichermaßen frustriert.

Malte war der Erste von beiden, der seine Sprache wiederfand. »Volltreffer«, fluchte er und legte den Sicherheitsgurt an.

Molly war noch nicht fahrbereit. »Der kann doch nicht geflohen sein. Ich glaub das einfach nicht. Ich rufe jetzt die Bode an.«

Tina Bode meldete sich, bevor ein Rufton durch die Freisprechanlage dröhnte. »Ja? Alex?«, rief sie atemlos.

»Molly Bleck, Kriminalpolizei. Sie warten auf einen Anruf von Herrn Rossi?«

»Frau Bleck?«, fragte Tina verdattert.

Molly hämmerte mit den Fingerknöcheln gegen die Scheibe des Seitenfensters. »Würden Sie mir bitte meine Frage beantworten?«

Tina Bode kicherte verlegen. »Ich warte eigentlich immer auf einen Anruf von Alex. Das heißt, wenn er gerade nicht bei mir ist.«

»Wissen Sie, wo er sich zurzeit aufhält?«

»Ich wüsste selbst gern, wo er ist. Wenn Sie ihn sprechen, grüßen Sie ihn bitte von mir und sagen ihm ...«

Malte verlor die Geduld. Er löste den Sicherheitsgurt und rutschte auf dem Sitz so heftig nach vorn, dass er mit den Rippen gegen das Lenkrad stieß.

»Stopp, Frau Bode. Wir sind nicht der Such- und Grüßdienst der Caritas. Wir sind aus gutem Grund hinter Alex Rossi her wie der Teufel hinter der Seele, und wenn Sie auch nur den Hauch einer Ahnung haben, wo er sich aufhält oder wohin er gerade fährt, dann täten Sie gut daran, uns das mitzuteilen, und zwar jetzt, in dieser Sekunde.« Er pochte lautstark aufs Armaturenbrett.

Tina Bode brach in ein jämmerliches Schluchzen aus, das den Fahrgastraum erfüllte.

Damit war sie bei Malte an der richtigen Adresse.

»Frau Bode«, sagte er förmlich, »wissen Sie, ob Herr Rossi eine zweite Telefonnummer hat?«

Tina schniefte laut. »Nein.«

»Hat er keine, oder wissen Sie es nicht?«

»Ich weiß es nicht. Ich kenne nur die eine, die ich Ihnen gegeben habe.«

Molly hatte zurzeit selbst zu nah am Wasser gebaut, um unbeeindruckt zu bleiben, wenn jemand weinte. Die Verzweiflung, die Tina bei diesem Telefonat zum Ausdruck brachte, konnte sie nur zu gut nachempfinden.

»Wann haben Sie ihren Schützling das letzte Mal gesprochen?«, fragte sie mitleidig.

»Vorhin.«

»Wann genau?«, fragte Malte.

»Nachdem Sie von mir weggefahren sind.«

Molly sah auf die Uhr. Alex Rossi hatte einen Vorsprung von einer oder anderthalb Stunden.

Maltes Tonfall verschärfte sich. »Hat er einen Kumpel oder Verwandte, bei denen er unterkommen kann, wenn er eine Zeitlang abtauchen will? Überlegen Sie bitte ganz genau. Er hat doch sicher mal was erzählt?«

Tina wimmerte erbärmlich.

»Nein«, sagte sie, als sie sich ein wenig beruhigt hatte. »Nur einmal, da hab ich was erfahren ...«

Sie schniefte erneut und räusperte sich.

»Was haben Sie erfahren, Frau Bode?«, hakte Molly nach.

»Letztes Jahr hatte er mal eine – eine Bekanntschaft in Holland, in Amsterdam.«

»Den Namen und die Adresse, haben Sie die?«

»Nein. Sara hieß sie, mehr weiß ich nicht.«

Molly wandte sich Malte zu, der sich in seinem Sitz wieder zurückgelehnt hatte und einen erschöpften Eindruck machte.

Er zuckte die Achseln, schüttelte den Kopf und machte mit beiden Händen eine Geste der Hilflosigkeit.

»Okay, Frau Bode«, sagte Molly. »Sie wissen, was Sie zu tun haben. Wenn er sich meldet oder wenn Sie erfahren, wo er ist ...«

»Dann ruf ich Sie an.«

»Und zwar sofort«, rief Malte aus. »Verstanden?«

»Was brüllen Sie so? Ich bin doch nicht taub.«

18

Elisabeth Holm, Lissi genannt, meldete sich verschlafen am Telefon, als die Ermittler sie anriefen und fragten, ob sie früher zu ihr kommen dürften, als sie mit ihr verabredet hatten.

»Kommen Sie einfach«, sagte sie gähnend. »Ich hab Ihnen doch gesagt, am Mittwochnachmittag habe ich immer frei.«

»Frei haben und besuchsbereit sein sind zweierlei«, entgegnete Malte. Mit besserwisserischer Miene guckte er in den Rückspiegel und ordnete sein Haar, das auf dem Weg von Alex Rossis Wohnung zum Auto von einer Windböe zerzaust worden war. »Sie klingen gerade so, als hätten wir Sie mit unserem Anruf aus dem Bett geholt.«

»Ich hatte mich ein Stündchen hingelegt, aber Sie haben mich nicht geweckt, wenn Sie das meinen.«

Molly hinderte Malte mit einer Geste daran, das Gespräch über dieses private und nicht sonderlich ergiebige Thema weiter zu vertiefen. »Okay, Frau Holm, wir sind auf dem Weg zu Ihnen. Rechnen Sie mit einer halben Stunde plus etwas Zeit für die Parkplatzsuche.«

»Sie müssen nicht suchen, Sie können bei mir vorm Haus parken. Um diese Zeit sind genug Plätze frei.«

»Wenigstens etwas, das funktioniert«, meinte Malte.

»Haben Sie mit allen anderen aus unserer Gruppe schon gesprochen?«

»So gut wie«, antwortete Molly ausweichend und verabschiedete sich aus der Leitung.

Je weniger die Befragten wussten, desto besser war es für das anstehende Gespräch. Sie wandte sich an Malte.

»Ich wüsste zu gern, wie heiß die Drähte zwischen den Freundinnen und ihren Schützlingen laufen, wenn wir uns von einem von ihnen verabschiedet haben.«

»Du bist lang genug im Dienst, um dir das denken zu können. Wenn du mich fragst: Die drehen alle am Rad.«

Molly rutschte tief in den Beifahrersitz. »Ich verstehe das schon. Jede der Frauen hat Angst, zu viel zu sagen und einen der beiden Männer zu beschuldigen.«

»Ich könnte mir vorstellen, dass die beiden Kerle ihre Engel ganz schön unter Druck setzen. Die wissen genau: Ein falsches Wort von den Damen, und sie wandern ins Untersuchungsgefängnis. Und da will keiner der zwei mehr hin, schon gar nicht der Olsen.«

Schwungvoll fuhr Malte auf die Bundesstraße, die nach Travemünde führte. Seinem Gesicht nach war er von diesem Moment an in Gedanken irgendwo, nur nicht auf dem Weg von Lübeck nach Travemünde.

Molly nahm ihre Unterlagen mit den Notizen hervor, die sie sich zu den Gesprächen gemacht hatte. Sie blätterte sie durch und überflog die Stichpunkte. Doch auch in ihrem Kopf geriet einiges durcheinander.

»Du wirkst so abwesend«, sprach Malte nach einigen Minuten in ihre kreiselnden Überlegungen hinein.

»Mag sein.« Molly klappte die Mappe mit den Unterlagen zu und schob sie in ihre Tasche, die sie auf dem Fußboden zwischen den Füßen balancierte. »Sind wir bald da?«

»Jo, ist nicht mehr lang hin.«

Malte kurvte behutsam durch die engen Straßen von Travemünde. Lissi Holm wohnte in einer der Querstraßen, die von der Vorderreihe abgingen.

Molly zeigte auf ein Haus. »Das da vorne müsste es sein.«

»Das ist es.« Malte bremste. Gekonnt parkte er zwischen zwei Wagen ein. »So viel war dann doch nicht mehr frei«, sagte er mit Blick auf die zugestellte Straße.

»Ein Platz reicht ja, und bei deinen Einparkkünsten war das doch kein Problem.«

Molly stieg aus und ging auf die Eingangstür zu.

Elisabeth Holm wohnte in einem dieser unscheinbaren kleinen, alten Häuser, von denen es in dieser Gegend so viele gab. Es war ockergelb verputzt und hatte braune Fensterrahmen aus Holz. Die Scheiben waren verstaubt, und auch die Treppenstufen zur Eingangstür erweckten nicht den Eindruck, dass die Eigentümer Wert darauf legten, die Immobilie in einem guten Zustand zu erhalten.

Hinter einem Fenster neben der Haustür machte Molly eine Person aus, die sich zurückzog, als ihre Blicke sich trafen. Einen Augenblick später wurde die Tür geöffnet.

19

»Die Kripo?«, fragte die Frau, die nicht wesentlich größer war als Tina Bode.

Ihr rundliches Gesicht war blass, und ihre Augen
schienen tatsächlich übermüdet. Sie trug Jeans und einen Pulli, der Molly zwei Nummern zu groß vorkam.
Ihre Hände hatte sie in die Ärmel eingezogen wie in einen Muff. Sie schien zu frösteln.

Gleich nach der Begrüßung schlang sie die Arme um
den Oberkörper, als wollte sie sich selbst wärmen, und
Molly meinte zu erkennen, dass die Frau zitterte.

»Ist Ihnen nicht gut?«, fragte sie. »Sind Sie krank?«

»Kommen Sie erst mal rein.«

Lissi führte die Besucher in ein kleines, gemütliches
Wohnzimmer.

»Wenn Sie schon so direkt danach fragen«, fuhr sie
fort, »ich bin chronisch müde. Fatigue-Syndrom infolge
einer Infektion. Manchmal schlafe ich nächtelang nicht.
Deshalb ist mir oft kalt, und ich mache nicht gerade den
Eindruck, ein Energiebündel zu sein.« Sie lächelte resigniert wie jemand, der ein Leiden hat, gegen das es kein
Mittel gibt, und der sich damit arrangiert hat. »Ist aber
weiter nicht schlimm. Möchten Sie einen Kaffee?«

»Nein, danke«, sagte Molly, und Lissi schien darüber
geradezu erleichtert zu sein.

Die Ermittler nahmen auf einer moosgrünen Sitzgar-
nitur Platz.

»Alles, was Sie hier sehen, habe ich von meiner Oma geerbt«, erklärte Lissi ihren Besuchern. »Sie ist letztes Jahr im Sommer gestorben, mit weit über neunzig, und sie hat mir ihr Haus hinterlassen. Leider bin ich bisher nicht dazu gekommen, es neu einzurichten. Mich überfordert das alles. Mir ist, als würde ich mit den Möbeln meine geliebte Oma aus meinem Leben verbannen.«

»Ja«, sagte Molly, »das verstehe ich gut.«

Malte rang die Hände. »Lassen Sie uns auf das Thema unseres Besuchs zu sprechen kommen, die Party am Samstagabend.«

Lissi machte ein erschrockenes Gesicht. »Sie gehen hoffentlich nicht davon aus, dass einer von uns der Täter ist. Paulus würde ganz sicher nicht wieder ins Gefängnis gehen wollen, wo er doch gerade erst entlassen wurde. Außerdem hat er, wie Sie wissen, nicht mehr lange zu leben. Der will seine letzten Tage nicht hinter Gittern verbringen. Und Alex?« Sie schüttelte wild ihre halblangen braunen Locken, die in sämtliche Richtungen vom Kopf abstanden. »Nein, der würde das auch nicht machen.«

Molly staunte über die Worte, die mit einer unerwarteten Kraft aus Lissi sprudelten wie eine Fontäne aus einem Geysir.

»Was macht Sie so sicher, dass nur einer dieser beiden Männer die Tat begangen haben könnte?«

Die Frage verschlug Lissi für einen Moment die Sprache. Die Stirn in Falten gelegt, stierte sie gedankenverloren aus dem Fenster. »Ich denke, eine Frau könnte das nicht.« Aus dem Augenwinkel suchte sie Mollys Blick. »Sehen Sie das anders? Die Taten von früher hat auch ein Mann verübt.«

Molly ging nicht auf die Frage ein. »Haben Sie an dem Abend, an dem Sie die Party veranstaltet haben, in der Umgebung der Feier einen Verdächtigen bemerkt?«

Lissi zog sich mit einem Mal in sich zurück. Ihr Blick war nach innen gerichtet, als hätte sie eine folgenreiche Entscheidung zu treffen.

Nach einer Weile suchte sie wieder Blickkontakt mit den Ermittlern. »Darf ich Sie was Wichtiges fragen?«

»Nur zu«, sagte Malte grinsend. »Ob wir antworten, ist eine andere Sache.«

»Es ist eine grundsätzliche Frage. Wenn ich Ihnen etwas sage, was nicht ganz der Wahrheit entspricht, und Sie finden später heraus, wie es wirklich war ...« Sie hörte zu reden auf und schluckte.

»Dann«, erwiderte Malte und zog das ›n‹ in die Länge, »könnte es unter Umständen für Sie ungemütlich werden.«

»Was heißt das konkret?«

»Kommt drauf an, wie schwerwiegend es ist. Wissen Sie etwas über die Tat, was Sie sich nicht ohne Weiteres zu sagen trauen?«

Wieder schlang Lissi die Arme um sich. Sie dachte kurz nach und verneinte. »Ich wollte mich nur vergewissern. Man hat doch eine Verantwortung, wenn man bei der Polizei eine Aussage macht – gerade in so einer Angelegenheit.«

Sie schüttelte sich, und Molly fragte sich, ob Lissi Holms Bedenken echt waren oder ob sie ihnen etwas vorspielte. Genoss die Zeugin es, einmal im Mittelpunkt von Ermittlungen zu stehen? Es wäre nicht das erste Mal, dass Molly diese Erfahrung bei einer Befragung machte.

Sie kam auf die Frage zurück, die sie vorhin gestellt hatte und die noch immer unbeantwortet war.

»Wie war das nun an dem Abend? Haben Sie um ihre Party-Wiese herum eine Person gesehen, die sich verdächtig verhalten hat?«

Lissi guckte konzentriert auf ihre Fingernägel, dann schüttelte sie den Kopf.

»Mir ist niemand aufgefallen. Zuerst liefen da noch Spaziergänger rum, das war relativ früh am Abend. Aber dann waren wir allein in der Ecke. Der Bereich, in dem wir gefeiert haben, ist zu weit von den Hotels und Gastronomiebetrieben entfernt. Dahin verläuft sich am späten Abend und in der Nacht niemand mehr.«

»Nicht mal ein Hundebesitzer?«, fragte Malte.

»Ich habe keinen gesehen«, erwiderte Lissi. »Was nicht heißen muss, dass nicht doch einer daherkam. Ein Hund wäre mir aber bestimmt aufgefallen. Den hätte es zu uns hingezogen. Wir hatten genug zu essen dabei, was einem Vierbeiner Appetit gemacht hätte.«

»Wie lange hat Ihre Begrüßungsfeier gedauert?«, fragte Molly wie nebenbei.

»Wieso Begrüßungsfeier?«

»Haben Sie die Party nicht veranstaltet, um Paulus Olsen in Ihrem Kreis zu begrüßen?«

»Ach, so meinen Sie das. Es war Doreen, die das unbedingt wollte. Sie war ganz verrückt danach.«

»Wonach?«, fragte Malte. »Ihnen den Mann vorzustellen, mit dem sie seit Langem in Kontakt steht?«

Lissi zuckte verlegen mit den Schultern. »Sie ist ein bisschen komisch, wenn es um ihn geht. Jahrelang hat sie uns von ihm vorgeschwärmt wie von einem Filmstar, den sie irgendwo aufgetan hat. Ich weiß nicht, was sie sich von ihm versprochen hat. Sie hat anscheinend sonst nichts in ihrem Leben, worüber sie sich definieren kann. Ich weiß noch, wie Kaja Monsun, diese hysterische Ziege, das erste Mal über Paulus Olsen geschrieben hat, als es um seine Begnadigung ging. Doreen hat sich tierisch darüber aufgeregt. Sie hat sich nicht mehr eingekriegt.«

»Kennen Sie Kaja Monsun näher, oder wie kommt es, dass Sie sie als hysterisch einstufen?«, hakte Molly nach.

Lissi stockte. »Tut mir leid, wie ich mich gerade über Frau Monsun geäußert habe. Nein, ich kenne sie nicht, aber ich habe viel über sie gehört. Die muss völlig durchgeknallt gewesen sein.«

»Woher haben Sie von ihr gehört?«

»Muss ich Ihnen jetzt Namen nennen?«

Lissi rutschte unruhig auf die Sofakante vor, knuddelte sich ein Kissen in den Rücken und schob sich wieder zurück.

Malte beobachtete sie amüsiert. »Die Quelle Ihrer Erkenntnis wäre für uns nicht uninteressant.«

»Na gut.« Lissi zuckte betont gleichgültig die Achseln. »Ich war mal in einer Kneipe in Lübeck. Ich hab am Tresen gesessen, und um mich herum standen Journalisten. Kollegen von Kaja Monsun. Die haben über sie hergezogen. Daher weiß ich, was für einen Ruf sie hat.«

»Haben Sie die Namen der Journalisten parat?«

Lissi neigte den Kopf zur Seite und lächelte Malte unverfroren an. »Es war keiner dabei, der mir so gefallen hätte, dass ich seinen Namen unbedingt hätte wissen müssen, Herr Graf.«

»Vielleicht fällt Ihnen dazu später noch was ein«, sagte Molly. »Aber nun noch mal fürs Protokoll: Wie lange hat Ihre Feier gedauert?«

Lissi blickte zur Decke, dann wieder in die Augen der Ermittlerin.

»Wir waren für sechs Uhr abends verabredet. Ziemlich genau um den Zeitpunkt herum sind alle kurz nacheinander eingetrudelt. Um neun, halb zehn haben wir uns wieder vom Acker gemacht.«

»Alle auf einmal, oder hat der Kreis sich nach und nach aufgelöst?«

Lissi zog die Oberlippe zwischen die Zähne. Sie brütete offensichtlich einen Gedanken aus.

»Sie erinnern sich nicht?«, fragte Molly.

»Ich versuch's gerade.« Lissi drehte die Daumen umeinander. »Paulus war schon früher weg«, sagte sie leise.

»Paulus Olsen ist vor den anderen gegangen?«

»Hmhm, ja. Ich glaube, das war kurz nach sieben.«

»Frau Wakenitz ist aber noch geblieben?«

»Ja.« Die Antwort kam Lissi denkbar knapp über die Lippen.

»Sind Sie sicher, dass es so war?«, fragte Molly nach.

Lissi seufzte. »Die anderen werden Ihnen das nicht erzählen, aber ich schwöre, es war so, wie ich es sage.«

Malte musterte sie skeptisch. »Das müssten Sie notfalls vor Gericht wiederholen, auch dann, wenn es den Aussagen Ihrer Freundinnen widerspricht.«

»Ich weiß.«

Mit ernster Miene nickte Lissi Malte zu, und Molly sah ihr an, dass sie sich der Tragweite ihrer Aussage bewusst war.

»Stehen Sie selbst zurzeit mit einem Häftling in Kontakt?«, fragte die Kommissarin unvermittelt.

»Ich? Nein, ich bin gerade ohne Schützling. Ich weiß im Moment nicht, ob ich überhaupt weiter mitmachen will. Im Grunde genommen macht es mir keinen Spaß. Ich brauche das nicht. Ewig dieses Getue, was für gute Menschen wir sind.« Sie hob die Hände zu einer allumfassenden Geste. »Wir kümmern uns um die, die von der Gesellschaft vergessen und verstoßen wurden. Und was haben wir selbst davon?«

Sie guckte die Ermittler an, als erwartete sie eine Antwort von ihnen.

»Das müssen Sie selbst wissen«, sagte Malte.

»Wenn Doreen erfährt, was ich Ihnen gerade über Paulus gesagt habe, bin ich sowieso raus.« Lissi fuhr sich mit den Händen über die Oberschenkel bis zu den Knien und wieder zurück. »Müssen Sie das den anderen verraten? Es geht doch eigentlich niemanden was an.«

»Ihre Aussage stimmt in dem Punkt nicht mit denen der anderen Zeugen überein«, lenkte Malte von der Frage ab. »Das macht die Sache für uns nicht einfach. Entweder haben wir es mit Lügen zu tun, oder das Gedächtnis funktioniert nicht bei allen gleich gut. In solchen Fällen müssen wir weiter nachforschen, bis wir die Wahrheit herausgefunden haben.«

»Die mutmaßliche Wahrheit«, korrigierte Molly ihn. »Sprich: Die Wahrheit oder das, was dafür gilt.«

Lissi machte große Augen. »Das ist aber kompliziert bei Ihnen.«

Malte lächelte charmant.

»Da widerspreche ich Ihnen nicht. Aber wer hat denn als Nächstes die Party verlassen, nachdem die Hauptperson gegangen war?«

»Das weiß ich nicht mehr. Unser Kreis hat sich auf einmal ziemlich schnell aufgelöst, und wir waren alle mit dem Aufräumen beschäftigt.«

»Sie geben uns das Stichwort«, sagte Molly. »Aufräumen. Sie hatten einen Kasten Bier dabei. Waren alle Flaschen drin, als Sie den Ort der Party verlassen haben?«

»Das weiß ich nicht. Ich glaube aber wohl. Sandra hatte das Bier mitgebracht, und die ist superpingelig. Die würde keine Flasche irgendwo liegen lassen. Schon gar nicht, wenn es Pfand darauf gibt.«

Molly nickte verständig. »Sie haben mitgeholfen, die Flaschen einzusammeln?«

»Ja, natürlich, obwohl ich nur eine einzige Flasche Bier getrunken habe. Aber wenn man zusammen feiert, räumt man auch zusammen auf.«

Molly wechselte noch einmal das Thema, um Lissi zu überraschen und mehr aus ihr herauszubekommen.

»Gab es einen Grund dafür, dass Paulus Olsen früher gegangen ist als die anderen?«

Lissis Miene verfinsterte sich. Sie und schlang die Arme so eng um ihre Brust, dass Molly befürchtete, sie würde sich selbst die Luft abdrücken.

»Was ist vorgefallen?«, bohrte Malte nach.

»Paulus und Alex, die zwei hatten mal wieder Streit miteinander.«

»Weswegen?«

»Es ging um eine Teufelsmaske. Alex hatte eine dabei. Er hat Paulus damit aufgezogen. Alex fand das witzig, Paulus nicht. Kurz darauf ist Paulus abgehauen.«

Molly stockte der Atem.

»Alex Rossi hat eine Teufelsmaske zur Feier mitgebracht? Würden Sie die wiedererkennen?«

Lissi zögerte, dann schüttelte sie den Kopf. »Glaub ich nicht. Die sehen doch alle gleich aus. Teufel ist Teufel. Der hat immer das gleiche Gesicht.«

144

»Was ist mit der Maske passiert? Hat Herr Olsen sie an sich genommen?«

Lissi seufzte. »Er hat sie Alex aus der Hand gerissen und weggeschleudert. Ich glaube, die lag am Ende unter einem der Bäume. So genau erinnere ich mich nicht.«

Molly tat, als suchte sie etwas in ihren Notizen. »Sie sind die Erste, die uns davon erzählt.« Sie sah wieder auf, und ihre Blicke fixierten Lissi, dass es schmerzte. »Haben die anderen nichts davon bemerkt?«

Lissi wusste nicht, wohin sie ausweichen sollte. Innerhalb von Sekunden zeigten sich hektische Flecken an ihrem Hals. Sie rieb sich mit den Fingerspitzen über die Haut, als juckte es, und sah Molly flehentlich an.

»Sie dürfen bitte niemandem sagen, was ich Ihnen verraten habe. Am Sonntag haben wir uns nämlich abgesprochen, was wir Ihnen sagen dürfen.«

Malte schlug mit der Hand auf die Sofalehne.

»Ich kann doch bei einem Mord nicht einfach die Klappe halten«, redete Lissi unbeholfen weiter. »Wir haben uns darüber abgestimmt, wann die Party angefangen und wann sie aufgehört hat, und es war jedem von uns klar, dass niemand Ihnen mehr als das sagen darf.«

»Wurde das explizit so verlangt?«, fragte Malte.

Lissis Lippen zitterten. »Doreen hat uns klargemacht, was auf dem Spiel steht.«

Die Ermittler schwiegen erwartungsvoll.

Verzweifelt legte Lissi beide Hände an den Hals, dessen Haut nun zu brennen schien wie Feuer.

»Doreen ist völlig vernarrt in Paulus«, redete Lissi weiter. »Ich glaube, sie wäre zu allem fähig, wenn jemand aus unserer Clique etwas sagt, was ihren Liebling in Verdacht bringen könnte.«

Molly betrachtete Lissi lange. »Zu Anfang unseres Gesprächs haben Sie gesagt, sie würden Herrn Olsen die Tat nicht zutrauen.«

Lissi machte große Augen. »Das stimmt auch. Davon rücke ich nicht ab.«

»Ihre Worte belasten ihn nun aber doch.«

»Wieso?«, fragte sie empört. »Dass er früher gegangen ist, bedeutet doch nichts.«

»Es bedeutet, er hat kein Alibi«, belehrte Malte sie.

»Warum nicht? Zu der Zeit, als Kaja Monsun umgebracht wurde, kann er zu Hause gewesen sein. Und außerdem – wenn Paulus kein Alibi hat, hat Doreen auch keins.«

»Denken Sie, Doreen Wakenitz könnte Kaja Monsun ermordet haben?«

Lissi zuckte kaum merklich mit den Schultern und stierte wieder vor sich hin.

»Vorhin«, überlegte Molly laut, »haben Sie auch gemeint, eine Frau könne so eine Tat nicht begehen.«

Lissi nickte. »Ja, das stimmt. Aber eins sag ich Ihnen. Doreen und Tina, die zwei sind ganz harte Brocken. Die tun sich alle beide nichts.«

»Wie haben wir das zu verstehen?«

Lissi senkte den Blick und malträtierte von Neuem ihre Oberlippe. »Wenn es um ihre Schützlinge geht«, sagte sie leise, »verstehen die beiden keinen Spaß. Da werden die Engel schnell zu Teufeln, wenn ich das mal so ausdrücken darf.«

Molly hob die Augenbrauen. »Was für eine harmonische Gruppe die Prisoner's Angels doch sind.«

Sie steckte ihren Notizblock weg und gab Malte das Zeichen zum Aufbruch.

Lissi begleitete die Ermittler zur Tür. »Das war alles?«

»Vorerst ja«, sagte Molly. »Aber wir bleiben in Kontakt.«

Lissi quälte sich ein Lächeln ab. »War das eine Drohung?«

Zurück im Wagen, schoss Molly ein Gedanke durch den Kopf:

Doreen Wakenitz und Tina Bode – ging das Helfersyndrom so weit, dass ein Engel zum Mörder wurde?

20

Den Vormittag verbrachte Molly mit einem letzten Termin beim Bestattungsinstitut. Die Besprechung mit dem Trauerredner stand an.

Am Dienstag hatte Molly ihm einiges über Ole, den begnadeten Künstler, und über die jahrelange erzwungene Trennung erzählt. Sie hatte ihm berichtet, wie sie sich plötzlich wiedergefunden hatten, dann aber Zeit brauchten, um innerlich wieder zueinanderzufinden. Wie Ole an Krebs erkrankte. Und dass sie zuletzt alle sicher gewesen waren, die schwere Krankheit sei überwunden, daher müsse es nun wieder aufwärtsgehen.

Aus ihren Erzählungen hatte der Mann eine Rede formuliert, die er ihr zur Abstimmung vorlegte – so, wie sie selbst den Menschen, die sie zu Ermittlungen befragte, ein Protokoll zum Abzeichnen übergab.

Sie las den Text, den er geschrieben hatte, und wunderte sich, wie jemand, der weder Ole noch ihr selbst jemals zuvor begegnet war, den Charakter des Verstorbenen und Mollys Schmerz so treffend in Worte fassen konnte.

Sie schob dem Mann das Blatt wieder zu. »Ja«, sagte sie nur. »So ist das gut.« Dann verließ sie das Institut, und auf dem Weg zur Dienstvilla fragte sie sich, wie sie die Zeit bis morgen Nachmittag überstehen solle.

Als sie die Villa betrat, saßen Malte und Ben zusammen im Besprechungsraum.

Malte folgte Molly in ihr Büro. Sie setzte sich hin und machte ein Gesicht, das ihm signalisierte: ›Sage nichts. Sprich mich nicht auf morgen an.‹

Malte nickte ihr zu und schimpfte los. »Der Rossi ist immer noch verschwunden. Wenn Tina Bode ihn deckt, erschlage ich sie.«

»Das lässt du schön bleiben«, sagte Molly kühl. »Es sei denn, du möchtest dich mittelfristig auch in die Obhut der Prisoners' Angels begeben.«

»Um Himmels willen! Die Aussicht darauf, dass eine der Damen mich im Knast besucht, ist echt ein Grund, nicht zum Mörder zu werden.«

»Siehst du. Ich versuche jetzt, Alex Rossi zu erreichen. Entweder er gewährt uns kurzfristig eine Audienz, oder wir eskalieren.«

Sie wählte die Mobilfunknummer des Gesuchten und schaltete den Lautsprecher ein.

Diesmal sprang nicht der Anrufbeantworter an, sondern eine freundliche Computerstimme informierte sie darüber, dass der Teilnehmer nicht erreichbar sei.

»Er hat sein Telefon definitiv ausgeschaltet«, stellte Molly fest.

»Oder er hat es in die Ostsee geworfen.«

»Wie auch immer. Wir müssen damit rechnen, dass er gerade dabei ist, Deutschland zu verlassen.«

»In Richtung Amsterdam?«

»Das nehme ich an.« Molly wählte die Nummer eines Kollegen in Travemünde und bat ihn, die Fahndung nach Alex Rossi einzuleiten.

Malte beugte sich vor. »Kann sein, dass er schon in Holland ist«, rief er dazwischen. »Er hatte mal einen Kontakt mit einer Sara in Amsterdam.«

»Eine Sara in Amsterdam?« Der Kollege lachte höhnisch. »Danke! Was für ein konkreter Tipp.«

Molly beendete das Telefonat und dachte nach.

Malte taxierte sie intensiv. »Ist Rossi der Täter, oder ist er nur aus der Angst heraus geflohen, verdächtigt und sofort wieder eingebuchtet zu werden?«

»Soll ich jetzt würfeln?«, raunzte Molly ihn an.

Sie war verärgert. Sie hätten Rossi kontaktieren sollen, bevor er das Weite suchen konnte.

Malte zog sich in sein Inneres zurück und wischte auf seinem Handy herum. Womöglich gewährte er Molly Narrenfreiheit wegen ihres schmerzlichen Verlustes.

»Wir wissen viel zu wenig über diesen Rossi«, fuhr Molly mit versöhnlicherer Stimme fort. »Im Grunde genommen wissen wir gar nichts. Gehörte er zum privaten Umfeld von Kaja Monsun, oder wollte sie auch über ihn berichten? Verfügte sie über verfängliche Informationen aus seinem Leben, die er unbedingt unter Verschluss halten wollte?«

»Frag doch mal den geheimnisvollen Journalisten, mit dem du dich nachher triffst. Wo seid ihr verabredet?«

Molly lehnte sich stöhnend zurück. »Das wüsstest du wohl gerne. Dann hätten wir keine fünf Minuten unter vier Augen miteinander, und du würdest auf einmal direkt vor uns aus dem Boden schießen.«

Malte legte sein Handy weg. »Traust du mir so viel Aufdringlichkeit zu?«, fragte er mit beleidigter Miene. »Darf ich dich wenigstens noch zu einem kleinen Mittagessen einladen?«

»Das darfst du gerne. Aber ich schlage vor, wir beide schmeißen zusammen und laden Ben heute ein. Er sitzt die ganze Zeit alleine in der Dienstvilla und übernimmt all die Trockenübungen für uns. Ich finde, dafür hat er ein Dankeschön verdient.«

»Überredet«, sagte Malte. »Wir essen bei Janna?«

»Hast du einen besseren Vorschlag?«

»Nö.«

Malte telefonierte mit Ben, der unten in seinem Büro saß, und Molly reservierte bei Janna einen Tisch.

»Ben hat die Berichte der KTU und des Forensikers erhalten«, sagte Malte, als beide wieder aufgelegt hatten.

»Super. Janna bereitet eine Platte mit Fischbrötchen und Krabbensalat für drei Personen vor.«

»Dann kann nichts mehr schiefgehen. Nur dass du deine Verabredung heute Nachmittag verschwitzt.«

»Keine Sorge, lieber Kollege, den Termin hab ich auf der Uhr.«

Ben erwartete die Ermittler am Fuß der Treppe und fuhr mit ihnen zur Kurpromenade, in der Janna ihr berühmtes Lesecafé betrieb.

Er hatte den Obduktionsbericht gelesen, die Unterlagen der Kriminaltechniker studiert und anschließend ein Telefonat mit Maren Eggertsen geführt. Nun platzte er vor Eifer und konnte es kaum erwarten, seinen Kollegen endlich zu erzählen, welche Erkenntnisse es gab.

»Euer Stammtisch ist frei«, begrüßte Janna die drei Beamten, als sie das Lokal betraten. Sie wies auf den Tisch, der in einem ruhigen Winkel des Cafés stand. Nach Möglichkeit hielt sie ihn zu bestimmten Zeiten ständig frei, damit sie Molly und ihrem Team spontan einen diskreten Platz für ein Arbeitsessen bieten konnte.

Mineralwasser stand schon bereit, und Bens Augen wurden groß, als Janna die Platte mit den Brötchen und die Schälchen mit den Salaten brachte.

Er griff mit beiden Händen zu, da legte Malte eine Hand auf seinen Arm.

»Erzähl doch mal. Was hast du uns an Wissen zu unserem aktuellen Fall voraus?«

»Lass ihn doch erst mal essen«, sagte Molly. »Bens Magen hat im Auto so laut geknurrt, dass ich dachte, er knabbert gleich das Lenkrad an.«

»Dann kann er jetzt unter Beweis stellen, dass er den Dreikampf des eiligen Kriminalpolizisten in der Mittagspause beherrscht: kauen, schlucken, reden.«

Während die Kollegen sich den Schlagabtausch lieferten, vertilgte Ben ein halbes Brötchen und einen Krabbensalat. Er schob das leere Schälchen von sich weg.

»Die wichtigste Erkenntnis zuerst: Kaja Monsun hatte vor ihrem Tod keinen Sexualverkehr. Demnach ist sie auch nicht das Opfer einer Vergewaltigung. Sie wurde aus unbekanntem Grund überfallen und hat sich mit dem Täter einen verzweifelten Kampf geliefert. Der Täter hat auf ihren Brustkorb eingewirkt. Darauf lassen die Hämatome auf den Rippen des Opfers schließen.«

Malte redete in Bens Worte hinein. »Dass Täter und Opfer sich geprügelt haben, hatte der Forensiker schon am Tatort festgestellt.«

Ben nutzte die Unterbrechung, um sich ein zweites Lachsbrötchen von der Platte zu angeln und ein Stück davon abzubeißen. Er nickte, kaute und schluckte den Bissen hinunter.

»Es muss heftig zugegangen sein. Der Täter dürfte auch ein paar blaue Flecken davongetragen haben. Und was noch viel besser ist: Das Opfer hat Hautzellen unter den Nägeln. Der Täter muss im Laufe des Kampfes Kratzer abbekommen haben.«

»Wenn wir Glück haben, mitten im Gesicht.« Malte wandte sich an Molly. »Da fällt mir sofort Alex Rossi ein. Ist er vor uns geflohen, weil er nicht vertuschen kann, dass er kürzlich in einen Kampf geraten ist?«

Einmal mehr ärgerte Molly sich, dass sie Rossi verpasst hatten.

»Musst du jetzt in dieser Wunde herumrühren?«, fragte sie mit matter Stimme. »Hoffen wir, dass die Fahnder ihn bald finden. Dann sehen wir, ob er Blessuren hat.« Sie deutete mit der Hand auf Ben. »Bitte, berichte weiter. Was stand noch im Obduktionsbericht?«

»Das Opfer ist verblutet, aber das wisst ihr ja schon.«

»Es gab keine weitere Ursache, die den Tod herbeigeführt haben könnte?«, vergewisserte Molly sich.

»Nein. Es war allein der Schnitt am Hals, der tödlich war. Dieser Schnitt wurde Kaja Monsun auf der Party-Wiese beigebracht. Dort hat sie das meiste Blut verloren. Das sagt der Forensiker, und die Kriminaltechniker haben das bestätigt.«

»Dann ist sie noch auf der Wiese gestorben«, folgerte Malte.

»Der Täter hat sie anschließend zur Brücke geschleift. Die Kriminaltechniker haben sowohl Schleifspuren als auch Blutspuren auf dem Boden gefunden.«

Auch Molly hatte von Jannas köstlichem selbstgemachtem Krabbensalat probiert, doch der Appetit verging ihr bei Bens Erzählung. Sie legte ihre Gabel weg.

»Der Täter muss Blut des Opfers an seiner Kleidung haben.« In Erwartung einer Bestätigung guckte sie Ben fragend an.

»Davon geht Maren Eggertsen auch aus. In ihrem Bericht hat sie festgehalten, dass sich Blutspuren an dem

Oberteil befinden müssen, das der Täter getragen hat, vermutlich auch an der Hose und ganz sicher unter den Schuhen. Er muss in das Blut getreten sein, als er den Oberkörper des Opfers anhob, um es unter den Achseln zu packen und zur Brücke zu schleifen.«

Molly griff sich fassungslos an die Stirn. »Dass so eine Tat an der Strandpromenade möglich ist! Es stehen Häuser in der Nähe. Da wohnen Leute. Es muss doch irgendjemand aus dem Fenster geguckt und die Tat beobachtet haben.«

»Das ist reines Wunschdenken«, konterte Malte. »Die Brücke ist nicht beleuchtet. Die einzigen Lichtquellen in der Umgebung sind die Laternen rechts und links neben dem Zugang zur Brücke.«

»Immerhin«, wandte Molly ein.

Malte winkte ab. »Der Lichtschein, der von ihnen ausgeht, ist bestenfalls dazu geeignet, Hunden zu signalisieren, dass hier was zum Bein-Heben steht. Das sind keine Laternen, die einem Kapitän auf hundert Seemeilen Entfernung signalisieren: Hier liegt Travemünde.«

Ben war Maltes Ausführungen geduldig gefolgt. Nun aber hob er die Hand und schüttelte mit wissender Miene den Kopf.

»Du irrst, Kollege. Nicht die schwachen Lichtquellen waren schuld daran, dass kein Mensch das Geschehen beobachtet hat.«

Malte schob das Kinn vor. »Sondern?«

»Guck mal im Fernsehprogramm nach. Am Samstag lief eine Show mit Florian Silbereisen, von zwanzig Uhr fünfzehn bis dreiundzwanzig Uhr dreißig. Da kann es auf der Strandpromenade Goldbarren regnen, die Leute gucken nicht hin. Die merken das gar nicht.«

»Ach, Quatsch.«

Ben sah den Kollegen eindringlich an. »Malte, was verstehst du vom Leben? Frag in deiner Nachbarschaft nach, dann wirst du mir glauben.«

»Er hat recht«, meinte Molly. »Sprich mal mit Janna. Am Tag nach dieser Sendung gibt es bei ihr im Café nur ein einziges Thema – die Fernsehshow mit Silbereisen.«

Malte gab sich geschlagen. »Okay. Jetzt weiß ich also, welchen neuen Faktor wir in Zukunft bei unseren Ermittlungen als feste Größe mit einbeziehen müssen. Wir gucken erst mal in der Programmzeitschrift nach: Turnte zum Tatzeitpunkt Silbereisen über den Bildschirm? Wenn ja, brauchen wir nach Zeugen für die Tat erst gar nicht zu suchen.«

Molly rollte mit den Augen. »Du übertreibst schon wieder.«

»Ich? Du hast gerade selbst bestätigt, dass es so ist.«

»Lass uns mal weitermachen«, schlug Molly vor. »Was sagt der Forensiker, Ben. War beim Tod von Kaja Monsun Liquid Ecstasy im Spiel?«

»Dazu laufen zwar noch diverse Untersuchungen, wir werden weitere Laborergebnisse erhalten. Aber dass Kaja Monsun vor ihrem Tod Liquid Ecstasy zu sich genommen hat, konnte der Rechtsmediziner schon jetzt mit hoher Wahrscheinlichkeit ausschließen.«

Molly lehnte sich zurück. Nachdenklich schob sie das leere Schälchen, aus dem sie den Krabbensalat gegessen hatte, auf dem Tisch von einer Hand zur anderen.

»Fast alles, was wir bisher wissen, spricht gegen Paulus Olsen als Täter.«

»Das sehe ich anders.« Malte faltete die Serviette zusammen. »Das Opfer ist eine Frau, die Leiche saß auf einer Seebrücke, und sie trug eine Teufelsmaske. Es war die gleiche Szenerie wie bei den drei früheren Opfern. Und vergiss nicht: Paulus Olsen hat kein Alibi mehr. Er kann zum Tatzeitpunkt am Tatort gewesen sein.«

»Er hatte mit der Frau keinen Geschlechtsverkehr«, erinnerte Molly ihn. »Mag sein, dass Kaja Monsun beharrlich Kontakt zu Paulus Olsen gesucht hat. Aber was heißt das? Das ist weit von dem Beziehungsmuster entfernt, das er mit seinen Opfern gepflegt hat. Und vergiss das Wichtigste nicht«, betonte sie, »die Teufelsmaske hat nicht Paulus Olsen zum Tatort mitgebracht, sondern Alex Rossi. Und der ist seltsamerweise verschwunden, seit er weiß, dass wir mit ihm sprechen wollen. Hast du schon vergessen, was wir vorhin spekuliert haben, warum er uns sein Gesicht nicht zeigen will?«

»Die Indizien sprechen gegen Olsen«, beharrte Malte. »Und er hatte ein Motiv. Er hat sich von Kaja Monsun gestalkt gefühlt. Sie hatte bereits Berichte über ihn geschrieben. Eins gestehe ich Olsen allerdings zu: Er hatte keinen Tötungsvorsatz. Er wusste nicht, dass Kaja Monsun auf der Party auftauchen würde. Die Tat erfolgte spontan, und an die Teufelsmaske ist er durch den Streich gelangt, den Alex Rossi ihm spielen wollte. Olsen scheint einfach ein Pechvogel zu sein, der immer wieder in Situationen hineinrutscht, in denen er sich nicht anders zu helfen weiß als dadurch, dass er ...«

»Dass er was?«, fragte Molly. »Dass er zum wiederholten Mal eine Frau mal eben so ins Jenseits verschifft? Das mag in einer Fernsehklamotte am Silvesterabend passieren, aber doch nicht im realen Leben.«

»Warum verteidigst du ihn so vehement?«

Was sollte sie darauf erwidern?

Molly guckte auf die Uhr. Wenn sie nicht zu spät auf dem Priwall ankommen wollte, musste sie sich bald auf den Weg zu der Halbinsel machen.

»Tut mir leid, ihr zwei, aber ich muss euch verlassen.«

»Moment«, sagte Ben. »Ich hab da noch was.«

Malte grinste provokant. »Ruf doch deinen geheimen Journalisten an, Molly, und vertröste ihn um ein halbes Stündchen.«

»So lange brauche ich nicht mehr«, sagte Ben. »Nur kurz zu der Auswertung des Handys von Kaja Monsun.«

»Oh ja. Das höre ich mir gerne noch an.«

»Kaja Monsun hat mitten in der Altstadt von Lübeck gewohnt, in einem der restaurierten Häuschen in den alten Gängen. Sie hat das Haus um kurz nach neunzehn Uhr verlassen, wie eine Nachbarin berichtet hat. Gegen zwanzig Uhr hat ihr Handy sich in eine Funkzelle in der Nähe des späteren Tatorts eingeloggt. Da ist es bis zum Fund der Leiche geblieben.«

»Das heißt«, sinnierte Molly, »sie könnte die Feier aus einem Versteck heraus beobachtet haben. Die Party war, wie wir wissen, spätestens um halb zehn zu Ende.«

Malte schob den Ärmel seines Pullis zurück und sah auf die Uhr, als könne er die Zeitangaben nur so nachvollziehen.

»Anderthalb Stunden sind für Reporter keine übermäßig lange Wartezeit«, gestand er ein. »Oft stehen diese Leute stundenlang vor Hotels, um Promis aufzulauern.«

»Passt auf, es kommt noch besser«, sagte Ben. »Kaja Monsun war in den letzten Tagen öfter am Wohnhaus von Doreen Wakenitz. Sie hat ihr aufgelauert, wenn sie das Haus verließ, und sie hat mehrmals telefonisch Kontakt mit ihr aufgenommen. Die Telefonate waren allerdings allesamt extrem kurz. Es sieht so aus, als hätte Frau Wakenitz jedes Mal sofort wieder aufgelegt.«

»Die Anrufe gingen immer von Frau Monsun aus?«, fragte Molly.

»Ja, ausnahmslos. Kaja Monsun ist in den letzten Tagen ihres Lebens aber auch selbst mehrmals angerufen worden. Die Nummer konnten unsere Kollegen einem Mark-Friedrich Fokke zuordnen. Er ist Reporter bei derselben Zeitschrift, für die Kaja Monsun tätig war. Er hat sie sogar noch kurz vor ihrem Tod kontaktiert.«

»Interessant«, sagte Malte. »Möglicherweise haben die beiden zusammen an einer Story über Paulus Olsen gearbeitet.«

Molly wurde nachdenklich. »Mag sein«, überlegte sie. »Dann wundert mich allerdings, dass der Mann sich bisher nicht bei uns gemeldet hat. Den müssen wir uns auch für ein Gespräch vormerken. Beschaffst du uns bitte die Kontaktdaten, Ben?«

»Gerne.« Aufgeregt rutschte Ben auf dem Stuhl nach vorn. Er stützte die Arme auf, beugte sich über den Tisch und setzte eine konspirative Miene auf. »Wenn ihr mich fragt, ich würde ausschließen, dass die Tat von jemand ganz anderem begangen wurde. Entweder ist einer eurer beiden Hauptverdächtigen, Rossi oder Olsen, zum späteren Tatort zurückgekehrt. Oder ...« Er legte einen Finger an die Nasenspitze. »Oder die ganze Clique hat die Tat gemeinsam begangen. Sie haben Kaja Monsun entdeckt, haben sie erst mit Worten angegriffen, dann haben sie auf sie eingedroschen. Die Situation ist eskaliert und auf einmal hatte einer von ihnen die zerschlagene Flasche in der Hand. Und ehe die anderen begriffen, was passierte, war es geschehen.«

»Und alle haben geschworen, zu schweigen.« Molly legte eine Hand an die Wange und verbarg das Gesicht darin. »Der Gedanke ist mir auch gerade gekommen. Ich würde nicht ausschließen, dass es so war.«

»Wie kommst du auf so was?«, fragte Malte.

»Sie haben sich abgesprochen, dass sie alle zur gleichen Zeit nach Hause gegangen sind. Angeblich ist keiner alleine zurückgeblieben, also kann auch keiner der Täter sein. Solche Absprachen trifft man, wenn ein kollektives schlechtes Gewissen herrscht.«

»Hmhm«, machte Malte. »Das klingt plausibel. Und trotzdem ...«

Molly stand auf. »Tut mir leid, ich muss jetzt wirklich los.« Sie drückte Malte zwei Geldscheine in die Hand, damit er seinen Anteil dazulegen und Janna bezahlen konnte. »Ich lauf schnell rüber zur Villa und nehme den Dienstwagen.«

»Warte«, sagte Malte, »wir fahren dich hin.«

»Danke, bleibt ruhig noch sitzen und redet weiter.«

Malte hob ergeben die Hände. »Okay, wie du möchtest. Dann gute Unterhaltung mit deinem Blind Date.«

Molly lief hinaus und atmete durch. Ein paar Minuten Ruhe – die brauchte sie jetzt.

21

Mark-Friedrich Fokke gönnte sich noch einen Schluck aus dem Flachmann, der sein Zuhause in einem abschließbaren Schubfach des Schreibtischs hatte und den er regelmäßig nachfüllte. Man wusste nie, wozu man es brauchte, und zurzeit stand er mächtig unter Druck.

Ed war gerade mit Kollegen in die Kantine gegangen. Er selbst sollte auch mal wieder etwas zu sich nehmen, feste Nahrung, nicht immer nur flüssige. Doch sein Magen war zu. Es gab im Moment zu viele Unsicherheiten in seinem Leben. Erst musste Gras über verschiedene Dinge gewachsen sein, dann würde er sich morgens wieder unbeschwert aus dem Bett schwingen und abends leichten Herzens hineinspringen können.

Er schloss die Flasche weg, griff nach seinem Handy und wählte Lissis Nummer. Genau ein Mal klingelte es, da meldete sie sich, als hätte sie nur auf seinen Anruf gewartet.

»Machst du gerade Mittagspause?«, fragte er.

»Hätte ich sonst so schnell reagiert? Warte, ich mach mal eben die Tür zu.«

Stuhlbeine quietschten über den Linoleumboden, eine Tür wurde ins Schloss gedrückt.

»Da bin ich wieder«, sagte Lissi.

»Wie war dein Gespräch mit der Polizei?«

»Erzähl ich dir später. Erst mal du. Haben der Verleger und der Chefredakteur sich endlich entschieden?«

»Noch nicht, das zieht sich. Aber die Chancen stehen gut. Ich bin lang genug dabei, dass sie meine Qualitäten zu schätzen wissen. Ich hab die richtigen Kontakte, und die Themen, die Kaja in der Mache hatte, bearbeite ich schon lange. Außerdem habe ich Führungsqualitäten«, zählte er weiter auf. »Und man darf nicht vergessen ...«

Lissi unterbrach ihn. »Du bist genau der Richtige für diesen Job. Du kriegst ihn, bestimmt. Ich bin so stolz auf dich.«

Mark-Friedrich zog an seinem Schreibtisch eine andere Schublade auf. Er holte einen Taschenspiegel hervor, sah hinein und bleckte die Zähne. Zufrieden nickte er sich zu. So sahen Gewinner aus. »Ich denke, es ist nur noch eine Frage von Tagen. Spätestens Ende nächster Woche will ich den Vertrag in der Tasche haben.«

»Dann feiern wir wieder. Das wird ein riesiges Fest, und die Medien werden darüber berichten.«

Er hörte die Begeisterung aus Lissis Stimme heraus. »Wir haben doch gerade erst gefeiert, dass der Weg für mich freigeworden ist. Willst du gar nicht mehr aufhören damit?«

»Ach, mal sehen.«

Lissi verstummte plötzlich.

»Lissi? Lissi!«

»Ja, schon gut. Da wollte gerade eine Kollegin zu mir. Jetzt ist die Luft wieder rein. Gibt es denn noch andere Bewerber außer dir?«

Mark-Friedrich schob den Taschenspiegel an seinen Platz zurück, schloss die Lade und legte die Füße auf den Schreibtisch. »Nicht der Rede wert. Die üblichen Leute, die es zu nichts bringen und sich auf jeden Job bewerben. Das ist keine Konkurrenz für mich.«

»Die schießt du locker ab mit deinen Fähigkeiten. Die können dir alle nichts.«

Mark-Friedrich strich sich die Haare aus der Stirn. »Lass uns abwarten, Lissi. Die paar Tage bis zur Entscheidung überstehen wir auch noch. Jetzt erzähl, wie war dein Gespräch mit der Polizei?«

»Ganz gut. Ich konnte nur nicht bei dem bleiben, was wir vorher abgesprochen hatten.«

»Wer ist wir? Die Prisoners' Angels?«

»Ja. Du weißt doch, Doreen hat uns alle am Sonntagabend gebrieft. Die Polizei sollte nicht erfahren, dass Paulus die Party vorzeitig verlassen hat und die ganze Nacht nicht mehr gesehen wurde.«

»Sie hat offenbar höllische Angst, dass ihr Schützling wieder als Mörder überführt wird. Sie muss das verhindern, sonst bricht ihr ganzes Lebenskonstrukt zusammen. Die definiert sich darüber, dass sie verurteilte Mörder und Totschläger zu Gutmenschen macht.«

»Sie glaubt nun mal fest daran, dass jeder Mensch von Natur aus okay ist und dass selbst aus Mördern Engel werden, wenn man ihnen den richtigen Weg weist.«

Mark-Friedrich lachte. »Du bist in der Hinsicht auch nicht viel besser. Sonst wärst du nicht seit Jahren in dem Klübchen mit dabei.«

Mit diesen Worten hatte er bei Lissi einen wunden Punkt getroffen.

Sie schnaufte, dann legte sie los. »Ich bin nur dabei, weil ... weil ...«

»Ich sag dir, warum. Weil du genauso wenig Selbstbewusstsein hast wie Doreen und die anderen beiden Weiber und weil du dir den Nämlichen aufreißen würdest, nur um ein Fünkchen Anerkennung zu bekommen.«

»Blödmann.« Lissi fing an, zu heulen. Sie beendete das Gespräch abrupt.

Er ließ ihr drei Minuten Zeit, sich abzureagieren und die Tränen zu trocknen. Dann rief er wieder an.

Sie nahm das Gespräch entgegen, meldete sich aber nicht. Vor seinem geistigen Auge sah er sie vor sich, wie sie mit verkniffenen Lippen dasaß und ins Leere stierte.

»Komm, Lissi, sei nicht böse. Ab und zu muss man sich auch mal die Wahrheit sagen lassen. Nun erzähl schon, was hast du mit der Polizei besprochen? Du hast also gesagt, dass Olsen plötzlich verschwunden war.«

Lissi schluchzte auf. »Ich habe nichts als die Wahrheit gesagt, und das muss man doch auch vor Gericht.«

Mark-Friedrich zog eine Davidoff aus der Packung, langte nach dem Feuerzeug und steckte sich das Zigarillo an. Er sog den Tabakrauch tief ein und stieß ihn wieder aus. »Wie sah die Wahrheit aus, die du denen geschildert hast?«

»Du hast wieder angefangen, zu rauchen?«

»Lissi, bitte, erzähl von deinem Gespräch.«

Sie seufzte. »Ich habe denen gesagt, dass es Ärger mit Alex Rossi gab wegen einer Teufelsmaske und dass Paulus deshalb die Party vorzeitig verlassen hat.«

Lissi schluchzte wieder. Die Sache nahm sie offenbar mit.

»Komm, Lissi, auch wenn du ein Prisoners' Angel bist, auf Kerle wie Paulus Olsen musst du keine Rücksicht nehmen. Die Wahrheit ist immer auch eine Frage der persönlichen Perspektive, und wenn deine Perspektive mit der von Paulus kollidiert, hat er eben Pech gehabt. Denk dran: Er hat nicht mehr lange zu leben, da kommt es auf diese eine Sache auch nicht mehr an.«

»Genau so sehe ich das auch.«

»Hat die Kripo schon einen Verdacht? Haben sie was durchblicken lassen?«

Mark-Friedrich zog wieder an dem Zigarillo und inhalierte so tief und so lange, wie es nur ging.

»Das nicht, aber sie wurden ganz munter, als ich von Alex Rossi und der Teufelsmaske gesprochen habe.«

»Alex Rossi? Gut! Das ist gut.« Mark-Friedrich nahm die Füße vom Schreibtisch und drehte sich auf dem Bürostuhl zu seiner Wandtafel um. »Ich recherchiere gerade in einer Sache, in der er eine Rolle spielt. ›Alex Rossi, der Mörder von Kaja Monsun‹, das könnte 'ne riesen Story werden, sogar noch besser als mit Paulus Olsen als Täter. Ich häng mich gleich mal da rein. Mit Glück zaubere ich schneller als die Polizei einen Mörder hervor.«

»Hältst du mich auf dem Laufenden?«

»Aber klar.«

»Mark?«

Lissi nervte. Sie fing schon wieder an zu weinen.

»Ja, was ist denn?«

»Ich hab so ein schlechtes Gewissen.«

»Warum? Weil du dich nicht an die Absprache gehalten hast?«

»Ich habe die Prisoners' Angels verraten.«

»Mach dir keinen Kopf. Du bist denen zu nichts verpflichtet. Sag Doreen einfach, du bist nicht mehr mit dabei, und gut is'. Jetzt hör auf zu flennen. Deine Mittagspause ist gleich vorbei. Was sollen die Patienten sagen, wenn du mit verheulten Augen an der Rezeption sitzt?«

»Ich bin heute hinten im Labor und mach die Blutproben fertig zum Versand. Da sieht mich keiner, nur eine Kollegin, und was die von mir denkt, ist mir egal.«

»Trotzdem, entspann dich.«

Er verabschiedete sich von ihr und legte auf. Es wurde auch höchste Zeit, denn Ed kam aus der Kantine zurück.

Seine Miene war düsterer als der Himmel vor einem Gewittersturm. Er plumpste auf seinen Drehstuhl und starrte sein Gegenüber an. »Weißt du, was im Haus über dich geredet wird?«

Mark-Friedrich erwiderte den Blick. »Na, was denn?« Er nahm noch einen Zug von seinem Zigarillo und stieß den Qualm so aus, dass er gerade über Eds Kopf hinwegzog.

»Stimmt es«, fragte Ed, »dass du Kaja letzte Woche den Tipp mit der Party an der Seebrücke gegeben hast?«

Mark-Friedrich sah ihn mit Unschuldsmiene an. »Ich erinnere mich nicht mehr so genau. Möglicherweise habe ich das getan. Ein heißer Tipp unter Kollegen kann bekanntlich niemals schaden.« Er grinste.

»Du hast sie spätabends in den Hexenkessel der Prisoners' Angels geschickt? Du weißt, wie die zu ihr standen, und du wusstest, dass an dem Abend zwei verurteilte Mörder dabei waren.« Ed schüttelte fassungslos den Kopf. »Du gehst wohl wirklich über Leichen.«

22

Was wusste Arved Lenzen? Was war sein Plan? Und wer war dieser Mann überhaupt?

Molly fiel es schwer, sich auf die Fahrt zu konzentrieren. Auf der Strecke zwischen der Ortsausfahrt von Timmendorfer Strand und der Ortseinfahrt von Travemünde flatterten ihre Gedanken hin und her – von Oles Beerdigung zur Teufelsmaske, von der Begnadigung des vorzeitig entlassenen Mörders Paulus Olsen zum verschwundenen Totschläger Alex Rossi.

Mit dem Erreichen von Travemünde rief Molly sich zur Ordnung. Sie konnte es sich nicht leisten, jetzt auch noch einen Unfall zu bauen, im Krankenhaus zu landen und beim Abschied von Ole nicht dabei zu sein.

Ein Gedanke machte ihr diese Fahrt leichter: Nicht sie war es, die sich auf das Gespräch vorbereiten und die passenden Fragen zurechtlegen musste. Nicht sie wollte etwas aus den Worten ihres Gesprächspartners heraushören. Arved Lenzen war derjenige, der sich ihr als Informant angeboten hatte. Er musste sich überlegen, was er ihr verraten wollte. Aus dieser Perspektive betrachtet konnte sie sich zurücklehnen und abwarten, was bei diesem Treffen herauskommen würde.

Das Navi führte sie immer geradeaus und kurz vorm Hafen rechts ab. Sie hatte sich die Strecke vorher auf einem Routenplaner angesehen und wusste, dass sie nun einen Schlenker von der Travemünder Landstraße abgehend machen musste, vorbei an den großen Bootshallen, in denen jedes Jahr im Sommer das Sandskulpturen-Festival stattfand, dann die Straße entlang, die parallel zur Trave verlief, bis zum Vorplatz der Priwall-Fähre.

Der Parkplatz war zum Glück nicht voll belegt. Molly stellte den Wagen ab und zog ein Parkticket, das sie gut sichtbar aufs Armaturenbrett legte. Dann begab sie sich zum Automaten am Fährhaus und kaufte eine Karte für die Überfahrt zum Priwall.

Das Schiff hatte gerade an dieser Seite der Trave angelegt. Sieben Wagen rollten herunter. Einige Fußgänger und Radfahrer folgten ihnen. Danach durfte Molly die Fähre betreten.

Ob Arved Lenzen in der Nähe war? Hatte er sie bereits entdeckt und beobachtete sie heimlich?

Unsicher drehte sie sich nach allen Seiten um. Doch es war kein Mann in der Nähe, den sie als Reporter hätte identifizieren können. Nur Familienväter mit Frauen an ihrer Seite und kleinen Kindern an der Hand oder ältere Herren, die unverkennbar Rentner waren.

Bei all der Aufregung der letzten Tage hatte sie vergessen, im Internet nach Arved Lenzen zu suchen. Irgendwo musste ein Foto von ihm zu finden sein. Sie verkroch sich in die Nische auf der Fähre, in der windgeschützte Sitzbänke standen, nahm Platz und fischte ihr Handy aus der Handtasche. Die Suche nach Arved Lenzen ergab sofort einen Treffer.

Warum hatte sie sich nicht eher mit ihm befasst? Ein wenig Vorbereitung auf die Person des Reporters hätte ihr selbst und dem bevorstehenden Gespräch nicht geschadet. Doch noch war es nicht zu spät, wenn auch nur wenige Minuten blieben.

Sie öffnete die Website des Journalisten.

Sympathisch sah er aus. Das Gesicht mit den markanten und dennoch weichen Zügen passte zu der sonoren Stimme, deren Klang Molly noch im Ohr hatte. Die braun gebrannte, lederne Haut und das ausgebleichte graublonde Haar ließen auf einen Segler schließen.

Geboren war der Mann, der vier Jahre älter war als sie selbst, in Kopenhagen als Sohn eines deutschen Unternehmers und einer norwegischen Dolmetscherin. In Dänemark und Oslo aufgewachsen, war er als Student nach Lübeck gezogen. Seither könne er sich aus dieser Region nicht mehr wegdenken, so berichtete er.

Sein Vorname setze sich aus zwei Wörtern zusammen, die in der Übersetzung so viel bedeuteten wie ›Adler‹ und ›Baum‹ oder ›Wald‹. In der Zusammensetzung könne man ihn verstehen als ›Adler auf dem Baum‹. Und, so schrieb der Mann, als solcher betrachte er sich auch: als ein Mensch, der sich einen höher gelegenen Platz ausgesucht hat, um die Welt mit Adleraugen zu beobachten. Er sehe seine Aufgabe darin, über das, was er von dieser höheren Position aus erkenne, zu berichten.

Die Fähre erreichte die andere Seite der Trave, die Autos verließen sie bereits. Molly schloss die Website, steckte ihr Handy weg und verließ das Schiff gemeinsam mit den anderen Passagieren, die zu Fuß oder mit dem Rad unterwegs waren.

In unmittelbarer Nähe des Fähranlegers lag die Seniorenwohnanlage, die der Ort ihres Rendezvous' sein sollte. Sie betrat das Foyer und erkundigte sich an der Rezeption nach dem Weg zum Restaurant. Mit wenigen Worten erklärte eine freundliche Mitarbeiterin ihr, wie sie dort hinkam.

Ob Arved Lenzen schon da war? Malte hatte vergessen, mit ihm abzusprechen, ob er einen Tisch reservieren wollte.

An der Tür zum Restaurant blieb sie stehen und sah in den Gastraum, der einen idyllischen Ausblick auf den Jachthafen und die Trave bot. Ein Containerschiff fuhr gerade am Haus vorbei. Molly hielt den Atem an. Das Schiff fuhr so dicht an den Fenstern vorbei, dass sie glaubte, sie könnte aufspringen und mit auf große Fahrt gehen.

Von einem der Tische an den Fenstern winkte ihr ein Mann zu. Es war unverkennbar Arved Lenzen.

Molly atmete auf und ging auf ihn zu.

23

Arved Lenzen erhob sich, reichte Molly die Hand und verneigte sich leicht. »Frau Kommissarin Bleck, schön, dass Sie unser Treffen zeitlich einrichten konnten. Und, ähm ...« Er räusperte sich. »Mein Beileid. Ihr Kollege hat mir berichtet ... Es tut mir aufrichtig leid.«

Molly achtete auf eine gleichmäßige Atmung und ließ Lenzens Worte an sich vorüberziehen. Auf diese Begrüßung hatte sie sich innerlich vorbereitet. Sie hatte beschlossen, zu funktionieren, wenigstens heute noch einmal. Mit aller Kraft, die sie aufbringen konnte, lächelte sie ihre Trauer weg. Sie vermied es, auf die Beileidsbekundung einzugehen, und bemühte sich um einen unbefangenen Tonfall.

»Hallo, Herr Lenzen, ich habe Sie sofort erkannt. Sie sehen in natura genauso aus wie auf dem Foto auf Ihrer Website. Das ist selten. Meist sind solche Bilder gnadenlos retuschiert.«

»Oh, Sie haben sich über mich schlaugemacht. Das nenne ich eine professionelle Vorbereitung.« Er bot ihr einen Platz an und setzte sich ebenfalls wieder hin.

»Halb so wild«, tat sie sein Lob ab. »Viel Zeit hatte ich leider nicht, mich mit Ihrer Person zu beschäftigen. Aber man möchte ja wissen, mit wem man sich trifft.«

Sie hütete sich davor, ihm zu verraten, dass die Frage, warum er sich mit ihr treffen wollte, sie mehr beschäftigte als die, wer er war.

»Sie fragen sich sicher, was ich Ihnen zu erzählen habe«, begann er das Gespräch, als hätte er ihre Gedanken gelesen.

»Wenn ich ehrlich sein soll, ich platze vor Neugier. Normalerweise ist es so, dass wir diejenigen sind, die um Termine mit möglichen Zeugen ersuchen. Dass jemand von sich aus auf uns zukommt, ist eine Seltenheit. Ich darf Sie doch als Zeugen im weiteren Sinn betrachten, oder in welcher Funktion sehen Sie sich?«

Molly lächelte über sich selbst. Die Ermittlerin in ihr konnte nicht anders, sie musste gleich eine Frage stellen, auch wenn sie mit einem anderen Vorsatz zu dieser Verabredung gefahren war.

Arved Lenzen wiegte sich in den Schultern. »Zeuge ist wohl nicht der richtige Ausdruck. Nennen Sie es besser Informant.«

Ein Kellner trat an den Tisch, um die Bestellung aufzunehmen. Arved fragte Molly nach ihrem Wunsch und bestellte zwei Tassen Milchkaffee.

Mollys Blicke blieben fasziniert an einer der riesigen weißen Skandinavien-Fähren hängen, die an der Terrasse des Restaurants vorbeizog. »Vergehen Sie bei diesem Anblick nicht vor Fernweh?«, fragte sie den Reporter. »Sie sind doch in Skandinavien aufgewachsen.«

Lenzen schmunzelte. »Mit dem Fernweh komme ich ganz gut zurecht. Schlimmer ist das Heimweh, wenn ich Travemünde mal für ein paar Tage verlassen muss.«

Er bedachte Molly mit einem Blick, der sie verlegen machte.

»Das kann ich gut verstehen«, sagte sie schnell. »Ich selbst komme aus Hamburg und liebe die Stadt, aber ich möchte von der Ostseeküste auch nicht mehr weg.«

Diskret stellte der Kellner die Tassen vor ihnen ab.

Molly gab Zucker in ihren Kaffee, nahm den Löffel und rührte um. Sie suchte den elegantesten Einstieg in das Anliegen, das sie zusammengeführt hatte.

»Bei unserem Telefonat am Sonntag haben Sie gesagt, dass Sie uns womöglich auf eine heiße Spur zum Mörder von Kaja Monsun bringen können.«

Lenzen hob den Finger. »Von einer gewissen Spur habe ich gesprochen«, betonte er. »Ob sie heiß ist, kann ich nicht beurteilen.«

»Als Nestbeschmutzer haben Sie sich angeboten«, erinnerte Molly sich. »Ist es ein Kollege von Ihnen, den Sie anschwärzen wollen?«

»Sie kommen ohne Vorgeplänkel zur Sache. Ich sehe, Sie wollen es wirklich wissen, Sie wollen den Fall lösen.«

»Uns bleibt nicht viel Zeit.« Molly erschauderte innerlich bei dem Gedanken. »Paulus Olsen wird von der Öffentlichkeit mit dem Tod von Kaja Monsun in Verbindung gebracht. Ich brauche es Ihnen nicht zu erklären, Sie wissen besser als ich, worüber die Menschen und die Medien sich zurzeit das Maul zerreißen.«

»Schrecklich ist das«, sagte Lenzen. »Alle wissen, dass Olsen todkrank ist. Trotzdem hacken sie auf ihn ein.«

»Ich will den Täter unbedingt finden, bevor Olsen stirbt. Dazu fühle ich mich verpflichtet. Ich gehe davon aus, er ist in diesem Fall ohne Schuld. Auch wenn er ein verurteilter Mörder ist, soll er nicht mit dem Gedanken sterben, dass er posthum als derjenige dasteht, der nach seiner Begnadigung einen vierten Mord begangen hat, und dass der wahre Täter auf freiem Fuß bleibt.«

Lenzen nickte zu ihren Worten. »Olsen wird von vielen meiner Kollegen öffentlich an den Pranger gestellt.

172

Dabei glaube ich auch, dass er es nicht war.« Er nippte an seinem Milchkaffee, dann schob er die Tasse weg. »Was heißt, ich glaube? Ich bin sicher, dass er unschuldig ist. Kaja Monsun war eine sehr spezielle Person, die sehr spezielle Feinde hatte. Einer dieser Feinde ist ein Kollege von mir. Und damit komme ich noch mal zu unserer Geheimhaltungsvereinbarung. Was ich Ihnen hier und heute erzähle, bleibt unter uns?«

Molly seufzte. Lenzens Forderung belastete sie, seit er sie in dem Telefonat am Sonntag das erste Mal ausgesprochen hatte. Auch sie schob ihre Tasse weg.

»Herr Lenzen, bitte hören Sie mir mal gut zu. Ich bin nicht vom Geheimdienst, ich bin von der Kripo. Was ich erfahre, behandle ich insofern vertraulich, als ich es nicht an die Presse weitergebe. Aber wir haben es mit einem Gewaltdelikt zu tun, mit einem Tötungsdelikt. Wir suchen einen Mörder. Ich freue mich über Ihre Einladung und über Ihre Bereitschaft, mir etwas zu verraten. Ich weiß Ihr Vertrauen wirklich zu schätzen. Aber wir zwei können nicht darüber verhandeln, ob ich meinen Kollegen einen potenziellen Mörder unterschlage, auf dessen Spur ich durch Sie gekommen bin.«

Arved Lenzen hörte ihr zu. Er strich sich gedankenversunken übers Kinn und dachte nach. Molly rechnete im Stillen damit, dass er sich nach diesem Kaffee für die nette Begegnung bedanken und verabschieden würde.

Doch er überraschte sie.

Er nahm die Hand vom Kinn. »Ich bin ganz auf Ihrer Seite. Es darf nicht sein, dass Olsen mit dem Gedanken stirbt, ewig als Mörder von Kaja Monsun zu gelten, und dass der wirkliche Mörder unentdeckt bleibt, weil nach ihm gar nicht erst gefahndet wird.«

Zufrieden zog Molly den Cappuccino wieder zu sich heran. Konnte es bei den Ermittlungen zum Fall Kaja Monsun eine größere Hilfe geben als einen Journalisten, der Informationen hatte und auf ihrer Seite stand?

Arved Lenzen war ein Glücksfall.

»Ich sehe, Sie lächeln«, sagte Lenzen. »Dann lassen Sie uns den nächsten Schritt gehen.« Er unterbrach sich und hob den Finger. »Unter der Voraussetzung, dass alles, was ich sage, unter Verschluss im Haus der Kriminalpolizei bleibt.«

»Mit einem Zusatz«, erwiderte Molly. »Es bleibt so lange bei der Kripo unter Verschluss, bis die Anklage läuft. Von da an wird es öffentlich, das wissen Sie selbst. Ein Gerichtsverfahren können wir nicht geheim halten.«

»Wenn es so weit ist, würde ich sogar als Zeuge auftreten«, betonte Lenzen voller Enthusiasmus. »Ich stehe zu dem, was ich Ihnen sage, nur kann ich nicht beurteilen, ob die Person, über die ich Ihnen Informationen liefere, schuldig ist. Wenn Sie und Ihre Kollegen denjenigen aber als Täter überführen, sage ich vor Gericht alles, was ich weiß.«

»Dann legen Sie mal los, Herr Nestbeschmutzer. Wer ist der Mensch, den Sie mir ans Messer liefern wollen?« Molly führte ihre Tasse zum Mund.

»Sein Name ist Mark-Friedrich Fokke.«

Mark-Friedrich Fokke ...

Molly stellte die Tasse auf den Tisch zurück, ohne einen Schluck getrunken zu haben. »Ein Mann dieses Namens hat Kaja Monsun in den Tagen vor ihrem Tod mehrmals angerufen, sogar noch, kurz bevor sie starb.«

»Das wundert mich nicht.« Lenzen lehnte sich zurück und verschränkte die Arme.

»Soweit ich weiß«, sagte Molly nachdenklich, »ist Fokke ein Kollege von Frau Monsun. Ich vermute, die zwei wollten gemeinsam eine umfangreiche Reportage über Paulus Olsen schreiben. Sehe ich das richtig?«

Lenzen schüttelte den Kopf. »Da irren Sie gewaltig. Kaja Monsun und der liebe Kollege Fokke haben nicht zusammengearbeitet, sie haben sich gehasst.«

»Oh. Das gibt dem Fall eine ganz neue Perspektive. Bisher waren wir immer davon ausgegangen, dass der Mord an Kaja Monsun eng mit der Entlassung von Paulus Olsen zusammenhing und dass ...« Es fiel ihr schwer, den Satz fortzusetzen. »Dass er selbst oder jemand aus seinem engsten Umfeld der Täter ist. Wobei ich persönlich ihn von dem Verdacht ausnehmen möchte, aber wir müssen natürlich auch in seine Richtung ermitteln.«

»Ich verstehe, dass es Ihnen schwerfällt, Olsen unter Verdacht zu stellen. Aber nach Lage der Dinge bleibt Ihnen wohl nichts anderes übrig. Ich hoffe, den Ermittlungen mit meinen Informationen eine Wende geben zu können.«

»Ich bin wahnsinnig gespannt. Bitte, erzählen Sie mir, was Sie wissen.« Molly holte ihren Notizblock hervor. »Es stört Sie nicht, wenn ich mir zu unserem Gespräch ein paar Notizen mache?«

»Machen Sie nur – solange Sie Ihre Notizen nicht an diese Zeitung mit den großen roten Buchstaben weitergeben.« Er grinste verschmitzt. Dann stützte er die Ellenbogen auf und verschränkte die Hände. »Also, Mark-Friedrich Fokke ... Der Mann ist genauso krankhaft ehrgeizig, wie Kaja Monsun es war.«

»Das kann ich mir vorstellen«, sagte Molly. »Unter Journalisten, die für Magazine arbeiten wie die ›Macht der Frau« gibt es sicher ziemlich viele eitle Persönlichkeiten. Die schreiben dann nicht für die Zeitschrift und nicht für die Leser, sondern arbeiten nur für ihr eigenes Image.«

»Genau das ist es«, bestätigte Lenzen. »Ich sehe, Sie haben ein Gespür für unsere Branche. Sie selbst lesen diese Zeitschrift, für die Kaja Monsun tätig war, aber nicht, oder irre ich?«

»Nein. Ich habe aufgrund dieses Falles kürzlich in eine Ausgabe hineingesehen. Mein Ding ist das nicht. Nun ja, nicht jedes Magazin ist jedermanns Geschmack. Aber kommen wir auf Frau Monsun und Herrn Fokke zurück. Wie war eine Zusammenarbeit der beiden unter dem Dach der Zeitschrift möglich, wenn sie sich nicht riechen konnten?«

»Frau Monsun war Chefreporterin. Mark-Friedrich Fokke gehörte dem Team an, das ihr unterstellt war. Fokke ist vor drei Jahren eingestellt worden.«

»Es arbeiten nur wenige Männer in der Redaktion, wie ich dem Impressum entnehmen konnte.«

»Das Impressum täuscht«, sagte Lenzen. »Es stehen längst nicht alle Namen der Journalisten darin, die für das Magazin tätig sind, auch nicht die der fest angestellten. Die wichtigsten Stellen sind mit Frauen besetzt, und die werden alle im Impressum genannt.«

»Den Namen Mark-Friedrich Fokke habe ich nicht gesehen.«

Lenzen lachte. »Das dürfen Sie ihm bitte nie erzählen. Er steht drin als stellvertretender Chefreporter. Sein Name ist aber etwas versteckt, und genau das ist sein Problem. Er möchte ihn an prominenter Stelle sehen.«

»Er möchte eine Stufe höher steigen?«

»Das ist sein Ziel.«

Wieder blieben Mollys Blicke an einem Schiff hängen, das über die Trave in Richtung Ostsee fuhr. Es war eine weiße Jacht, und Molly träumte sich kurz an Bord.

Lenzen folgte ihrem Blick. »Immer wieder faszinierend, was? Ich glaube, ich miete mich später, wenn ich alt bin, in diese Anlage ein. Dann gucke ich den ganzen Tag von meinem Ohrensessel aus hinaus.«

»Ist bestimmt interessanter, als die siebte Wiederholung eines Krimis im Fernsehen zu verfolgen.« Molly kam wieder auf das Thema dieses Treffens zurück. »Fokke arbeitet für eine Frauenzeitschrift, die den Ruf hat, auf fast militante Weise die Interessen der Frauen zu vertreten. Kann er in so einer Redaktion überhaupt einen Chefposten bekommen?«

»Wenn er ein guter Journalist ist, die richtigen Themen anpackt und obendrein das nötige Verständnis für das weibliche Geschlecht mitbringt, dann ja. Er selbst betrachtet sich als die bessere Frau. Das lässt er in jedem zweiten seiner Artikel durchschimmern. Er hat sich auf die Fahne geschrieben, Frauen die Sichtweise der Männer nahezubringen, damit sie sich im privaten oder beruflichen Miteinander besser auf die Männerwelt einrichten können und dagegen gewappnet sind.«

Molly ließ die Worte auf sich wirken und versuchte, sich in die Mentalität des Mark-Friedrich Fokke hineinzuversetzen. »Meint er das ehrlich, oder verhält er sich so, um Karriere zu machen?«

»Letzteres trifft wohl zu«, erwiderte Lenzen spontan. »Fokke hatte bisher in seiner Karriere nur ein einziges Problem, und das hieß Kaja Monsun. Das hat er offen zugegeben. Er will unbedingt Chefreporter werden.«

Molly trank den Rest ihres Milchkaffees, nahm den Kaffeelöffel und kratzte damit am Tassenrand entlang. Sie führte den Löffel zum Mund und schleckte genüsslich den süßen Schaum davon ab.

»Darf's noch einer sein?«, fragte Lenzen.

»Gerne.«

Der Journalist signalisierte dem Kellner mit Gesten, dass er noch zwei Tassen Cappuccino bringen möge.

Molly nutzte die Zeit, über Lenzens Informationen nachzudenken.

»Wenn Mark-Friedrich Fokke mit Kaja Monsun über Kreuz stand, war das sicher jedem in der Redaktion bekannt.«

Lenzen zückte sein Handy, warf einen kurzen Blick darauf und steckte es wieder weg. »Ja, alle in der Redaktion wussten, dass die beiden sich liebten wie Katz und Maus.«

»Dann müssten Fokkes Kollegen ihn verdächtigen. Oder genießt er so viel Vertrauen, dass ihm niemand so eine Tat unterstellen würde?«

Lenzen lachte durch die Nase. »Vertrauen? Der Begriff ist den Mitarbeitern dieser Zeitschrift fremd. Da wird in sämtliche Richtungen gebissen. Ich schätze, die sitzen alle in ihren muffigen Büros, ziehen den Kopf ein und warten darauf, dass die Kripo sie von diesem Kollegen befreit.«

»Wir reden bald mit ihm. Wir hatten ihn ohnehin auf dem Schirm wegen der Anrufe bei Kaja Monsun.« Molly überlegte kurz. »Wird er nun ihr Nachfolger?«

Lenzen hob die Hände. »Das weiß ich nicht. Die Entscheidung darüber ist entweder noch nicht gefallen, oder sie wurde bisher nicht öffentlich gemacht. Bei der

Neubesetzung eines Chefreporterpostens haben mehrere Leute mitzureden. Daher kann das eine Zeit dauern, bis es in trockenen Tüchern ist.«

Molly notierte sich Gedanken, die ihr für das Gespräch mit Mark-Friedrich Fokke kamen. Als der Kellner die neue Bestellung servierte, verdeckte sie das Blatt schnell mit der Hand. Dann schrieb sie einen Satz zu Ende und wandte sich wieder an Arved Lenzen.

»Von Kaja Monsun heißt es, sie sei ein schwieriger Typ gewesen und habe sich mit vielen Prominenten, über die sie berichtet hat, angelegt.«

»Das trifft die Sache.« Lenzen reichte Molly die Schale mit den Zuckertütchen an. »Sie hatte viele Kontakte zu Menschen, über die sie aus einer sehr eigenen Perspektive berichtet hat. Nicht jeder war darüber erfreut. Viele Türen wurden Kaja später vor der Nase zugeschlagen. Aber soweit ich die Sache überblicke, hat keiner der Interviewpartner jemals solchen Groll auf sie entwickelt, dass sie persönlich in Gefahr geriet.«

»Sie würden ausschließen«, hakte Molly nach, »dass es von der Seite aus ein Mordkomplott gegeben haben könnte?«

»Absolut. Auch von Kollegenseite würde ich das ausschließen. Nur Mark-Friedrich Fokke ...«

»Hatten Sie mal einen Zusammenprall mit ihm?«

Molly wollte sichergehen, dass Lenzen keinen persönlichen Racheakt gegen Fokke schmiedete und aus dem Grund versuchte, ihn vor der Kripo zu verleumden.

»Einen Zusammenprall nicht, aber eine Begegnung auf einem Journalistentreffen. Da hat er mir die Ohren zugekleistert mit seinen Karriereplänen. Im Laufe des Gesprächs habe ich ihn darauf hingewiesen, dass Kaja

Monsun einige Jahre jünger ist als er und daher noch berufstätig sein dürfte, wenn er schon längst in Rente ist. Darauf meinte er, so unbeliebt, wie sie sich mache, könne sie durchaus jung sterben. Er hat mir zugezwinkert, und ich hatte das Gefühl, der Mann hat einen Plan.«

»Wie lang ist das her?«

»Ich mag es kaum sagen. Seitdem sind keine sechs Wochen vergangen.«

»Keine sechs Wochen?« Molly rechnete zurück. »Zu dem Zeitpunkt war in der Öffentlichkeit schon bekannt, dass Paulus Olsen schwer erkrankt ist und möglicherweise begnadigt wird. Glauben Sie, Fokke hat von da an mit dem Gedanken gespielt, Olsens Entlassung für einen Mord an Kaja Monsun zu nutzen?«

Lenzen sah Molly tief in die Augen. »Ich würde sagen: Ja. Fokke muss von irgendwoher erfahren haben, dass diese Party für Olsen ausgerichtet wird und dass Kaja Monsun da herumtanzen wird.«

»Hat sie das getan?«, hakte Molly sofort nach. »Ist sie doch auf der Party gewesen?« Das wäre eine Information, die die Sache in neuem Licht erscheinen ließe.

Lenzen wurde unsicher. »Eingeladen worden ist sie bestimmt nicht. Aber sie hatte offenbar Kontakte zu dem Kreis um Olsen.«

»Da haben Sie recht.« Molly griff sich ans Kinn. »Wer kann die lecke Stelle in dem Umfeld sein?«

»Ich würde auf einen der Prisoners' Angels tippen. Es muss jemand sein, der Olsen nicht wohlgesonnen ist.«

Molly fiel Tina Bode ein. »Eine der Damen hat einen Schützling, der zur selben Zeit im selben Gefängnis gesessen hat wie Paulus Olsen.«

»Sie meinen Alex Rossi«, sagte Lenzen.

Der Name musste ihm auf der Zunge gelegen haben. Er hatte ihn ausgesprochen, ohne auch nur eine Sekunde nachzudenken.

»Sie kennen ihn?«

»Bei der Veranstaltung, von der ich vorhin gesprochen habe, hat Fokke ihn erwähnt. Er war an derselben Geschichte dran, die Kaja Monsun in Arbeit hatte, und da spielt auch Alex Rossi eine Rolle.«

»Eine Geschichte über Olsen und Rossi? Wollten beide Kollegen, Monsun und Fokke, darüber berichten?«

»Wundert Sie das? Olsen ist seit Wochen Tagesgespräch in der Lübecker Bucht. Das ist ein Fressen für Reporter wie Kaja Monsun und Mark-Friedrich Fokke. In dem Zug ist ein Wettbewerb zwischen den beiden entbrannt. Schließlich geht es um die Auflagenhöhe, um viel Geld und damit um die Karriere. Es gewinnt immer der, der die sensationellsten Geschichten hat.«

Lenzens Mobiltelefon vibrierte surrend. Er nahm es zur Hand und stand auf. »Sie entschuldigen mich bitte einen Moment? Es dauert wirklich nicht lange.«

Er ging auf die Terrasse des Restaurants, setzte sich auf einen Stuhl und telefonierte.

Molly lehnte sich zurück, beobachtete die Segeljachten, die auf den Wellen im Hafen vor dem Restaurant auf und ab schaukelten, und ließ das, was sie von Lenzen erfahren hatte, auf sich wirken.

Bisher hatte sie geglaubt, wenn sie lang genug bei den Prisoners' Angels bohren würden, würde irgendwann eine der Damen nachgeben und Alex Rossi als Täter verraten. Doch auf einmal schien es so, als drehte sich alles um Mark-Friedrich Fokke und als wäre Alex Rossi nur ein Mittel zum Zweck.

Kaja Monsun und Mark-Friedrich Fokke hatten sich gegenseitig an einer Geschichte um Paulus Olsen und Alex Rossi aufgeheizt. War die Chefreporterin näher dran gewesen als Fokke? Hatte er die Konkurrentin aus dem Weg geräumt, um selbst die oberste Stufe des Treppchens zu erklimmen?

Lenzen kehrte wieder ins Restaurant zurück. »Tut mir leid, es war ein wichtiger Anruf. Den konnte ich nicht warten lassen. Hatte aber leider nichts mit Ihrem Fall zu tun.«

Molly lächelte. »Schon gut. So hatte ich Zeit, ein bisschen nachzudenken. Diese Sache mit Olsen und Rossi, wissen Sie, worum es da geht?«

»Eine Drogengeschichte.«

»Drogen? Während der Haftzeit?«

»Sie wissen doch«, erwiderte Lenzen, »dass gerade im Gefängnis der Drogenhandel blüht. Und Sie wissen auch, dass Paulus Olsen die Taten unter Drogeneinfluss begangen hat.«

»Er hat Liquid Ecstasy genommen«, sagte Molly.

Natürlich wusste Lenzen darüber Bescheid. »Nicht nur das«, sagte er. »Es war auch LSD im Spiel. Er hat im Gefängnis einen Entzug gemacht, danach ist er clean geblieben. Aber er hatte Kontakt zu Mithäftlingen, die mit Drogen gehandelt haben. Und da er nur zu gut wusste, wohin das führt, wollte er mit dazu beitragen, den Drogenmissbrauch in der JVA zu bekämpfen. Dabei hat er Alex Rossi schwer belastet. Das hat dem Mann noch eine zusätzliche Haftstrafe eingebracht.«

»Davon wusste ich nichts.«

Um Lenzens Augen zeigten sich wieder die Lachfältchen, durch die er so sympathisch und nahbar erschien.

»Wie auch?«, sagte er. »Darüber hat nichts in den Medien gestanden. Aber Mark-Friedrich Fokke hat an besagtem Abend, als ich mit ihm sprach, in stark angetrunkenem Zustand Andeutungen gemacht, die eindeutig waren. Er hat Kontakte in Justizkreise und ist bestens über diese Sache informiert. Er wollte darüber berichten und hatte Angst, dass Kaja Monsun mehr wusste als er. Wenn Sie mich fragen: Das war ein weiterer Grund, sie aus dem Weg zu räumen.«

Mollys Hirn rotierte. Mark-Friedrich Fokke hatte ein Motiv, Kaja Monsun zu ermorden. Doch wenn die Geschichte stimmte, die Lenzen ihr gerade erzählt hatte, hatte Alex Rossi eine Rechnung mit Paulus Olsen offen. Damit hätte er ein Motiv, sich an dem Mann zu rächen.

Eine Möglichkeit dazu wäre, Kaja Monsun, die er wegen der beabsichtigten Reportage über seine Drogenvergangenheit sicherlich selbst nicht mochte, zu ermorden und Spuren zu legen, die Olsen von Neuem als Täter dastehen ließen.

Ein raffinierter Plan!

Molly verschwieg Lenzen die Gedanken, die ihr gerade gekommen waren. Zuerst wollte sie mit Malte und Ben darüber sprechen. Doch wenn sie Rossi überführen würden, wäre Arved Lenzen der Erste, der davon erfahren sollte und dem sie ein Interview zu dem Fall geben würde.

»Danke, Herr Lenzen«, sagte sie erleichtert. »Sie haben uns wirklich ein großes Stück weitergeholfen. Ich werde mich mit einem Exklusiv-Interview revanchieren, sobald sich die Gelegenheit dazu ergibt.«

24

Malte und Ben hörten Molly gebannt zu, als sie von ihrem Treffen mit Arved Lenzen erzählte.

»Lenzen hat sich so neutral verhalten, wie es gerade noch möglich ist, wenn man über einen Menschen redet, den man nicht mag«, beendete sie ihren Bericht. »Aber er konnte nicht verhehlen, dass er Mark-Friedrich Fokke gern vor Gericht sehen würde.«

»Verständlich«, kommentierte Malte. »Er würde vermutlich eine große Reportage aus der Sache machen, und die Medien würden ihm die aus der Hand reißen.«

»Für gutes Geld«, fügte Ben hinzu.

»Das ist sicher eins seiner Motive«, sagte Molly. »Welcher Journalist träumt nicht davon? Lenzen verfügt aber auch über einen großen Gerechtigkeitssinn. Er ist dagegen, Paulus Olsen nur wegen seiner Vergangenheit vorzuverurteilen. Außerdem weiß er, was man seinem Kollegen Mark-Friedrich Fokke zutrauen kann.«

Maltes pikierter Blick verriet Molly, dass er der Person des Arved Lenzen gegenüber skeptisch blieb.

»Höre ich aus deinen Worten heraus«, fragte er, »dass Fokke jetzt auch bei dir ganz oben auf der Liste der Verdächtigen steht?«

»Nein, mein Hauptverdächtiger bleibt Alex Rossi, allein schon wegen seiner Flucht. Fokke steht an zweiter Stelle, wobei ich ihn erst selbst sprechen möchte, bevor ich ihn ernsthaft als Täter in Erwägung ziehe.«

Ben schob die Ärmel seines Sweatshirts zurück wie immer, wenn es ihn in den Fingern kribbelte, sich gleich wieder in die Recherchen zu stürzen.

»Dann befassen wir uns also mit drei Männern, die jeder für sich ein Motiv hätten und deren Alibi entweder bereits zusammengebrochen ist oder bröckelt oder uns noch nicht bekannt ist.« Er zählte auf. »Paulus Olsen. Mit den Aussagen von Tina Bode und Lissi Holm ist sein Alibi geplatzt. Alex Rossi. Sein Alibi ist vermutlich ebenso kippelig, und er hat sich dadurch besonders verdächtig gemacht, dass er sich auf ziemlich hinterlistige Weise dem Gespräch mit euch entzogen hat.«

»Aber was soll sein Motiv sein?«, fragte Malte. Die Hände in den Hosentaschen lief er unruhig im Raum auf und ab.

»Hast du Molly nicht zugehört? Er wollte sich für den Verrat wegen der Drogengeschichte rächen.«

Malte blieb vor Ben stehen. »Ich weiß nicht, ob das als Motiv überzeugt. Man bringt doch nicht einen Menschen um, weil es sich gerade so schön anbietet, um bei der Polizei den Eindruck zu erwecken, dass ein bestimmter vorzeitig freigelassener Mörder erneut straffällig geworden ist.«

Molly konnte seinen Einwand nachvollziehen. Das Motiv, das sie Rossi unterstellten, war nicht ganz rund. Dennoch konnte es zutreffen.

»Fakt ist«, sagte sie, »dass Rossi Olsen mit der Teufelsmaske provoziert hat. Fakt ist auch, dass Olsen aufgrund der Maske auf dem Gesicht des Opfers sofort in Verdacht geraten musste. Dass es zu dieser Schlussfolgerung kommen würde, war Alex Rossi klar. Und es bleibt die Frage: Warum ist Rossi untergetaucht?«

»Das frage ich mich auch«, sagte Ben und setzte seine Aufzählung fort. »Der dritte Verdächtige, Mark-Friedrich Fokke, hat ein stichhaltiges Motiv. Wie steht es um sein Alibi? Das müsst ihr noch herausfinden.«

»Ben«, sagte Molly, »über das, was sich in der JVA abgespielt hat, hätte ich gern mehr Informationen. Recherchierst du bitte, was es mit dem Konflikt zwischen Olsen und Rossi auf sich hat?«

»Jo, mach ich.«

Ben sammelte seine Notizen ein, die über den Tisch verteilt lagen, und stand auf.

»Malte, wir zwei machen uns auf den Weg zu Sandra Koll. Die fehlt uns noch in unserer Sammlung. Viel verspreche ich mir nicht von dem Gespräch, aber ganz unter den Tisch fallen lassen möchte ich sie nicht.«

»Rufen wir sie vorher an?«

»Nein, lass uns einfach hinfahren. Du hast die Adresse des Reisebüros, bei dem sie beschäftigt ist?«

»Schon ins Navi eingespeichert.«

Malte nahm den Schlüssel des Dienstwagens und marschierte hinaus. Nachdenklich chauffierte er sie zu einem Einkaufszentrum im Südwesten von Lübeck.

Wie üblich an einem Freitagvormittag herrschte viel Betrieb. Doch Malte hatte ein Auge für verborgene freie Parkplätze. Er stellte den Wagen unweit des Eingangs ab und steuerte das Reisebüro an, als wäre er Stammkunde in diesem Konsumtempel.

»Du kennst dich hier aus?«, fragte Molly.

»Ich war schon mal hier. Ist aber schon eine Weile her.«

Molly fragte nicht weiter nach. Maltes Antwort hätte wahrscheinlich gelautet, dass er mal eine Zeit lang mit einer Boutiquebesitzerin liiert war, die ihr Geschäft in diesem Zentrum hatte.

»Da vorne ist es.« Er zeigte auf die Eingangstür, und nun ging Molly voran.

25

Die Angestellten des Reisebüros saßen an Tischen, die mit Computer-Bildschirmen, Ablagekörben und Stapeln von Broschüren bestückt waren. An den Wänden in ihrem Rücken prangten überdimensionale Fotos von Gebirgszügen, grünen Tälern, türkisfarbenen Seen und von Stränden, die in Südeuropa oder in der Karibik lagen.

Molly fragte sich, warum es Menschen in die Ferne zog, wenn sie doch das Paradies vor der Haustür hatten.

Sie ging an den Schreibtischen vorbei und las die Namensschilder der Männer und Frauen, die dahinter saßen.

»Kann ich Ihnen helfen?«, fragte eine Dame mittleren Alters in einem schicken roten Kleid, die auf einmal vor ihr stand.

»Wir suchen Sandra Koll.«

Die Angestellte lächelte. »Da sind Sie bei mir richtig.«

In dem Moment entdeckte Molly das Namensschild auf der Brust der Dame.

Sandra Koll musterte erst sie, dann Malte, der einen halben Meter hinter Molly stand. »Sie möchten eine Reise buchen?«

Malte trat einen Schritt vor. »Nicht direkt.« Er zückte seinen Dienstausweis, auch Molly holte ihren hervor.

»Kriminalpolizei«, sagte Molly. »Wir würden uns gerne mit Ihnen unterhalten. Wir kommen wegen des Todes von Kaja Monsun. Haben Sie einen Raum, in dem wir ungestört miteinander reden können? Es soll nicht allzu lange dauern.«

»Das will ich doch hoffen.«

Molly merkte Sandra Koll an, dass sie innerlich die Augen verdrehte.

»Bitte folgen Sie mir einfach.«

Die Reiseverkehrskauffrau wandte sich um und führte die Ermittler in einen Raum im hinteren Bereich des Geschäftes. »Nehmen Sie Platz«, sagte sie knapp.

Sie setzen sich um einen runden Tisch, der so klein war, dass sie sich alle drei fast an den Knien berührten.

Molly rückte wieder ein Stückchen zurück. »Wir haben bereits mit Ihren Freundinnen gesprochen«, begann sie das Gespräch.

»Freundinnen?« Sandra Koll guckte pikiert. »Eins möchte ich gleich klarstellen. Es war das letzte Mal, dass ich so eine Sache mitgemacht habe. Ich steige bei den Prisoners' Angels aus. Ich gebe auch nicht mehr den Chauffeur, geschweige denn den Getränkebeschaffer. Sollen sie sehen, wie sie alleine zurechtkommen. Lange geht das sowieso nicht mehr gut.«

»Wie meinen Sie das?«, fragte Molly nach.

Sandra hob die Hände. »Immer diese Eifersüchteleien. Eine will der bessere Engel sein als die anderen. Jede will einen Lebenslänglichen bekehren. Die führen sich auf, als wären sie in der Lage, aus dem Teufel einen Priester zu machen. Dabei sind sie doch nur mediengeil. Alle wie sie dastehen hoffen darauf, dass eine große Tageszeitung oder eine Frauenzeitschrift über sie berichtet. Dass sie porträtiert werden als ehrenwerte Damen, die sich für die Gesellschaft engagieren. Ist doch albern, das Ganze, bloßes Getue.«

»Darf ich da mal nachhaken?«, fragte Molly. »Sie sagten gerade, Ihre Kolleginnen aus diesem Klübchen sind darauf aus, in die Medien zu kommen. Haben sie denn Kontakt zu Medienvertretern?«

»Natürlich. Was glauben Sie, warum Kaja Monsun und die ganze Meute so genau wussten, wann Paulus Olsen entlassen wird? Zuerst war im Gespräch, dass Paulus zu einer Zeit, zu der alle noch schlafen, von seiner Anwältin abgeholt wird. Sie hätte ihn in einem möblierten Apartment irgendwo in Lübeck untergebracht, wo sich niemand um ihn schert. Doreen hat ihn aber kirre gemacht. Seit Monaten gaukelt sie ihm die große Liebe vor und sagt, sie hat ihre Wohnung und ihr Leben darauf ausgerichtet, ihm die letzten Wochen, die er noch hat, so erträglich wie möglich zu machen. Er solle nicht einsam sterben, hat sie ihm eingetrichtert. Ich weiß, dass er Angst hatte, mit dem Leben in Freiheit nicht mehr zurechtzukommen. Also hat er sich weichklopfen lassen. Und was macht Doreen? Sie verrät dieser unsäglichen Kaja Monsun auf die Minute genau, wann Paulus entlassen wird. Das ist doch verlogen. Sie hat ihn damit in eine unmögliche Situation gebracht.«

»Inwiefern unmöglich?«, fragte Malte die Dame, die so wütend war, dass es nur so aus ihr herausprudelte.

»Diese Feier, die sie unbedingt veranstalten musste, war doch auch so eine Finte. Uns allen war klar, dass Doreen die Chefreporterin der ›Macht der Frau‹ auch über die Party informieren würde. Sie hat davon geträumt, dass sie im Gegenzug von Kaja Monsun für genau dieses Magazin porträtiert wird. Dass eine große Reportage über sie erscheint.« Sandra Koll breitete die Arme weit aus, als wollte sie die ganze Welt umschließen.

»Doreen Wakenitz, der Engel, der sich für einen dreifachen Frauenmörder aufopfert und ihm in selbstloser Weise das Lebensende versüßt.«

Die Frau, die einige Jahre älter wirkte als ihre Engel-Kolleginnen, donnerte mit einer Faust auf den Tisch, als wollte sie das Ende ihrer Rede mit einem Paukenschlag unterstreichen.

Molly musste all die Worte, die Sandra Koll herausgeschleudert hatte, erst einmal sortieren und verdauen.

»Paulus Olsen wusste, dass Kaja Monsun auf der Party erscheinen würde?«, fragte sie nach.

»So kann man das nicht sagen. Er wusste es nicht, als wir uns zur Party trafen. Er hat es erst später erfahren. Durch einen dummen Zufall.«

»Was genau ist passiert?«, fragte Molly, die im Gespräch mit Sandra endlich eine Chance sah, den tatsächlichen Ablauf des Abends zu erfahren. »Bitte erzählen Sie uns alles der Reihe nach.«

Sandra verschränkte die Hände und presste die Lippen zusammen. Dann seufzte sie und begann, zu reden.

»Erst verlief alles friedlich. Auf einmal aber hat Alex diese schreckliche Teufelsmaske aus seinem Rucksack geholt. Er hat sie sich vors Gesicht gehalten und herumgegrölt wie ein Irrer. Es war beängstigend, ihm dabei zuzusehen, und Paulus war total verunsichert. Schließlich hat Alex das Spektakel beendet und die Maske wieder abgenommen. Er wollte sie Paulus aufsetzen. Der hat sich natürlich gewehrt. Dann hat Alex ihm gesagt, dass Kaja Monsun an dem Abend noch kommen würde und ihn mit der Maske ablichten wolle. Sie hätte vor, einen Bericht über ihn als entlassenen Dreifachmörder zu schreiben, und wolle ihn interviewen.«

Sandra hörte auf zu reden und wischte sich mit einer Hand über den Ärmel ihres Kleides.

»Wie hat Olsen darauf reagiert?«, fragte Malte.

Sandra rang nervös die Hände. »Er ist gegangen, regelrecht geflohen. Er hat Doreen stumm angeguckt, dann hat er sich verzogen, ohne zu sagen, wohin er will, und ohne sich von uns zu verabschieden.«

»Um wie viel Uhr war das?«, fragte Molly.

»Das war gegen acht.«

»Haben Sie Paulus Olsen an dem Abend noch mal gesehen?«

»Nein, die ganze Nacht nicht mehr. Aber ...« Sandra senkte den Blick, und ihre Lider flackerten. »Bevor er im Dunkeln verschwunden ist, hat er Alex was zugerufen.«

»Was denn? Haben Sie es mitbekommen?«

»›Wenn ich die Monsun erwische‹, hat er gebrüllt ...« Sandra blickte wieder auf. »›Wenn sie mich nicht endlich in Ruhe lässt ... Sie soll bloß nicht glauben, dass sie mit dem Leben davonkommt‹.«

»Das hat er gesagt?«

Molly wünschte sich, dass Sandra ihre Worte zurücknehmen, Malte und ihr ins Gesicht lachen und sagen würde, das sei nur ein Scherz gewesen.

Doch Sandra nickte. »Ich hab es selbst gehört.« Unsicher sah sie die Ermittler an. »Haben die anderen Ihnen das nicht erzählt?« Sie winkte ab. »Natürlich nicht. Doreen hat uns noch auf der Wiese, auf der wir die Party gefeiert haben, gesagt, dass wir die Worte vergessen sollen. Sie hat beteuert, dass Paulus das nicht ernst gemeint hat. Sie war total verblendet.« Sandra wischte mit der flachen Hand vor ihrer Stirn hin und her.

Molly fühlte sich wie vor den Kopf geschlagen.

Acht Uhr abends, zu der Zeit hatte sich das Handy von Kaja Monsun in eine Funkzelle im Bereich des späteren Tatorts eingeloggt. Und dann diese Drohung von Paulus Olsen. Andererseits: Die anderen Teilnehmer der Party waren um acht noch da gewesen, und Kaja Monsun war erst gegen zweiundzwanzig Uhr gestorben.

»Haben Sie Kaja Monsun auf der Party gesehen?«

»Nein.«

»Halten Sie es für möglich, dass Paulus Olsen ihr begegnet ist, als er die Feier verlassen hat?«

Ihrer Miene nach wägte Sandra sorgfältig ab, was sie antworten sollte.

»Nein, dann hätten wir anderen Kaja auch gesehen. Aber ich könnte mir vorstellen, dass Paulus noch mal zurückgekommen ist, als wir alle schon weg waren. Vielleicht sind sie sich da begegnet.«

»Wie kommen Sie darauf, dass er zurückgekommen sein könnte?«

»Ursprünglich wollten wir bis Mitternacht oder länger feiern. Das wusste Paulus, und das wusste Kaja. Sie hat sicher gedacht, je später sie kommt, desto betrunkener ist Paulus, und desto leichter ist das Spiel, das sie mit ihm hat.«

»Was ist mit Herrn Rossi?«, entfuhr es Molly spontan. »Könnte auch er Kaja Monsun später begegnet sein?«

Sandra dachte kurz nach. »Auch das wäre möglich. Er hat die Party zusammen mit Tina verlassen. Mag sein, dass er zurückgeradelt ist, um seine Teufelsmaske zu holen. Die war irgendwo unter den Sträuchern liegen geblieben. Wir haben sie nicht mit weggeräumt, als wir die Flaschen und Dosen eingesammelt haben.«

»Warum nicht?«, fragte Malte.

Sandra zuckte mit den Schultern. »Niemand wollte sie haben. Wir wollten sie nicht mal in die Hand nehmen.«

»Wie war das mit den Flaschen?«, hakte Molly nach. »Haben Sie die alle wieder eingesammelt?«

»Wieso fragen Sie? Wir haben die Wiese sauber hinterlassen.«

»Uns interessiert ganz einfach«, sagte Malte, »ob Sie alle Flaschen wieder mitgenommen haben.«

»Ja, ich denke schon. Mir ist nicht bekannt, dass da was liegengeblieben wäre. Bis auf eine Bierflasche, aber die ist vermutlich versehentlich zusammen mit all den Dosen und Pappbechern, die wir benutzt haben, in einem Abfalleimer an der Strandpromenade gelandet.«

»Ja«, sagte Molly, »so was passiert gelegentlich. Sagen Sie, Alex Rossi und Paulus Olsen, die zwei sind keine besten Freunde.«

»Nein, das waren sie nie. Das ist der ganzen Gruppe bekannt.«

»Haben die beiden sich auch schon vor der Szene mit der Teufelsmaske auf der Feier gestritten?«

Sandra runzelte die Stirn. »Ja, ich erinnere mich, Alex hat Paulus auf seine Taten von damals angesprochen. Er hat ihn als Macho bezeichnet und als Geisteskranken, der seine Machtfantasien am schwächeren Geschlecht ausleben wollte. Daraufhin hat Paulus ihn beschimpft. Er hat ihn als Waschlappen bezeichnet, der es nicht mal geschafft hat, während der Haft von den Drogen loszukommen.«

Malte wiegte den Kopf hin und her. »Das ging aber ziemlich hoch her bei Ihnen.«

»Und wie. Als Retourkutsche hat Alex Paulus angebrüllt, er müsse ja wohl selbst erst mal beweisen, dass er keine Frauen mehr umbringt. Er hat gefragt, ob Doreen sich überhaupt sicher fühlen könne, wenn sie mit ihm allein in der Wohnung ist.«

Molly seufzte. »Eskalation pur, und niemand hat's gestoppt.«

Sandra zuckte mit den Schultern. »Es wäre besser gewesen, wir hätten die Party erst gar nicht begonnen.«

26

»Es war ein Fehler.« Paulus ließ den Kopf hängen. »Es war ein einziger großer Fehler. Ich hätte dein Angebot, mich bei dir aufzunehmen, niemals annehmen dürfen.«

»Das fällt dir aber früh ein.«

Doreen zerknüllte ein Geschirrtuch und warf es gegen die Fensterscheibe. Es fiel auf den Boden herab.

Paulus bückte sich schwerfällig und hob es auf. Er hielt es fest, ratlos darüber, ob er es Doreen zurückgeben oder an den Haken an der Wand hängen sollte.

Doreen riss es ihm aus der Hand und warf es mit einer hektischen Bewegung erneut zu Boden.

Paulus ließ es liegen. Doreen war kindisch geworden.

»Ich gehe«, sagte er, drehte sich um und verließ die Küche.

In dem kleinen Raum, den Doreen ihm als Gästezimmer überlassen hatte, sank er auf die Bettkante. Ächzend bückte er sich und zog seinen Trolley unter dem Bett hervor. Viel zu packen hatte er nicht. Was gehörte ihm schon?

In einer halben Stunde würde seine Anwältin kommen. Sie würde ihn für die nächsten Tage in der Ferienwohnung ihrer Cousine in Niendorf unterbringen. Bis Montag würde er bleiben, so war der Plan. Dann sollte er in eine Kurzzeitpflegeeinrichtung umziehen. Um dort darauf zu warten, dass hoffentlich bald ein Platz für ihn in einem Hospiz frei würde.

Hoffentlich – bei dem Wort wurde ihm kalt.

Wenn er im Hospiz angekommen wäre, an seiner letzten irdischen Station, würde irgendwo in der weiteren Umgebung ein anderer Schwerkranker darauf hoffen, dass in dem Haus bald ein Zimmer frei würde.

Er stand wieder auf und hatte Mühe, sich auf den Beinen zu halten, während er den Kleiderschrank ausräumte und die wenigen Stücke in den Koffer legte. Wie schnell doch die Kräfte schwanden, wenn es rapide aufs Ende zuging!

Doreen stand plötzlich in der Tür.

»Ich hoffe, du hast wenigstens den Anstand, die Presse nicht darüber zu informieren, dass du abhaust. Ich habe keine Lust, Fragen zu beantworten.«

Paulus bedachte sie mit einem langen, traurigen Blick.

»Das sah allerdings vor zwei Wochen noch ganz anders aus.« Er sank wieder aufs Bett. »Die ganze Zeit habe ich mich gefragt, wer der Presse meinen Entlassungstermin verraten hat. Im Grunde genommen habe ich es gewusst, ich wollte es nur nicht wahrhaben. Jetzt ist es mir klar, ich kann die Augen nicht mehr davor verschließen. Du wolltest nicht mich, du wolltest nicht mir was Gutes tun. Wieso auch? Womit hätte ich das verdient? Du hast mich ausgesucht, weil du dich profilieren wolltest. Du wolltest der Welt beweisen, was für ein guter Mensch du bist. Dafür brauchtest du einen Mörder.«

»Du bist undankbar«, schleuderte Doreen ihm entgegen. »Ich habe alles für dich getan. Jahrelang habe ich Zeit geopfert, um dir zu schreiben. Ich bin ins Gefängnis gekommen, um dich zu besuchen. Ich habe dir ein Zimmer in meiner Wohnung freigemacht. Und was ist der Dank dafür? Du gehst. Einfach so.«

Paulus lachte ein verzweifeltes Lachen. »Ja, ich gehe, einfach so. Du wusstest schon lange, dass ich bald nicht mehr da sein würde. Dass ich ganz von dieser Welt gehen würde. Wenn ich bis zum Schluss geblieben wäre, hättest du mir auch dann mein Sterben verübelt? Hättest du mir auf dem Sterbebett zugerufen, wie undankbar ich bin, dass ich nicht bei dir bleibe?« Er schüttelte den Kopf. »Nein, Doreen, was du getan hast, hast du nicht für mich getan. Ich war nur das Alibi, das du brauchtest, um einmal im Leben als barmherzige Schwester im Mittelpunkt zu stehen.«

Doreen stemmte die Hände in die Hüften. Ihre Lippen bebten, ihr Kopf war vorgebeugt.

»Wenn du gehst«, brachte sie mit drohender Stimme hervor, »wenn du jetzt gehst, dann ... Dann ist alles kaputt. Alles.«

»Alles? Was soll das sein? Mein Leben? Deines? Die Welt?« Er stand auf und ging auf sie zu. »Du wirst dein Leben weiterleben wie bisher. Du wirst einen neuen Häftling finden, der sich glücklich schätzt, dass er einen Engel wie dich gefunden hat – oder du ihn. Du wirst dich um ihn kümmern, wirst dich aufopfern und jahrelang auf deinen nächsten großen Einsatz vor Publikum warten. Du hast Geduld, das muss man dir lassen. Du arbeitest Jahre auf den Auftritt hin, und dann sonnst du dich.« Für einen kurzen Moment legte er die Hände auf Doreens Schultern. »Du wirst großartig sein. Und wenn das deine Erfüllung ist, dann ist es in Ordnung. Mach weiter so. Aber bitte hab Verständnis, dass das nichts für mich ist. Mein Ende habe ich mir anders vorgestellt. Ich will nicht in ständiger Dankbarkeit dafür ersticken müssen, dass sich jemand meiner erbarmt.«

Ein Motorgeräusch lenkte ihn ab. Vor dem Haus fuhr ein blassgelber Sportwagen mit Roststellen wie große Sommersprossen vor. Gunda Grellmann stieg aus.

Paulus atmete erleichtert auf.

Seine Anwältin traf früher ein, als sie es abgesprochen hatten. Sie hatte schon immer eine Antenne dafür gehabt, wenn bei einem Telefonat die Not aus seiner Stimme sprach.

Mit eiligen Schritten, als wollte sie ihn schnellstmöglich aus seiner unangenehmen Lage befreien, lief sie auf die Haustür zu. Ihr Daumen schien die Klingel durch die Mauer drücken zu wollen. Ob sie Angst um ihn hatte, dass sie es so dringlich machte?

»Ich komm ja schon«, brüllte Doreen.

Sie wandte sich von Paulus ab und öffnete die Wohnungstür.

Gundas weiche und doch resolute Stimme drang bis in Paulus' Zimmer vor. »Herr Olsen erwartet mich.«

Erleichtert, nicht mehr allein zu sein, legte er den letzten Pulli, der noch im Schrank gelegen hatte, in den Trolley und zog den Reißverschluss zu.

»Sie haben keinen Polizeischutz angefordert?«, warf Doreen der Anwältin schnippisch an den Kopf. »Ist das nun Mut oder ist es Leichtsinn?«

»Nennen Sie's, wie Sie wollen«, erwiderte Gunda gelassen. »Wo finde ich Herrn Olsen?«

»Ich bin hier«, rief Paulus ihr zu. Er zog den Trolley hinter sich her und verließ schlurfend den Raum, der unerwartet zu seinem zweiten Gefängnis geworden war. »Hier bin ich.«

Er streckte Gunda einen Arm entgegen, ergriff ihre Hand und ließ sie nicht mehr los.

Doreen schenkte er noch einen letzten Blick. »Ich mach es kurz und schmerzlos«, sagte er. »Du wirst mich schnell vergessen. Und bitte komm nicht zu meiner Beerdigung.«

Er nickte ihr zu, dann drückte er Gundas Hand, und sie führte ihn hinaus.

»Wenn du jetzt gehst«, rief Doreen ihm hinterher, »dann sage ich der Polizei, wie es wirklich war.«

Gunda blieb stehen und drehte sich nach ihr um. Sie wollte etwas sagen, fand aber in ihrer Bestürzung die richtigen Worte nicht.

»Lassen Sie sie«, sagte Paulus. »Ich stehe zu allem, was ich getan habe, und wenn Doreen diese letzte große Szene unbedingt braucht ...«

27

Wenige Augenblicke nach den Ermittlern traf ein Taxi vor der Dienstvilla ein. Molly und Malte stiegen gerade aus dem Wagen. In Gedanken waren sie noch ganz bei dem Gespräch mit Sandra Koll.

Ben öffnete ein Fenster der Villa. Er hielt beschriftetes Papier in der Hand und winkte ihnen fröhlich damit zu. Das bedeutete, dass er bei seinen Recherchen fündig geworden war.

Alles andere hätte die Kommissare auch erstaunt.

»Frau Bleck?«, rief jemand in ihrem Rücken.

Molly drehte sich um.

Aus dem Taxi kletterte Doreen Wakenitz, die Wangen hochrot, die Haare zerzaust und die Bluse falsch zugeknöpft. Sie hastete auf die Ermittler zu und strich sich das Haar zurück, das der Wind ihr in die Stirn wehte.

»Ich muss Sie sprechen«, stieß sie atemlos hervor, als hätte sie die Strecke von ihrer Wohnung in Travemünde übers Brodtener Ufer bis nach Timmendorfer Strand im Eiltempo zu Fuß zurückgelegt. »Ich muss Sie dringend sprechen. Geht das? Jetzt sofort?«

Malte warf den Autoschlüssel von einer Hand in die andere, dann steckte er ihn in die Hosentasche. »Eigentlich hätten wir was mit unserem Kollegen zu besprechen, das nicht weniger dringend sein dürfte.«

Doreens Lippen wurden schmal. »Es interessiert Sie nicht, wer der Mörder von Kaja Monsun ist?«

Molly betrachtete sie verstohlen von der Seite. Diese Frau wusste, wie sie die Neugier der Kripo auf sich zog.

»Kommen Sie mit rein«, sagte sie.

Sie blieb seltsam gelassen, als sie die Besucherin an Bens staunenden Augen vorbei in den Besprechungsraum führte.

Auch Malte verzog trotz Doreens Ankündigung, sie in den nächsten Minuten bei den Ermittlungen einen entscheidenden Schritt weiterzubringen, keine Miene. War ihm der Auftritt dieses Prisoners' Angels ebenfalls suspekt?

»Setz dich gern dazu«, rief Molly Ben zu.

Alle vier nahmen an dem Tisch Platz, und Doreen begann zu reden, noch bevor irgendjemand aus dem Team der Kripo ihr das Wort erteilt hatte.

»Ich kann ihn nicht länger decken. Ich habe alles versucht, einen anständigen Menschen aus ihm zu machen, und ich habe lange an seine Unschuld geglaubt, aber irgendwo habe auch ich meine Grenzen. Ich hoffe, Sie verstehen das.«

Sie hielt abrupt inne und knetete ihre Hände, während ihre Blicke von einem der drei Kriminalpolizisten zum nächsten wanderten.

›Ich, ich, ich‹, wiederholte Molly stumm für sich.

»Von wem, bitte, reden Sie?«, fragte sie, wohl wissend, wer gemeint war.

»Von Paulus Olsen natürlich. Um den geht es doch die ganze Zeit, oder nicht? Um den dreifachen Frauenmörder, der seit ein paar Tagen eine vierte Frau auf dem Gewissen hat.«

Sie fuhr sich mit beiden Händen durchs Haar und klemmte es hinter die Ohren.

Die Ermittler taten das Beste, das sie in solchen Situationen tun konnten. Sie schwiegen. Aus Erfahrung verrieten Menschen wie Doreen sich selbst, wenn man sie nur lange genug im luftleeren Raum schweben ließ. Die passive Reaktion der Beamten verunsicherte sie und veranlasste sie dazu, erst recht loszulegen, denn sie fühlten sich, als müssten sie ihr Erscheinen rechtfertigen.

Auch bei Doreen funktionierte dieser Trick, auch sie war schließlich nur ein Mensch.

»Ich mache all das nicht zum Spaß, die Kontaktaufnahme mit einem Schwerverbrecher, den Briefwechsel viele Jahre lang, die Begleitung ins Leben nach der Entlassung. Das ist eine große gesellschaftliche Aufgabe, die ich übernehme, auch wenn sie nicht vergütet wird.«

Molly beschloss, die Besucherin nun doch zu stoppen. Sonst würden sie morgen früh noch nicht wissen, warum sie hier erschienen war.

»Frau Wakenitz, wenn Sie bitte zum Punkt kommen würden. Bei uns steht gleich noch eine wichtige Team-Besprechung an, und ich ...« Sie schluckte. »Ich habe nachher einen nicht aufschiebbaren Termin.«

Einen Moment lang schien Doreen irritiert. Bevor sie herkam, hatte sie sich wohl die Worte zurechtgelegt, die sie über die Ermittler ergießen wollte. Nun musste sie einiges davon beiseiteschieben und sich auf das Wesentliche konzentrieren.

»Es fällt mir nicht leicht, es einzugestehen, aber Paulus Olsen ist der Täter. Er hat Kaja Monsun ermordet.«

Die Sätze hingen schwer in der Luft.

Molly stand auf und öffnete ein Fenster, wohl wissend, dass diese Handlung vor allem einen symbolischen Charakter hatte.

»Können Sie bitte konkreter werden? Wie hat er die Tat begangen? Haben Sie das Geschehen beobachtet, sitzen Sie als Augenzeugin hier?«

»Nein«, erwiderte Doreen irritiert, »Augenzeugin bin ich nicht. Wie sollte ich also konkreter werden? Aber das Alibi für ihn ziehe ich hiermit zurück. Ich muss das tun. Paulus Olsen ist in der Nacht, in der Kaja Monsun starb, nicht mit mir zusammen nach Hause gegangen. Er hat die Party, die wir eigens für ihn organisiert hatten, gegen acht verlassen. Er ist einfach abgehauen, ohne ein Wort zu sagen. Er hat gewusst, dass Kaja kommen würde, und hat ihr aus dem Hinterhalt aufgelauert.«

»Sie selbst«, sagte Molly ihr auf den Kopf zu, »haben Frau Monsun zur Party bestellt. War es Ihre Absicht, Herrn Olsen eine Falle zu stellen? Sie wussten doch, wie sehr er die Gegenwart der Reporterin scheute.«

Doreen erblasste. »Was reden Sie da? Ich habe Kaja Monsun nicht auf die Party bestellt. Ich habe nie mit ihr über diese Feier geredet.«

»Woher wusste sie dann davon? Sie waren doch diejenige aus Ihrer Gruppe, die die guten Kontakte zur Presse pflegte.«

»Einer muss der Ansprechpartner für die Journalisten sein. Das ist überall so, in jedem Unternehmen, in jedem Verein und auch bei uns. Die Leute müssen wissen, an wen sie sich wenden können, um eine verlässliche Aussage zu erhalten.«

Malte lehnte sich zurück und verschränkte die Arme. »Und genau aus diesem Grund haben die sich an Sie gewandt, und Sie haben Ort und Zeit der Party fröhlich ausgeplaudert in der Hoffnung, dass in der Presse darüber berichtet wird.«

Doreen beugte sich wütend über den Tisch. »Ich habe niemandem davon erzählt. Ich wollte mit Paulus alleine sein, ich wollte die Zeit mit ihm genießen.«

»Aha, so war das also«, spöttelte Molly. »Sie veranstalten eine Party und laden Ihre ganze Gruppe ein, dazu noch einen Mann, mit dem Herr Olsen während der Haftzeit aneinandergeraten ist. Und das alles machen Sie, um mit ihm allein zu sein und einen friedlichen Abend zu verbringen. Das sollen wir Ihnen abnehmen? Verlangen Sie da nicht ein bisschen zu viel von uns?«

Doreen schnappte wortlos nach Luft.

Bei ihrem Anblick dachte Molly an einen Karpfen, der gerade enttäuscht feststellen musste, dass der Wurm, den er sich so genüsslich schmecken lassen wollte, an einem Angelhaken hing.

»Frau Wakenitz«, sagte sie besonnen. »Was hat Sie zu der Überzeugung gebracht, dass Paulus Olsen Kaja Monsun ermordet hat? Nach eigener Aussage haben Sie ihn nicht bei der Tat beobachtet.«

»Nein, aber die Sache ist doch klar. Er ist von der Party abgehauen. Wir alle haben ihn stundenlang nicht mehr gesehen. Am nächsten Tag war Kaja Monsun tot. Sie ist auf die gleiche Weise umgekommen wie die anderen Frauen, und Paulus hat kein Alibi. Ich ziehe die Aussage, die ich ursprünglich Ihnen gegenüber gemacht habe, zurück.« Erwartungsvoll sah sie die Ermittler an. »Reicht Ihnen das nicht? Ist das etwa immer noch nicht genug, um einen Mörder zu verhaften? Muss er erst eine fünfte Frau umbringen, bis Sie mir glauben?«

Molly lächelte milde. »Danke, Frau Wakenitz. Wir nehmen Ihre Aussage gerne zu Protokoll. Das müssten Sie dann bitte unterschreiben.«

»Jetzt sofort?«, fragte Doreen erschrocken.

»Später. Wir melden uns, wenn es fertig ist. Sie dürfen jetzt gehen, wenn das alles war. Nur eine Frage noch. Wo befindet sich Herr Olsen zurzeit?«

Doreens Miene versteinerte. »Das weiß ich nicht. Er ist weg. Ich sehe ihn nicht mehr.«

»Er wohnt nicht mehr bei Ihnen«, stellte Molly fest.

Die Besucherin schüttelte den Kopf.

»Okay. Danke für Ihre Aussage, Frau Wakenitz. Herr Fink begleitet Sie hinaus.«

Ben stand auf und brachte Doreen zur Tür. Dann kehrte er zurück.

»Und nun?«, fragte er seine Kollegen, die stumm auf seine Rückkehr gewartet hatten.

»Wir müssen auf die Aussage reagieren«, sagte Malte. »Sie zu ignorieren ist ausgeschlossen.«

»Wir dürfen sie aber auch nicht überbewerten«, erwiderte Molly. »Das Motiv, aus dem Frau Wakenitz handelt, ist fadenscheinig wie eine Mullwindel nach der tausendsten Wäsche.«

»Trotzdem«, beharrte Malte. »Frau Wakenitz ist nicht die erste Zeugin, die aussagt, dass Olsen die Party vorzeitig verlassen hat. Er muss uns erklären, wo er zur Tatzeit war. Wir müssen noch mal mit ihm reden.«

Molly stöhnte. »Das ist mir klar. Das werden wir auch tun. Aber zuerst lass Ben erzählen, was seine Recherchen ergeben haben.«

Ben wirkte zerstreut. Doreens Aussagen schienen ihn abzulenken. Langsam fand er aber den Faden wieder.

»In der JVA gab es tatsächlich einen größeren Konflikt zwischen Paulus Olsen und Alex Rossi. Beide haben sich beim Sport kennengelernt, beim Fußball.«

Malte stöhnte laut. »Beim Fußball? Wie einfallslos.«

»War aber so, ich kann nichts dafür. Sie haben in gegnerischen Mannschaften gespielt, und die Chemie zwischen ihnen hat von Anfang an nicht gestimmt. Das bezog sich nicht nur auf den Sport. Sie konnten sich von der ersten Begegnung an nicht riechen.«

»So was kommt vor«, kommentierte Molly. »Hat es ein konkretes Ereignis gegeben, bei dem sich gezeigt hat, dass die beiden sich nicht mögen?«

Ben nickte eifrig. »Rossi hat Olsen beim Training gefoult, und das nicht nur einmal. Olsen hat mehrere Verletzungen davongetragen. Nichts, was ihn auf den OP-Tisch gebracht hätte, aber schmerzhaft war es doch.«

Malte saß mit übereinandergeschlagenen Beinen da. Wohl in Erinnerung an eigene Verletzungen, die er als Jugendlicher beim Fußball erlitten hatte, rieb er sich unvermittelt übers Schienbein.

»Hat Olsen sich revanchiert?«, fragte er.

»Hat er. Er hat Alex Rossi verpfiffen, nachdem er mehrmals beobachtet hatte, wie Rossi Gras — mit anderen Worten: Cannabis — an Mithäftlinge verkaufte.«

»Wie ist der denn darangekommen?«, fragte Molly.

Malte tätschelte gönnerhaft ihre Hand. »Liebe Molly, in welcher Branche bist du noch mal tätig?«

»Das war keine Frage in dem Sinn«, verteidigte Molly sich. »Es war als Ausruf des Erstaunens zu verstehen.«

»Ist bei mir auch so angekommen«, pflichtete Ben ihr bei. »Rossi wurde eine zusätzliche Strafe aufgebrummt. Er hat also länger einsitzen müssen, als seine Verurteilung wegen Totschlags vorgesehen hatte.«

»Und das nur weil Olsen ihn verpfiffen hat«, ergänzte Malte, als hätte es noch einer Erklärung bedurft.

Ben hob den Finger. »Nun passt gut auf, ihr zwei, jetzt wird es spannend. Kurz bevor Alex Rossi aus dem Gefängnis entlassen wurde, hat er Paulus Olsen vor Zeugen gedroht. Er hat gesagt, wenn Olsen eines Tages freikommen würde, würde er dafür sorgen, dass er auf schnellstem Weg wieder in die JVA zurückkehrt. Und nicht nur das. Er hat betont, er würde alles daransetzen, dass Olsen zu Sicherungsverwahrung verurteilt wird.«

Malte lachte höhnisch. »Wie hätte er das denn anstellen wollen?«

Ben legte seine Unterlagen auf den Tisch und faltete die Hände darüber. »Ganz einfach, du Schlauberger. Indem er Paulus Olsen reinlegt und ihm einen Mord anhängt, den er nicht begangen hat, der aber so perfide ausgeführt ist, dass das Gericht den Mann nicht allein mit Lebenslang davonkommen lassen kann.«

Molly bekam Kopfweh, sie massierte sich die Schläfe.

»Ich hab noch eine Info für euch. Oder wird's dir zu viel, Molly?«

»Nein, erzähl nur.«

»Alex Rossi gilt nach Aussage des Gefängnispsychologen als durch und durch mitleidloser Typ, der immer auf seinen eigenen Vorteil bedacht ist und ständig auf Rache sinnt.«

Molly schnaufte hörbar durch. »Das passt ins Bild.«

Ben fuhr fort. »Eins spricht allerdings gegen Rossi als Täter. Seine Fingerabdrücke sind bei uns registriert. Die KTU hat sie mit denen auf der Tatwaffe verglichen und festgestellt, dass sie nicht darauf zu finden sind.«

»Das muss nicht unbedingt was heißen«, widersprach Molly. »Wir hatten bereits festgehalten, dass der Täter Handschuhe getragen haben könnte.«

Malte wiegte sich in den Schultern. »Dass Alex Rossi zur Party von Paulus Olsen Handschuhe mitgenommen hat, wage ich zu bezweifeln.«

»Wieso?«, ereiferte Molly sich. »Wir reden nicht von Glacé-Handschuhen. Latexhandschuhe lassen sich in jeder Hosentasche verstecken, ohne dass es jemandem auffällt. Von Sandra Koll wissen wir, dass Rossi über Kaja Monsuns Erscheinen auf der Party informiert war. Er konnte sich also auf die Tat vorbereiten.«

Malte wurde hektisch. »Aber woher hat der Mann das erfahren? Wenn wir ihn beschuldigen, müssen wir ihm nachweisen, dass er davon wusste.«

Ben machte eine beschwichtigende Geste. »Die Frage können wir im Moment nicht klären, aber ich habe noch eine Info. Das Handy von Alex Rossi war zur Tatzeit in einer Funkzelle in der Nähe der Lübecker Altstadt eingeloggt.«

»Das muss nichts heißen«, meinte Molly. »Er kann nach Hause gefahren sein, das Handy da liegen gelassen haben und zur Seebrücke zurückgeradelt sein. Das lässt allerdings vermuten, dass Tina Bode gelogen hat. Sie hat uns gesagt, Alex Rossi sei zur Tatzeit bei ihr gewesen.«

»Er könnte das Handy schon zu Hause gelassen haben, als er am Samstag zu ihr geradelt ist«, meinte Malte.

»Das glaub ich nie im Leben«, sagte Molly. »Wer lässt sein Mobiltelefon ein ganzes Wochenende lang zu Hause zurück? Ich kann mir nicht vorstellen, dass ein Typ wie Alex Rossi digitale Abstinenz übt, gerade dann nicht, wenn er mit dem Rad von Lübeck zu seinem Engel nach Travemünde unterwegs ist. Heutzutage will man doch immer und überall telefonieren können, auch für den Fall, dass man mal eine Panne hat.«

Ihre Argumentationskette hätte Molly als Triumph empfunden, wenn ihr nicht auf einmal ein dicker Felsbrocken im Magen gelegen hätte.

Sie sah auf die Uhr. Es wurde Zeit.

»Jungs«, sagte sie mit belegter Stimme, »ich muss euch jetzt alleine lassen. Die Beerdigung ...«

28

Das ganze Wochenende hatte Tina damit verbracht, zu grübeln und Alex vergeblich hinterherzutelefonieren. Sie hatte wahrlich andere Pläne gehabt.

Das Wetter war heiter und windstill, ideal zum Fahrradfahren. Alex und sie hätten eine Radtour unternehmen können, von Travemünde über das Brodtener Ufer, Niendorf und Timmendorfer Strand bis nach Scharbeutz. In jedem Ort hätten sie eine Pause einlegen, Kaffee trinken, Eis essen und Leute gucken können.

Aber Alex war weg. Seit Mittwoch war er verschollen. Auf ihre Anrufe reagierte er nicht. Wie oft hatte sie ihm auf die Voice Box gesprochen? Angefleht hatte sie ihn, er solle doch endlich zurückrufen. Sie hatte ihm sogar angedroht, sich an die Polizei zu wenden und eine Vermisstenanzeige aufzugeben.

Er hasste es, wenn ihm jemand hinterherspionierte. Erst recht, wenn es ein Anwalt oder ein Gerichtsvollzieher war, von der Polizei mal ganz zu schweigen.

Er fühlte sich sowieso ständig beobachtet und verfolgt, auch wenn er nicht sagen konnte, von wem. Was das betraf, hatte er wohl eine Klatsche aus seiner Gefängniszeit mit nach Hause genommen.

Sie hatte ihm gedroht, wenn er sich bis Sonntagmorgen, elf Uhr nicht gemeldet habe, würde sie die Kommissarin um Hilfe bitten. Damit hatte sie gehofft, Druck auf ihn ausüben zu können.

Nun war Sonntagabend, Alex hatte sich noch immer nicht gerührt, und sie hatte die Polizei nicht angerufen.

Das Schlimmste war, dass sie nicht einmal wusste, ob er tot war, krank oder einfach nur sauer. Dass sie keine Ahnung hatte, wo er sich aufhielt, machte sie nervös. Sollte sie die Kliniken in der Umgebung abtelefonieren? Die Gefängnisse? Oder gar die Leichenhallen?

Und was war, wenn Alex in Sachen Tötungsdelikte rückfällig geworden war? Obwohl – rückfällig war nicht das richtige Wort. Verurteilt worden war er wegen Totschlags. Jetzt aber ging es um Mord.

Tina ging ins Bad, stellte sich vors Waschbecken und ließ kaltes Wasser über ihre Handgelenke laufen. Sie betupfte ihre Wangen mit dem kühlen Nass, das die Hitze, die durch die Nervosität entstanden war, auch aus ihrem Gesicht vertreiben sollte. Ängstlich guckte sie in den Spiegel. – War Alex ein Mörder?

Sie erschrak. Sie hatte fest damit gerechnet, dass ihr Bauchgefühl klar und deutlich Nein sagen würde. Doch es fragte zaghaft: ›Wer weiß?‹

Sie ging in die Küche zurück und setzte sich hin.

Warum war Alex nach der Party nicht mit zu ihr nach Hause gekommen? Er wollte seine Ruhe haben, hatte er gesagt. Als ob er die nicht auch bei ihr gefunden hätte! Am Sonntag wollte er ausschlafen. Das hätte er auch bei ihr tun können.

Alles nur Ausreden? War er heimlich zur Seebrücke zurückgekehrt, nachdem sie sich getrennt hatten?

Nein, das war er mit Sicherheit nicht. Es musste ganz anders gelaufen sein.

Wie auf einem Fließband liefen Namen an ihrer Stirn vorbei. Paulus, Alex, Tina, Doreen, Sandra, Lissi ...

Bei einem blieb das Band plötzlich stehen.

Mark-Friedrich.

Wie von selbst sortierte sich das Puzzle.

Von Lissi wusste sie, dass Mark-Friedrich nichts anderes im Kopf hatte als seine Karriere. Er war der Mann, der nach dem Posten von Kaja Monsun verlangte wie ein Wanderer in der Wüste nach Wasser.

Lissi hatte Mark-Friedrich von der geplanten Party erzählt. Von Kaja wusste er, dass sie Paulus seit Tagen belagerte und zur Weißglut brachte. Von Paulus war bekannt, dass er zu einem Mord fähig war. Und Mark-Friedrich war bereit, alles zu tun, um den Aufstieg an die Spitze der Redaktion des Magazins zu schaffen.

Hatte Mark-Friedrich Kaja ermordet? Hatte er mit der Teufelsmaske eine Spur gelegt, die Paulus als Täter dastehen ließ?

Was für ein Gedanke! Laut aussprechen durfte sie ihn nicht. Mark-Friedrich war zu mächtig, und wenn sie irrte ... Wichtig war nur eins: Alex war nicht der Mörder von Kaja Monsun. Sehr wahrscheinlich war er es nicht.

Tränen der Erleichterung stiegen ihr in die Augen. Seit Tagen hatte sie sich nicht mehr so gut gefühlt wie nach dieser Erkenntnis.

Beinahe hätte sie das Klingeln des Handys überhört. Dabei lag es vor ihrer Nase auf dem Tisch.

Alex – endlich! Sie drückte das Smartphone ans Ohr. »Hi, Großer! Mensch, wo bist du? Ich habe das ganze Wochenende damit verbracht ...«

»Ich weiß«, kürzte Alex die Begrüßung ab.

Er war nicht der Typ, der Überschwänglichkeit und viele Worte mochte. Wie immer, so kam er auch jetzt direkt zum Punkt.

»Wo ich bin, spielt keine Rolle. Bist du zu Hause?«

»Zu Hause und allein.« Sie lächelte.

»Allein, das ist gut. Was hältst du davon, wenn wir uns sehen?«

Lieber jetzt als gleich, durchfuhr es sie.

»Gute Idee. Kommst du zu mir? Ich zaubere dir deine Lieblingspizza. Im Kühlschrank liegt ein frisch zubereiteter Hefeteig.«

Im selben Moment fiel ihr ein, dass sie kein Tomatenmark mehr für den Belag im Haus hatte. Aber die Nachbarin würde sicher aushelfen können.

»Nicht heute«, sagte Alex zu Tinas grenzenloser Enttäuschung, »und nicht bei dir zu Hause. Wie wär's mit morgen?«

»Ich muss arbeiten, das weißt du doch.«

»Nicht tagsüber. Ich meine abends, am besten, wenn es schon dunkel ist. Am Brodtener Ufer irgendwo.«

Tina zog die Nase kraus. »Am Brodtener Ufer? Da, wo Paulus gesessen haben will, als Kaja Monsun ...?«

Sie hörte auf zu reden und schüttelte sich.

»Warum nicht? Ist schön da oben, der Blick über die See bei Nacht.« Er zündete sich eine Zigarette an. Das Klicken des Feuerzeugs hallte durch die Leitung, und bald darauf stieß er den Qualm aus.

»Aber warum? Was willst du da? Wir haben uns tagelang nicht gesehen. Warum kommst du nicht zu mir?«

»Mir ist nach einem romantischen Abend«, raunte er.

Ihr lief ein Schauer über den Rücken, als flüsterte er ihr direkt ins Ohr.

»Du hast recht, Herzchen«, redete er weiter. »Wir haben uns lange nicht gesehen. Da darf es doch was Besonderes sein, oder?« Er machte eine Pause, nahm noch einen Zug und stieß den Qualm mit einem kräftigen Hauch wieder aus. »Du hast es dir verdient, finde ich.«

Sie schloss genüsslich die Augen. Unvermittelt nahm sie den herben Duft des Tabaks wahr.

»Das klingt gut.« Sie zog wonnig die Schultern hoch.

»Hat die Kripo sich noch mal bei dir gemeldet?«

Auf einmal war seine Stimme wieder hart und kühl. Tina öffnete die Augen. »Warum fragst du?«

»Haben Sie sich gemeldet – ja oder nein?«

Wenn er in diesem Ton sprach, war es besser, zu parieren.

»Sie haben gesagt, wenn ich was von dir höre, soll ich mich melden.«

»Aber du hast nichts von mir gehört.«

Seine Stimme lächelte wieder.

»Bis vor wenigen Minuten nicht.«

»Du hast auch jetzt nichts von mir gehört«, fauchte er sie an. »Du sagst kein Wort davon, dass wir telefoniert haben, verstanden? Zu niemandem. Sonst ...«

»Sonst?«, fragte Tina mit ungewohntem Mut.

»Nichts, schon gut.«

Alex beruhigte sich anscheinend wieder.

»Soll ich was mitbringen morgen Abend?«, fragte sie. »Machen wir ein Picknick? Das hätte doch was.«

»Nein, kein Picknick, auf gar keinen Fall. Bring bitte nichts nicht, hörst du? Kein Ballast. Wir gucken spontan, was wir unternehmen.«

Tina zuckte die Schultern. Sie verstand nicht, was er vorhatte. Aber das würde er ihr dann schon erklären. Manchmal hatte er komische Ideen. »Wann und wo?«

»Um neun oder zehn Uhr abends an der Hermannshöhe, schlag ich vor.«

»Um die Zeit hat das Restaurant aber geschlossen«, wandte Tina ein.

»Das macht nichts. Lass dich überraschen.«

Seine Lippen umschlossen den Filter der Zigarette mit einem schnappenden Geräusch. Erst herrschte Stille, dann stieß er einen Atemzug aus, der seine Lungen wohl bis auf die tiefsten Bronchienbläschen leerte.

»Und zu niemandem ein Wort, hörst du?«

Seine Stimme hatte auf einmal einen merkwürdig drohenden Klang.

»Zu niemandem«, versprach Tina.

Für den Bruchteil einer Sekunde fragte sie sich, was wäre, wenn sie die Kommissarin über die Verabredung informierte. Nur vorsichtshalber. Man wusste ja nie ...

»Braves Kind. Ich ruf dich ungefähr eine Stunde vor dem Treffen noch mal an.«

»Ja, mach das. Ich freu mich drauf.«

»Das kannst du auch«, raunte Alex mit seiner sonoren Stimme. »Und zieh was Hübsches an. Es soll ein ganz besonderer Abend werden.«

»Okay.«

»Dann bis morgen.«

»Bis morgen. Aber, Alex, wo bist du jetzt überhaupt?«

Er antwortete nicht. Er hielt die Leitung noch einen Moment, dann legte er auf.

Tina starrte auf das Handy. ›Anruf beendet‹ leuchtete ihr in roter Schrift vom Display entgegen.

29

Montagmorgen

In Mollys Gesicht spiegelte sich die Trauer, die sie am Freitagnachmittag überwältigt hatte. Sie saß in Bens Büro und berichtete ihren beiden Kollegen stockend von der Trauerfeier mit der anrührenden Grabrede und der anschließenden Urnenbeisetzung.

Gerade erst hatte sie geendet, da fuhr der Sportwagen der Anwältin von Paulus Olsen vor.

»Tut mir leid«, sagte Malte. »Sie hat einen Termin mit uns. Wir haben sie am Freitag gebeten, so bald wie möglich zu uns zu kommen.«

Ben reckte den Hals und sah aus dem Fenster. »Sie sollte Paulus Olsen mitbringen. Der ist aber nicht mit dabei. Dafür eine Frau. Kennt ihr sie?«

Auch Malte guckte nochmals hinaus. »Nein, die Dame hab ich noch nie gesehen.« Er wandte sich an Molly. »Wärst du nicht doch besser zu Hause geblieben?«

Molly unterdrückte die Wut, die sich seit Tagen immer wieder mit der Trauer in ihr abwechselte. »Können wir dieses Thema bitte aussparen?«, fragte sie fast teilnahmslos.

»Ich dachte nur ... Du siehst wirklich nicht gut aus.«

»Lass sie«, fuhr Ben ihn an. »Die Ermittlungen lenken sie wenigstens ein bisschen ab.«

Molly stand auf, um die Besucherinnen zu empfangen. »Je eher wir den Fall gelöst haben, desto schneller kann ich Urlaub machen.«

In der Eingangshalle begrüßte sie erst Gunda Grellmann, dann stellte sie sich deren Begleiterin vor.

»Das ist Elvira Heller«, sagte die Anwältin, »eine Zeugin, die im Prozess gegen Paulus Olsen ausgesagt hat.«

Molly glaubte, nicht richtig verstanden zu haben: im Prozess gegen Paulus Olsen ausgesagt?

Malte und Ben kamen dazu.

»Lassen Sie uns in den Besprechungsraum gehen«, sagte Malte und führte die Besucherinnen dorthin.

Mit verhaltenem Schweigen, die Blicke nach unten gerichtet, nahmen die Anwältin und die ehemalige Zeugin Platz. Die Ermittler warteten gespannt, was nun folgen würde, und ließen die Frauen keine Sekunde aus den Augen.

Malte räusperte sich verlegen. »Eigentlich hatten wir darum gebeten, dass Sie mit Paulus Olsen zu uns kommen.«

Die Anwältin erhob das Wort. »Eigentlich, Sie sagen es. Aber nun ist es anders gekommen, wie so oft im Leben. Ich habe den Eindruck, dass Frau Wakenitz Sie gehörig gegen meinen Mandanten aufgehetzt hat. Und Sie bekommen das Verfahren nicht aus dem Kopf, das wegen der drei Todesfälle gegen ihn gelaufen ist. Deshalb habe ich es für richtiger gehalten, eine Zeugin von damals zu bitten, mich zu Ihnen zu begleiten. Es wird Sie überraschen, was sie zu erzählen hat. Und dann sehen Sie Herrn Olsen vielleicht in einem anderen Licht, nicht mehr als den skrupellosen dreifachen Mörder, den Sie unbedingt eines vierten Mordes überführen wollen.«

Gunda Grellmann hatte mit stierem Blick und erhobenem Haupt gesprochen. Jetzt faltete sie die Hände auf dem Tisch zusammen und nickte Elvira Heller zu.

Molly erkannte, dass die Dame unsicher war, ob sie nun reden sollte. »Bitte, Frau Heller«, sagte sie.

Die Zeugin von damals rutschte auf ihrem Stuhl vor und zurück. Sie schien nicht zu wissen, womit sie beginnen sollte.

Die Anwältin übernahm den Einstieg für sie. »Frau Heller hatte wenige Wochen vor dem Tod des ersten Opfers selbst einmal Kontakt zu Herrn Olsen. Sie hatte ihn über die Plattform kennengelernt, über die er die Bekanntschaft von Frauen suchte.« Wieder nickte sie der Zeugin zu. »Ich glaube, nun reden Sie besser weiter.«

Elvira Hellers Atem ging schnell. »Ja, also, ich hatte Herrn Olsen damals kennengelernt, und ich hatte mich in ihn verliebt. Er war aber wenig interessiert an mir. Ich war einfach nicht der Typ Frau, den er suchte.« Sie lächelte verlegen und errötete leicht. »Ich war nicht so risikofreudig und abenteuerlustig wie manch eine andere Frau. Aber eine Freundin von mir hat sich auch mit ihm getroffen. Wir haben uns darüber ausgetauscht. Meine Freundin wollte er wiedersehen. Er war richtig verrückt nach ihr.«

»Beruhte die Sympathie bei Herrn Olsen und Ihrer Freundin auf Gegenseitigkeit?«, fragte Molly.

»Ja, und ich muss gestehen, ich war mächtig eifersüchtig auf meine Freundin.«

»Nicht nur das.« Die Anwältin stieß die Zeugin an, als sie nicht mehr weitersprach. »Da war noch mehr.«

»Wut«, sagte Elvira Heller. »Ich war wütend. Ich hatte viermal hintereinander Pech mit den Bekanntschaften, die ich über diese Plattform gefunden hatte. Paulus war der Fünfte, der mich nicht wollte. Meine Freundin aber konnte jeden haben, der ihr gefiel.«

Molly seufzte. Was konnte die Freundin dazu, dass sie ein Typ war, der den Männern mehr zusagte als Elvira Heller? Sie konnte sich denken, wie die Sache weiterging.

Mit einem Mal standen der Zeugin Tränen in den Augen. »Meine Freundin war die dritte Frau, die Paulus Olsen zum Opfer fiel. Als ich das nach seiner Festnahme begriff, war ich natürlich erleichtert, dass ich ihm damals nicht gefallen hatte, und gleichzeitig war ich wütend auf ihn. Ich wollte meine Freundin rächen.«

Molly nickte ahnungsvoll. »Ihre Aussage hat Herrn Olsen im Prozess übermäßig belastet.«

Elvira senkte die Lider und nickte. »Ich habe gesagt, meine Freundin hätte sich zwar freiwillig mit Paulus Olsen getroffen, sie hätte aber von vornherein das Gefühl gehabt, dass er irgendwie abartig sei. Ich habe behauptet, sie hätte sich bedroht gefühlt, und ich habe Dinge erzählt, die angeblich von meiner Freundin stammten und die darauf schließen ließen, dass er die Tat eiskalt geplant hat. Meine Freundin stand dadurch als naiv und sich selbst gegenüber verantwortungslos da, aber das war mir egal. Hauptsache, ich konnte Herrn Olsen belasten.« Sie blickte wieder auf.

»Ihr Plan hat offenbar ganz gut funktioniert«, stellte Molly fest. »Und nun treibt die Reue Sie zu uns?«

»Ich hatte schon lange ein schlechtes Gewissen. In den ersten Jahren nach der Verurteilung war es nicht so schlimm. Immerhin hatte Olsen drei Frauen auf dem Gewissen. Aber als ich in der Zeitung las, wie schwer er erkrankt ist, dachte ich, vielleicht habe ich mit dazu beigetragen, und vielleicht ist er gar nicht so ein furchtbarer Mensch, wie ich ihn vor Gericht dargestellt habe.«

»Nach Ihrem Anruf, Herr Graf«, sagte die Anwältin, »habe ich Kontakt mit Frau Heller aufgenommen. Bei Olsens Gerichtsverfahren hatte ich ihr nämlich angemerkt, dass ihre Aussage stark subjektiv eingefärbt war.«

»Meine Freundin war den gleichen Drogen verfallen wie Herr Olsen«, erzählte Elvira Heller weiter. »Sie hat sich auf ein Abenteuer eingelassen und mit dem Leben dafür bezahlt. Ich weiß nicht einmal, ob nicht sie selbst diejenige war, die Olsen an dem Abend zum Liquid Ecstasy verführt hat, und ob nicht alle beide im Rausch des Geschehens die Kontrolle über sich verloren haben.«

»Die Presse«, sagte die Anwältin, »hat während des Prozesses auf Olsen eingedroschen. Es waren Journalisten, die das Bild vom Seebrückenteufel geprägt haben. Mir kann niemand erzählen, dass das Gericht sich dem entziehen konnte. Mein Mandant hat drei Menschenleben auf seinem Konto, und er bereut seine Taten zutiefst. Aber er hat seine Strafe bekommen, und die Umstände rechtfertigen es nicht, dass ihm ein vierter Mord angehängt wird, den er nicht begangen hat.«

»Aus den Medien erfuhr ich«, sagte Molly, »dass Sie das Verfahren wieder aufnehmen lassen wollen?«

»Das hatte ich vor«, erwiderte Gunda Grellmann. »Aber es ist sinnlos. Die Zeit bis zum Ende des Prozesses bleibt meinem Mandanten nicht. Ich will, dass er wenigstens in dem Bewusstsein sterben kann, dass ihm der Mord an Kaja Monsun nicht zugeschoben wird.«

»Das ist auch mein Ziel«, entfuhr es Molly spontan. »Ich will den Fall klären, bevor er stirbt.«

Gunda Grellmann nahm ihre Hand und drückte sie. »Liebe Frau Bleck, ich weiß das zu schätzen, aber ich bezweifle, ob es gelingen kann.«

»Ich will es schaffen«, sagte Molly. »Ich setze wirklich alles daran.«

Malte schwieg eisern dazu. Molly wusste, dass er ihre Worte als kritisch empfand. Ben dagegen lächelte, und sie sah ihm an, dass sie in ihm einen Unterstützer hatte.

»Sie recherchieren also weiter?«, fragte die Anwältin. »Sie ermitteln nicht nur gegen meinen Mandanten, sondern auch gegen andere Personen?«

»So viel kann ich Ihnen verraten«, sagte Molly, »wir haben mehrere Verdächtige im Blick, und es ist sogar eine relativ heiße Spur dabei.«

»Relativ heiß?« Gunda Grellmann versuchte, zu lächeln, doch in ihrer Miene lag Resignation. »Herr Olsen wird bald in ein Hospiz umziehen. Er steht ganz oben auf der Warteliste. Sie wissen, was das bedeutet.«

Die Anwältin und die ehemalige Zeugin erhoben sich von ihren Stühlen.

»Ja, das weiß ich.« Auch Molly stand auf. »Sie hören von uns – ich hoffe, sehr bald.«

Die Besucherinnen verließen die Dienstvilla, und Molly zog sich in ihr Büro zurück.

Malte folgte ihr. Er setzte sich auf ihren Schreibtisch und sah auf sie hinab.

»Du weißt, dass wir nie versprechen können, einen Fall zu lösen, schon gar nicht innerhalb eines bestimmten Zeitrahmens.«

»Das ist mir klar, Malte. In diesem Fall aber ging es nicht anders. Die Zeit drängt und ...«

»Paulus Olsen ist nicht Ole Bleck«, sagte er scharf.

Molly zuckte innerlich zusammen.

»Was soll diese Bemerkung? Was willst du damit sagen?«

Malte verschränkte die Arme und schaukelte mit dem Oberkörper vor und zurück.

»Ich habe den Eindruck, bei den Ermittlungen zu diesem Fall vermischst du Privates mit Beruflichem. Deine Emotionen gehen mit dir durch. Du verkraftest das eine Ereignis nicht und versuchst, es durch das andere zu kompensieren.«

Molly strich sich mit den Fingern über die Stirn. Was sollte sie darauf erwidern?

»Bitte, Malte, ich brauche Ruhe. Lass mich einen Augenblick allein.«

»Wie du möchtest.«

Er verließ den Raum. An der Tür wandte er sich noch einmal um.

»Morgen haben wir einen Termin mit Mark-Friedrich Fokke. Er ist gerade zum Chefreporter aufgestiegen und hat uns für den Vormittag in die Redaktion eingeladen.«

»Großartig«, sagte Molly. »Erwartet er ein Geschenk zum Antrittsbesuch?«

30

In der Mittagspause verabschiedete Tina sich von ihren Kollegen im Supermarkt und ging hinaus. Sie machte einen Spaziergang zum Kurpark und suchte sich einen ruhigen, schattigen Platz. An einen Baum gelehnt, zog sie die Visitenkarte hervor, die die Ermittlerin ihr gegeben hatte, und grübelte – so, wie schon in der letzten Nacht.

Hatte sie einen Grund, anzurufen, oder war sie bloß durch die Aufregungen der vergangenen Tage so durchgeknallt, dass sie eine Gefahr sah, wo gar keine bestand?

Sie strich mit der Kante der Karte über ihre Lippen und dachte nach.

Sicher war sicher. Sie tippte die Nummer ein.

Ein Kommissar Fink meldete sich. Sie bat darum, mit Molly Bleck verbunden zu werden.

»Einen Moment bitte«, sagte der Mann.

Es klickte mehrmals in der Leitung, dann war die Ermittlerin am Apparat.

»Guten Tag, Frau Bode. Was kann ich für Sie tun? Hat Herr Rossi sich gemeldet?«

»Nein«, presste Tina hervor. »Oder doch, ja. Aber er hat mich um Stillschweigen gebeten.«

»Das ist mir klar. Danke für Ihr Vertrauen, Frau Bode. Ist Herr Rossi wieder in Lübeck?«

»Ich weiß es nicht. Ich habe keine Ahnung, wo er sich gerade aufhält, ehrlich nicht. Aber heute Abend will er hier sein.«

»Kommt er zurück in seine Wohnung?«

»Das weiß ich nicht. Er hat mir nichts erzählt. Aber er will sich am Abend mit mir treffen. Um neun oder zehn am Brodtener Ufer, bei der Hermannshöhe. Ich soll mich hübsch anziehen, hat er gesagt. Es soll ein ganz besonderer Abend werden, was Romantisches.«

Die Worte sprudelten aus Tina heraus.

»Wollen Sie hingehen?«, fragte die Kommissarin.

Tina seufzte laut. Es war fast ein Schrei. »Ja und nein. Ich weiß es einfach nicht. Ich freue mich auf ihn, aber ich habe auch Angst.«

»Hat er Sie bedroht?«

Tina überlegte, was sie antworten sollte.

»Er hat keine Drohung in dem Sinn ausgesprochen. Nicht, dass er mir was antun wollte.«

»Aber Angst haben Sie trotzdem«, stellte Molly Bleck nüchtern fest.

Tina schluckte. Sie musste es der Kommissarin gestehen.

»Ich habe Sie angelogen, als Sie und Ihr Kollege bei mir waren. Erinnern Sie sich? Ich habe gesagt, Alex war in der Nacht, als Kaja Monsun starb, bei mir.«

Sie machte eine Pause. Doch auch die Kommissarin schwieg.

»Er war nicht bei mir«, fuhr Tina leise fort. »Er ist zu sich nach Hause gefahren. Er wollte ausschlafen, hat er gesagt, aber ich glaube, er hatte am Sonntag irgendwas vor.«

Endlich redete die Kommissarin wieder.

»Es ist gut, dass Sie uns anrufen, Frau Bode. Sie sollten nicht zu dem Treffen mit Herrn Rossi gehen. Bleiben Sie in Ihrer Wohnung, da können wir Sie schützen.«

Tina zögerte. Das war ein gutes Angebot. Aber wie sollte es dann weitergehen? Vielleicht tat sie Alex völlig unrecht und würde es so niemals erfahren.

»Ich möchte ihn schon gerne treffen.« Ihr Herz blubberte laut, während sie sprach. »Ich würde gerne hingehen. Aber um die Zeit ist es ziemlich dunkel, und da läuft kein Mensch mehr herum.«

Die Kommissarin schwieg eine Weile und meldete sich wieder. »Moment, ich spreche kurz mit meinen Kollegen. Bleiben Sie bitte in der Leitung.«

Tina wartete. Die wenigen Minuten kamen ihr wie ein halbes Leben vor.

»Frau Bode?«

»Ja?«

»Wenn Sie sich mit Alex Rossi treffen wollen, begleiten wir Sie.«

»Nein«, sagte Tina spontan, doch in ihrem Inneren rief etwas: ›Ja.‹

»Doch. Wir werden mit einer ganzen Reihe von Kollegen vor Ort sein. Niemand wird uns bemerken, auch Sie und Herr Rossi nicht. Aber wir sind da, und wir haben Sie jede Sekunde im Blick. Und damit Sie sich noch sicherer fühlen, werden wir Sie verkabeln. Sie bekommen einen Sender verpasst, der uns jederzeit anzeigt, wo Sie sich gerade befinden. Dazu ein Mikrofon, sodass wir jedes Wort und jeden Atemzug hören.«

Plötzlich dachte Tina an die Romantik, die Alex ihr versprochen hatte.

»Wenn er das aber merkt? Wenn er mich küssen will, wenn er mich begrabbelt und merkt, dass ich verkabelt bin, was dann?«

Dann wäre das Vertrauen dahin. Dann wäre alles aus.

»Ganz ehrlich«, sagte Molly Bleck. »Wenn er Ihnen wohlgesonnen ist, muss er Verständnis für diese Sicherheitsvorkehrungen haben, gerade in der aktuellen Situation. Wenn er das nicht hat, hat er Sie nicht verdient.«

Die Kommissarin war eine kluge Frau.

Tina nickte. »Sie haben recht. Trotzdem überlege ich noch mal. Wenn Sie und Ihre Leute sich im Wald an der Hermannshöhe verstecken und mich im Auge behalten würden, das würde mir vielleicht schon reichen.«

»Ein Vielleicht reicht mir allerdings nicht«, sagte die Ermittlerin.

Tina schluckte. »Mir aber. Ich kann das nicht, wenn Sie jedes Wort von uns mithören.«

Die Kommissarin seufzte. Sicher war sie verärgert.

»Sie müssten bitte heute Nachmittag zu uns kommen, um das Vorgehen im Detail mit uns zu besprechen. Am frühen Nachmittag, können Sie das einrichten?«

»Ich muss bis sechs Uhr arbeiten.«

Tina war sich im Klaren darüber, dass sie es nicht bis zum Feierabend aushalten würde. Sie war jetzt schon nicht mehr arbeitsfähig. Sie hatte Pudding in den Knien, und das Herz galoppierte davon. Ihre schweißnassen Hände konnten das Smartphone kaum halten.

»Frau Bode? Hören Sie mich?«

»Ja.«

»Wann können Sie bei uns sein?«

Tina beschloss, sich sofort krankzumelden. »Gleich«, sagte sie. »In einer halben Stunde.«

»Bitte sagen Sie mir, wo Sie gerade sind. Sie kennen Hauptkommissar Malte Graf. Er holt Sie ab und bringt sie zu unseren Kollegen nach Travemünde. Die besprechen alles Weitere mit Ihnen.«

»Ich warte am Strandbahnhof auf Herrn Graf.«

»Abgemacht.«

Molly Bleck verabschiedete sich und suchte in der Lichtbilddatei nach dem Foto von Alex Rossi.

Tina ging zurück zum Supermarkt und täuschte ihrer Chefin eine Migräne vor. Mit schlurfenden Schritten schob sie ihr Fahrrad zu dem Treffpunkt, an dem der Kommissar sie abholen sollte.

31

Molly berichtete Malte von dem Telefonat mit Tina Bode und bat ihn, nach Travemünde zu fahren. Sie folgte ihm nach unten.

Ben sah Molly prüfend an. »Soll ich dir einen Tee kochen?«, fragte er.

»Das wäre schön«, erwiderte sie. »Mach einen für dich mit. Wir müssen was besprechen.«

»Wegen Frau Bode?«

»Genau. Heute Abend wird es einen Großeinsatz geben, am Brodtener Ufer.«

Sie sah hinaus. In dem Moment, in dem Malte losfuhr, hielt ein Taxi vor dem Haus.

Nicht schon wieder Doreen Wakenitz, schoss es ihr durch den Kopf.

Der Fahrer stieg aus und holte einen Rollator aus dem Kofferraum. Er faltete ihn auseinander, stellte ihn neben die Tür des Rücksitzes und half seinem Gast aus dem Wagen.

Molly erschrak. Es war Paulus Olsen, der langsam auf die Dienstvilla zuging.

Ben hielt ihm die Tür auf, und Molly begrüßte ihn.

»Kommen Sie, wir setzen uns in das Büro meines Kollegen«, sagte sie. Bens Raum war schneller zu erreichen als der Besprechungsraum.

Ben rückte Olsen einen Stuhl zurecht. »Ich bringe Ihnen einen Tee.«

Er verschwand, und Molly setzte sich zu dem unangemeldeten Gast.

»Ich möchte mein Gewissen erleichtern«, begann Olsen. »Es geht nicht mehr lange gut mit mir. Ich will endlich reinen Tisch machen. Was ich getan habe, muss ich mir von der Seele reden, bevor ich mit Morphium vollgepumpt werde und mich nicht mehr äußern kann.«

Molly fürchtete sich vor seinen Worten. Sie sträubte sich innerlich dagegen, von diesem Mann ein Geständnis entgegenzunehmen.

Ben brachte den Tee.

»Mein Kollege Malte Graf ist außer Haus«, sagte Molly. »Herr Fink wird ihn vertreten. Bitte setz dich zu uns, Ben.«

Olsen nickte dem jungen Kommissar zu, bedankte sich für den Tee und fing an, zu reden.

»In meinem Prozess habe ich dem Richter gegenüber immer wieder beteuert, dass ich den Tod der drei Frauen nicht beabsichtigt habe.«

Molly nickte. »Ich erinnere mich an die Berichterstattung darüber.«

»Ich habe gelogen«, gestand Olsen frei heraus. »Ich übernehme die volle Verantwortung für das, was ich getan habe. Ich wollte Gott spielen oder besser den Teufel. Ich wollte über Leben und Tod entscheiden. Vor Gericht habe ich versucht, mich rauszureden. Das kann ich heute nicht mehr. Es stimmt, ich bin ein Mörder. Ich habe getötet, ohne ein Motiv zu haben. Die Frauen, die meine Opfer wurden, hatten mir nichts getan. Ich war verrückt, ich war völlig durchgeknallt, ich habe LSD genommen, gekifft und gekokst. Unter dem Einfluss der Drogen war ich nicht zurechnungsfähig. Aber ich habe meine Taten genau geplant. Ich habe mich bewusst mit Drogen vollgestopft, um im Zustand des Rausches Schicksal zu spielen. Wenn ich das Zeug genommen habe, war ich ergriffen von Realitätsverlust und Größenwahn. Aber sobald ich wieder nüchtern war, wusste ich, was ich getan hatte, und ich wusste, was ich wieder tun würde, wenn ich mir die nächste Dröhnung gab.«

Molly wusste nicht, wie sie reagieren sollte. Dieses Geständnis war anders als alle, die sie zuvor in ihrem Berufsleben gehört hatte. Sie hob hilflos die Hände.

»Ich bin nicht der Papst, und ich bin kein Richter. Ich kann Ihnen weder Absolution erteilen, noch steht es mir zu, Sie zu verurteilen.«

»Darum geht es mir nicht. Ich möchte einfach, dass Sie mir zuhören und zur Kenntnis nehmen, was ich sage. In der Haft habe ich einen Entzug gemacht, und da wurde mir noch einmal klar, wohin mich diese Exzesse geführt haben.«

Mit zittrigen Händen nahm Paulus Olsen seine Teetasse, führte sie zum Mund und trank ein paar Schlucke. Vorsichtig, als ginge es um Porzellan aus dem Fundus des englischen Königshauses, stellte er sie wieder ab.

»Eines Tages habe ich Alex Rossi dabei beobachtet, wie er auf dem Gefängnishof Drogen verkaufte.«

»Wie ist er darangekommen?«, fragte Molly.

»Das weiß ich nicht«, erwiderte Olsen leicht ungehalten. »Das ist auch nicht wichtig. Ich bin jedenfalls darüber mit ihm aneinandergeraten.«

»Was nicht ohne Folgen für ihn geblieben ist, wie unser Archiv uns verraten hat.«

»Als er entlassen wurde, hat er mir gedroht, er würde es mir heimzahlen, wenn auch ich irgendwann in Freiheit sei. Er würde dafür sorgen, dass ich für alle Zeiten eingesperrt werde und im Knast verschimmele.«

Molly sah Paulus Olsen fest in die Augen. »Sie wissen, wodurch Kaja Monsun ums Leben kam?«

Olsen schüttelte den Kopf. »Nicht mal die Medien haben Details darüber berichtet.«

»Weil es Täterwissen ist«, sagte Molly. »Deshalb haben wir bisher nichts davon verlauten lassen.« Sie zögerte, trank selbst von ihrem Tee, und redete weiter. »Haben Sie auf der Feier Alkohol getrunken?«

Er nickte. »Ein Bier.«

»Nur eins?«

»Ja, mehr vertrage ich nicht. Danach hatte ich auch genug von der Party und habe das Weite gesucht.«

»Sie hatten Streit mit Alex Rossi?«

Olsen bestätigte das. »Er kam mit einer Teufelsmaske an. Doreen hat Ihnen sicher davon erzählt. Ein Affentheater, das Ganze, kindisch und völlig überflüssig. Deshalb habe ich die Party verlassen.«

Molly fühlte sich schlecht, doch sie musste nach seinem Alibi fragen. »Wo waren Sie den Rest des Abends?«

»Nirgendwo.« Olsen griff wieder nach seinem Tee. »Am Brodtener Ufer. Da hatte ich meine Ruhe. Es war so ein schöner Abend. Ich wollte von niemandem mehr etwas hören, nicht mal von Doreen. Deshalb habe ich mein Handy ausgeschaltet.« Er stellte die Tasse ab und lächelte verzagt. »Ein Alibi kann ich Ihnen nicht präsentieren. Sie können nicht mal anhand meines Mobiltelefons nachprüfen, wo ich war.«

»Das ist leider so«, sagte Molly. »Eine ganz andere Frage. Wer hat Ihnen gesagt, dass Kaja Monsun zur Feier kommen würde?«

»Wer mir das gesagt hat?« Olsen guckte sie verwundert an. »Niemand. Ich wusste nichts davon. Jeder wird Ihnen bestätigen, dass sie nicht auf der Party war, solange ich dabei war. Ich habe keine Ahnung, wann sie gekommen ist. Ich habe sie an dem Abend nicht gesehen.«

»Nach Aussagen einer Zeugin soll Alex Rossi Ihnen gesagt haben, Kaja Monsun wolle im Laufe des Abends kommen und Sie mit einer Teufelsmaske ablichten. Darauf hätten Sie angedroht, sie umzubringen.«

»Wie bitte?« Paulus Olsen richtete sich auf seinem Stuhl auf, soweit ihm die Kraft dafür blieb. Dann sackte er wieder in sich zusammen. »Hat Doreen das gesagt?«

»Den Namen der Zeugin kann ich Ihnen noch nicht nennen«, erwiderte Molly mit Bedauern im Blick.

Olsen keuchte. »Es stimmt, Alex hat was von der Reporterin und einem Foto mit der Teufelsmaske gesagt. Aber er hat mich damit gefoppt. Ich denke nicht, dass er das ernst gemeint hat. Jedenfalls habe ich nicht behauptet, Kaja Monsun ermorden zu wollen. Fragen Sie doch mal die anderen Zeuginnen. Was sagen die denn dazu?«

»Frau Monsun muss relativ spät gekommen sein, wie wir hörten«, sagte Molly. »Noch mal zu der Flasche Bier, die Sie getrunken haben. Hat Ihnen die jemand angereicht?«

»Nein, ich habe sie selbst aus dem Kasten geholt.«

Molly nickte Ben zu. Nun war klar, wie es zu der Anordnung der Fingerabdrücke kam. Doch dieser Sachverhalt bewies noch nicht, dass Olsen nicht der Täter war.

Wenn sie einen sicheren Beweis dafür vorlegen wollte, dass Olsen die Reporterin nicht umgebracht hatte, gab es nur eine Lösung: Sie musste jemand anderen als Täter überführen – zweifelsfrei und mit Geständnis.

Unweigerlich fiel ihr Alex Rossi ein.

Doch sein Handy war zur Tatzeit an seinem Wohnort in Lübeck eingeloggt. Und wenn es stimmte, was Tina Bode ihr gerade erzählt hatte, war er nach der Party tatsächlich nach Hause gefahren.

Wer war dann der Täter? Und was hatte Rossi heute Abend mit Tina vor?

Je länger sie nachdachte, desto klarer wurde ihr, dass sie einen Denkfehler machte.

Verstohlen guckte Molly Paulus Olsen an. Den ausgemergelten Körper und die zittrigen, knöchernen Finger. Die Augen, die in den Höhlen versanken.

Die Zeit lief ihr davon. Es war zum Verzweifeln.

Molly Bleck, finde den Fehler!

32

Erschöpft plumpste Paulus Olsen in den Sessel. Die Taxifahrt zurück zum Kurzzeitpflegeheim war ihm nicht bekommen, er hatte sich heute zu viel zu gemutet. War die Fahrt nach Timmendofer Strand der letzte Ausflug gewesen, der ihm in seinem Leben vergönnt war?

Er wollte nur noch eins: schlafen.

Doch dieses elende Handyklingeln hörte nicht auf. Es kostete ihn Überwindung, das Gespräch anzunehmen. Aber wenn es die Kommissarin war, die ihn sprechen wollte, wenn sie gute Nachrichten für ihn hatte ...

›Rossi Alex‹ kündigte das Display ihm an.

Paulus drückte den Anruf weg. Er lehnte den Kopf zurück, wohl wissend, dass Alex es gleich noch einmal versuchen würde. Dieser Schurke würde so lange durchklingeln, bis er sich meldete. Oder bis er gestorben war.

Und richtig: Alex versuchte es erneut.

Paulus nahm das Gespräch an. »Was willst du?«, fragte er barsch, wenn auch mit schwacher Stimme.

»Dich sehen«, erwiderte Alex. Seine Stimme klang unerwartet freundlich.

»Wozu?«

Alex räusperte sich. »Es sieht schlecht aus für dich, soweit ich weiß. Du sitzt in der Klemme. Aber ich kann dir helfen.«

»Du mir? Dass ich nicht lache. Du verplemperst deine Zeit.«

»Nein, ehrlich, Paule. Ich habe was in der Hand, was dich entlasten kann. Ich möchte dir was übergeben, einen Beweis, der dich von jeder Schuld am Tod von Kaja Monsun freisprechen wird.«

»Aha«, brachte Paulus skeptisch hervor. »Und das wäre bitte was?«

Alex senkte die Stimme, als säße der Nachrichtendienst im Nebenzimmer. »Das kann ich dir jetzt nicht verraten, nicht am Telefon. Wir müssen uns treffen.«

Paulus stöhnte. »Ich kann nicht mehr. Wenn ich das Haus, in dem ich seit heute Morgen lebe, noch einmal verlasse, dann nur, um ins Hospiz zu fahren.«

»Willst du nicht endlich abschütteln, was die Kripo, die Presse und die Öffentlichkeit dir anhängen?«

Paulus überlegte lange. Es strengte ihn unglaublich an. Die Medikamente schränkten seine Reaktionsfähigkeit ein. Zudem litt er seit geraumer Zeit an einer kaum überwindbaren Müdigkeit, die mit dem Fortschreiten der Krankheit immer stärker wurde.

»Was ist es, was du in der Hand hast?«, fragte er. »Warum übergibst du es nicht selbst der Kripo?«

»Komm heute Abend um neun nach Niendorf, dann wirst du verstehen. Kennst du das Therapiezentrum Maria Meeresstern?«

»Die Mutter-und-Kind-Klinik?«, fragte Paulus.

»Nimm dir ein Taxi. Lass dich da absetzen, und geh ein Stück die Brodtener Straße hinauf. Auf der ersten Bank, die an dem Weg steht, wartest du auf mich.«

»Und dann?«

Alex lachte vielversprechend. »Du wirst schon sehen. Falls ich mich ein bisschen verspäte, gedulde dich. Spätestens um zehn werde ich bei dir sein.«

»Warum soll ich um neun erscheinen, wenn du erst eine Stunde später kommst?«

»Vielleicht bin ich pünktlich. Du solltest es auf jeden Fall sein. Es lohnt sich, du wirst schon sehen. Und lass dein Handy eingeschaltet. Ich melde mich von unterwegs und geb dir Bescheid, wenn ich mich verspäte. Also, bis nachher.«

Alex beendete das Gespräch.

Paulus überlegte nicht lange. Er wählte die Nummer der Kommissarin.

»Frau Bleck, ich muss Sie dringend sprechen.«

»Ich habe im Moment nicht viel Zeit, wir haben heute Abend einen wichtigen Termin.«

»Ich auch«, erwiderte Paulus trocken.

»Können Sie sich kurzfassen?«

»Das kann ich. Es ist in einem Satz gesagt. Alex Rossi will mich heute Abend sprechen.«

Auf einmal hatte die Kommissarin Zeit. Sie hörte Paulus zu, stellte Fragen und bat ihn um einen Moment Geduld. Nach einigen Minuten meldete sie sich wieder.

»Herr Olsen, Sie sollten auf keinen Fall das Haus verlassen. Wir werden einen Kollegen, der Ihre Statur hat, ein bisschen älter machen und verkleiden. Er wird an Ihrer Stelle auf der Bank sitzen und auf Alex Rossi warten. Im Dunkeln wird Rossi erst dann, wenn er dicht vor dem Mann steht, erkennen, dass nicht Sie da sitzen.«

»Sie glauben also genauso wenig wie ich daran, dass er mir etwas übergeben will, das mich entlastet?«

»Wir haben keine Ahnung, was Rossi vorhat, aber es kann nichts Gutes sein. Mehr kann ich Ihnen dazu im Moment nicht sagen. Bitte vertrauen Sie mir, und bleiben Sie im Haus.«

»Das müssen Sie mir nicht zweimal sagen. Ich habe die Kraft nicht, mich noch einmal durch die Gegend kutschieren zu lassen und ein paar Meter zu einer Bank zu laufen. Sagen Sie dem Kollegen, der meine Rolle übernimmt, dass er einen Rollator braucht und ziemlich wackelige Knie.«

»Danke, Herr Olsen, wir werden an alles denken. Ich rufe Sie an, wenn die Aktion beendet ist. Das heißt, ich warte bis morgen, denn Sie brauchen Ihren Schlaf.«

»Den werde ich in dieser Nacht kaum finden.«

33

Das Café an der Hermannshöhe war wie immer um achtzehn Uhr geschlossen worden. Danach war am Steilufer kaum noch mit Publikumsverkehr zu rechnen, und nach Eintritt der Dunkelheit würde Stille einkehren.

Lange vor ihrem Einsatz hatten die Beamten des MEK sich auf Schleichwegen zum Brodtener Ufer begeben und in dem dichten Wald auf der Anhöhe verteilt.

Tina Bode war auf eigenen Wunsch nicht verkabelt, sie baute noch immer auf Rossis Liebe zu ihr. Doch sie war so gut instruiert, dass nichts schiefgehen konnte.

Die Kollegen vom MEK würden sie keine Sekunde aus den Augen lassen. Im Notfall würden sie so schnell zuschlagen, dass Alex Rossi sich nicht einmal mehr die Böschung würde hinabstürzen können.

Auch Paulus Olsen alias Benjamin Fink war auf die gleiche Weise abgesichert wie Tina Bode.

Molly und Malte waren mit Ben und mit den Kollegen des MEK über Funk verbunden.

Jeder im Team fragte sich, welchen Plan Rossi hatte. Um neun wollte er sich an der Hermannshöhe mit Tina Bode treffen, und bis spätestens um zehn wollte er gut zwei Kilometer entfernt an der Kurklinik sein. Zeitlich war das zu schaffen.

Doch was hatte Rossi mit Tina Bode in der kurzen Zeit zwischen den beiden Terminen vor, und warum wollte er gleich nach ihr Paulus Olsen sehen?

Malte und Molly fuhren in einem getarnten Dienstwagen mit Münchner Kennzeichen nach Brodten. Geografisch betrachtet befanden sie sich hier zwischen den Treffpunkten, die Rossi vereinbart hatte. So konnten sie schnell bei Tina Bode sein, aber auch bei Ben.

»Kombi in Sicht«, rief ihnen ein Kollege des MEK auf einmal durch die Funksprechanlage zu. Er nannte ihnen die Automarke und das Kennzeichen.

»NWM«, wiederholte Malte, »also Nordwestmecklenburg.«

»Zielperson steigt aus«, informierte sie der Kollege. »Der Mann nähert sich Tina Bode.«

Malte wandte sich an Molly. »Hat Rossi einen Zweitwohnsitz in MeckPomm?«

»Ich klär das gerade.« Molly hatte das Kennzeichen notiert und gab es den Kollegen in Travemünde durch, damit sie prüften, wem der Wagen gehörte.

In der Zwischenzeit meldete sich Ben, der die Kommunikation an der Hermannshöhe mithören konnte.

»Hier ist alles still«, erzählte er. »Ich hab mich in einer schauspielerischen Höchstleistung mit dem Rollator zur Bank gequält und sitze jetzt mit dem Gesicht von der Straße abgewandt. Ab und zu luge ich über die Schulter nach rechts und links. Bisher ist noch niemand an mir vorbeigegangen. Ein bisschen unheimlich ist das hier.«

»Du bist nicht allein«, tröstete Molly ihn. »Die Kollegen sind ganz dicht bei dir.«

»Die Zielperson setzt sich zu Bode auf die Bank«, meldete der observierende Kollege. »Zuerst hat sie ein bisschen verwundert geguckt. Jetzt geht sie eine Unterhaltung mit ihm ein. Sie wirkt allerdings nicht besonders verliebt, eher ein wenig distanziert.«

»Also, wenn nichts weiter passiert als das«, schimpfte Malte, »dann will ich meine Überstunden, die ich heute Abend schiebe, doppelt bezahlt bekommen.«

Der Kollege auf der Polizeistation in Travemünde meldete sich. »Der Wagen ist auf einen gewissen Egon Zucker zugelassen, wohnhaft in Boltenhagen.«

»Hat er den Wagen als gestohlen gemeldet?«, wollte Malte wissen.

»Bisher nicht. Sieht mir nach alter Freundschaft aus. Der Fahrzeughalter ist uns nicht unbekannt. Er stammt aus Lübeck und hat ein längeres Vorstrafenregister.«

»Das klingt tatsächlich nach großer Liebe zwischen ihm und Rossi«, frotzelte Malte.

»Die Zielperson veranstaltet jetzt ein Picknick.«

»Bisschen konkreter bitte«, rief Malte ins Mikrofon.

»Rossi holt eine Flasche und einen Pappbecher aus seinem Rucksack. Er schenkt Tina Bode den Becher voll und reicht ihn ihr an. Jetzt zaubert er noch eine Dose hervor, Bier oder was auch immer da drin ist. Er öffnet sie und prostet der Dame zu. Beide trinken.«

»Das ist gegen die Absprache«, ereiferte Molly sich. »Wir haben Frau Bode eingebläut, nichts Ess- oder Trinkbares von ihm anzunehmen.«

»Ich hab nichts anderes erwartet als das«, sagte Malte.

Angespannt wartete Molly auf die nächste Durchsage des Kollegen vom MEK. Doch es blieb eine ganze Zeit lang still.

»Was passiert auf der Hermannshöhe?«, drängelte sie, als ihr das Schweigen zu lange dauerte.

»Nichts. Alles ruhig und gesittet. Rossi redet mit Tina Bode. Jetzt schenkt er ihr aus der Flasche nach. Bode trinkt, Rossi lehnt sich zurück.«

Der Kollege unterbrach sich kurz.

»Sie sackt in sich zusammen«, fuhr er auf einmal hastig fort. »Es muss was in der Flasche gewesen sein. Rossi hat Tina Bode betäubt.«

Mit einem Mal waren Molly und Malte hellwach.

»Nehmt ihn fest«, rief Molly dem Kollegen zu. »Wir kommen sofort.«

»Zugriff«, befahl der Mann vom MEK.

Sofort erklang aus verschiedenen Richtungen der Ruf der Beamten: »Polizei, keine Bewegung.«

Malte startete den Motor, wendete im Dustern auf der schmalen Straße und raste mit atemberaubendem Tempo zur Hermannshöhe.

Molly orderte einen Rettungswagen.

»Muss ich noch hier sitzenbleiben?«, fragte Ben über Funk.

»Nein, Aktion beendet«, erwiderte Molly knapp. »Lass dich von den Kollegen nach Travemünde bringen.«

Mit quietschenden Reifen bremste Malte am Parkplatz bei der Hermannshöhe. Umringt von Polizisten, stand da ein Mann mit hochrotem Gesicht.

Es war nicht Alex Rossi.

»Wer sind Sie?«, fragte Molly.

Er lächelte herablassend. »Finden Sie's raus.«

Aus der Hand eines Kollegen vom MEK nahm Molly den Rucksack des Festgenommenen entgegen. Sie öffnete ihn und sah hinein.

Sie fand die Flasche mit dem Rotwein vor, von dem Tina Bode getrunken hatte. In einem separaten Fach steckte eine Brieftasche.

Molly nahm sie an sich, öffnete sie und warf einen Blick auf den Personalausweis.

»Wir sind Malte Graf und Molly Bleck«, sagte sie zu dem Mann und reichte den Ausweis an Malte weiter. »Das ist der Herr«, informierte sie ihren Kollegen, »mit dem wir morgen einen Termin haben.«

»Mark-Friedrich Fokke«, las Malte laut von der Kennkarte ab. »Das ist aber eine Überraschung.« Er gab Molly den Ausweis zurück.

Sie schob die Brieftasche wieder in den Rucksack und sah sich den weiteren Inhalt an. Hinter der Weinflasche steckte eine Plastiktüte. Molly zog auch sie heraus – und holte eine Teufelsmaske hervor.

»Das ist eine Maske von der Art, wie Kaja Monsun sie getragen hat«, stellte sie fest.

»Unsinn«, protestierte Fokke. »Es gibt tausende Masken, die sich ähnlich sehen.«

»Den Termin von morgen ziehen wir vor«, erwiderte Molly. »Wir fahren jetzt nach Travemünde und unterhalten uns auf der Polizeistation mal ganz in Ruhe.«

Der Rettungswagen traf ein. Ein Polizist führte die Sanitäter zu Tina Bode, der einige der Beamten Erste Hilfe geleistet hatten.

Die Männer vom MEK brachten Fokke in einen Polizeiwagen und fuhren los. Malte und Molly folgten ihnen.

34

Nach der Ankunft auf der Polizeistation brachten die Beamten Mark-Friedrich Fokke in den Verhörraum.

»Ich nehme an, das ist eine ganz ungewohnte Situation für Sie«, sagte Molly. »Sie werden diese Erfahrung sicher als Stoff für eine neue Reportage nutzen«, schob sie mit kaltem Lächeln hinterher.

Sie informierte Fokke über seine Rechte, was er mit betont gelangweilter Miene über sich ergehen ließ. Laut und deutlich sprach sie die Namen der Anwesenden sowie Datum und Uhrzeit ins Mikrofon.

Dabei fiel ihr der Gedanke wieder ein, der ihr beim Treffen mit Arved Lenzen gekommen war: Alles schien sich um Mark-Friedrich Fokke zu drehen, und Alex Rossi war nur ein Mittel zum Zweck.

Sie formulierte ihre erste Frage, die im Grunde genommen keine Frage, sondern eine Feststellung war.

»Sie arbeiten mit Alex Rossi zusammen.«

Die Miene des ehrgeizigen Reporters wurde starr wie eine Felswand. Er wich den Blicken der Ermittler aus.

›Volltreffer‹ fuhr es Molly durch den Kopf.

»Wo waren Sie am vorletzten Samstag, dem Todestag von Kaja Monsun, zwischen zwanzig und dreiundzwanzig Uhr?«

Fokke legte den Kopf in den Nacken und atmete lautstark ein. »Da müsste ich in meinem Terminkalender nachsehen.« Er bog den Kopf wieder nach vorn. »Meist bin ich samstags in irgendeiner Bar oder Kneipe. Szene-Gastronomie, Sie wissen schon. Da trifft man Leute, die Informationen liefern, die auf den ersten Blick ziemlich unbedeutend wirken, aber bei näherem Hinsehen ganz große Geschichten bergen.«

Molly hatte sein Handy vor sich liegen. Sie öffnete den Kalender.

»Kein Eintrag an dem Abend«, sagte sie.

»Dann weiß ich auch nicht, wo ich war. Tut mir leid, aber da kann ich Ihnen nicht weiterhelfen.«

Malte schaltete sich ein. »Wir können das feststellen. Wir lassen einfach überprüfen, wo Ihr Handy sich in der fraglichen Zeit eingeloggt hat. Wenn wir die Ergebnisse haben, sprechen wir noch mal darüber.«

Molly übernahm wieder. »Sie arbeiten für das Magazin, für das auch Kaja Monsun tätig war. Das spätere Opfer und Sie waren Konkurrenten, soweit ich informiert bin. Stand sie Ihnen bei Ihrer Karriere im Weg?«

Fokke blieb ungewöhnlich gelassen. »Sie unterstellen mir was«, sagte er besonnen.

»Ich unterstelle nichts, ich erkundige mich lediglich. Ich habe Verbindungen in Ihre Branche. Da wird so manches geredet.«

»Ach, das ist ja interessant.« Mark-Friedrich Fokke sah die Ermittlerin gespielt erstaunt an. »Was redet man denn so über mich?«

»Die Fragen stellen wir, Herr Fokke«, beschied Molly ihn. »Hatte Kaja Monsun Ihnen oder Ihren Kollegen erzählt, dass sie zu der Party gehen wollte, die für Paulus Olsen veranstaltet wurde?«

Fokke hob die Hände. »Ich wusste nichts davon. Ob sie mit meinen Kollegen darüber geredet hat, ist mir nicht bekannt. Da müssen Sie die Leute in der Redaktion selbst fragen. Ich kann nicht für andere sprechen.«

»Die Maske in Ihrem Rucksack sieht aus wie die, mit der die Leiche von Kaja Monsun gefunden wurde.«

Fokke bedachte sie mit einem provokanten Blick. »Wo war jetzt die Frage? Oder war das nur so eine Bemerkung am Rande?«

Molly musste an sich halten, um nicht zu explodieren. »Wo haben Sie die Maske her?«

»Ich erinnere mich nicht. Ich habe sie nicht besorgt.«

»Haben Sie sie von Alex Rossi? Haben Sie sich heute Abend in seinem Auftrag mit Frau Bode getroffen?«

Wieder hob Fokke die Hände. Er schüttelte nichtssagend den Kopf.

Molly wurde nicht schlau aus ihm. »Sie kennen Alex Rossi«, sagte sie streng. »Woher?«

Fokke schwieg lange und strich sich übers Kinn. »Ich möchte einen Anwalt«, brachte er schließlich hervor.

»Morgen«, sagte Malte. »Die erste Befragung führen wir mit Ihnen ohne rechtlichen Beistand. Heute Abend kommt sowieso kein Anwalt mehr hierhin.«

Fokke wurde blass. Vermutlich begriff er gerade, dass er die kommende Nacht in einer Zelle des Untersuchungsgefängnisses verbringen würde.

»Noch mal die Frage«, sagte Molly. »Woher kennen Sie Alex Rossi?«

»Ich habe ihn mal interviewt.«

Malte lächelte süffisant. »Ist er so eine interessante Persönlichkeit, dass Sie eine Reportage über ihn schreiben mussten?«

»Ich habe Kontakte zur Justiz«, erwiderte Fokke pikiert. »Wir haben eine ganze Serie über ehemalige Häftlinge geschrieben und darin übrigens auch die Prisoners' Angels erwähnt. Was ist daran so schlimm?«

»Nichts«, sagte Molly, »solange kein Mord in diesen Kreisen geschieht. Wenn doch, sieht das denkbar anders aus. Dann bohren wir nach – so tief, bis wir eine sprudelnde Quelle auftun.«

»Apropos sprudelnde Quelle«, warf Malte ein. »Was haben Sie Tina Bode vorhin zu trinken gegeben?«

»Ich weiß es nicht«, antwortete Fokke. »Alex Rossi hat mir seinen Rucksack gegeben, weil ich Tina interviewen wollte. Er hat ihn mit Getränken gefüllt, damit wir nicht so auf dem Trockenen sitzen.«

Also doch Alex Rossi.

»Sie handeln in seinem Auftrag?«, hakte Molly nach.

»Womit sollte er mich beauftragt haben?«

Molly wurde nicht schlau aus Fokke und auch nicht aus der Verbindung zwischen dem Reporter, den Prisoners' Angels und deren Schützling Rossi.

»Ursprünglich war Alex Rossi heute mit Tina Bode verabredet. Wie kam es, dass an seiner Stelle Sie zu dem Treffen gekommen sind?«

Fokke lachte überheblich. »Alex war nur der Köder. Ich wollte Tina Bode interviewen, kam aber nicht an sie heran. Also habe ich Alex als Ex-Interviewpartner und als meinen Verbindungsmann zu den Engeln gebeten, diese Begegnung zu ermöglichen. Er hat Tina ein bisschen reingelegt. Das ist doch kein Verbrechen, oder?«

Malte sah auf die Uhr. Langsam wurde er ungeduldig.

»Welches Ziel haben Sie heute Abend verfolgt? Nur ein Interview? Dazu bringt man kein Betäubungsmittel und keine Teufelsmaske mit. Oder gehört das bei Ihnen zum üblichen Handwerkszeug?«

Fokke gab sich ahnungslos. »Bitte, von welchem Betäubungsmittel sprechen Sie?«

»Keine Sorge«, antwortete Molly. »Den Namen des Stoffes werden wir Ihnen noch nachreichen. Haben Sie sich nicht gewundert, als Frau Bode vorhin bewusstlos zusammensackte?«

»Äh, nein. Frauen haben es manchmal an sich, ohnmächtig zu werden.«

»Bei Ihrem Anblick sicherlich«, entfuhr es Malte.

»Ich habe mich allerdings sehr gewundert«, fuhr Fokke mit beleidigter Miene fort, »dass Ihre Kollegen sofort angelaufen kamen. Sie haben mir keine Gelegenheit gegeben, mich selbst um Tina zu kümmern.«

»Nächstes Mal werden wir rücksichtsvoller vorgehen«, erwiderte Malte mit unüberhörbarem Zynismus. »Sie sagten gerade, Sie wollten Frau Bode interviewen. Was wollten Sie denn genau von ihr wissen?«

»Dies und das.« Fokke gestikulierte vage.

»Das ist uns zu wenig. Sie haben das Interview sicher gewissenhaft vorbereitet. Haben Sie die Fragen dabei?«

Fokke legte die Fingerkuppen beider Hände aneinander. »Ich brauche kein Blatt, von dem ich ablese. Die Fragen habe ich im Kopf. Ich hatte so einiges über Olsen gehört. Er soll bei seinem Prozess gelogen haben. Wenn die Wahrheit ans Licht gekommen wäre, wäre es mit seiner Begnadigung wohl vorbei gewesen. Ich dachte, Tina könnte mir was darüber sagen.«

»Warum gerade Frau Bode?«, insistierte Malte.

»Warum nicht? An Frau Wakenitz kam ich nicht ran, die redete lieber mit Kaja Monsun, und ich hatte noch was gut bei Alex. Deshalb hat er den Kontakt hergestellt.«

Molly tauschte einen Blick mit Malte aus.

Dieser Mann war ein harter Brocken. Es war besser, das Gespräch am nächsten Tag mit ausgeruhtem Kopf fortzusetzen. Sie würden einiges durchdenken müssen, bevor sie ihn erneut befragten.

»Wo befindet sich Herr Rossi zurzeit?«, fragte Molly.

Fokke schüttelte bedauernd den Kopf. »Tut mir leid, das weiß ich nicht.«

»Der Wagen, mit dem Sie gekommen sind, gehört einem alten Bekannten von Rossi, der heute in Boltenhagen wohnt. Wann und wo hat Rossi Ihnen den Wagen übergeben?«

Fokke schüttelte ermattet den Kopf.

Malte fuhr aus der Haut. Er beugte sich über den Tisch. »Wenn Sie uns das nicht sagen können, müssen wir davon ausgehen, dass Sie den Wagen gestohlen haben. Dann behalten wir Sie länger als vierundzwanzig Stunden hier.«

Diese Aussicht löste Fokkes Zunge. »Alex hat mir den Wagen vorhin gebracht«, gestand er zerknirscht.

Molly wusste, was nun zu tun war.

»Schluss für heute. Sie geben unseren Kollegen aus dem Labor bitte eine DNA-Probe ab. Als Gegenleistung bieten wir Ihnen für diese Nacht ein bescheidenes Zimmer mit Vollpension. Morgen sehen wir uns wieder.«

Sie ließ Fokke abführen und bat die KTU, die DNA-Probe zu entnehmen. Anschließend schickte sie Kollegen los, um Rossi in Fokkes Wohnung festzunehmen oder, falls er geflüchtet war, in der Umgebung nach ihm suchen zu lassen.

Molly lehnte sich zurück und legte die Beine auf einen Besucherstuhl. Innerlich bereitete sie sich auf eine lange Nacht vor. »Ich bin mir immer noch nicht im Klaren«, sagte sie zu Malte, »wer von den beiden, Fokke oder Rossi, Kaja Monsun auf dem Gewissen hat.«

»Und ich frage mich«, sagte Malte, »wie es kommt, dass sie so dick unter einer Decke stecken.«

»Ich werde Ben bitten, über Fokke zu recherchieren.«

Molly schickte Ben eine Mail an dessen Dienstadresse in dem Glauben, dass der junge Kollege mittlerweile zu Hause angekommen war und sich in der wohlverdienten Nachtruhe befand.

Doch Ben reagierte sofort. »Bin schon dabei«, schrieb er zurück.

Molly und Malte begaben sich in den Aufenthaltsraum. Sie zogen sich Sandwiches und Kaltgetränke aus dem Automaten und nahmen ein spätes Abendessen ein.

Plötzlich riss ein uniformierter Kollege die Tür zu dem Raum auf. »Die Jungs von der Fahndung haben den Rossi geschnappt. Er ist schon auf dem Weg hierhin.«

»Nehmt ihm bitte sofort DNA ab, wenn er eintrifft, und führt ihn in den Verhörraum«, sagte Molly. Sie nickte Malte zu. »Wir nehmen uns noch was zu trinken mit, und dann geht's auf in die letzte Runde für heute.«

35

»Sie hatten ein Motiv für den Mord an Kaja Monsun«, sagte Molly Alex Rossi auf den Kopf zu. »Sie haben kein Alibi für die Tatzeit, und die Tatwaffe lag direkt zu Ihren Füßen.«

Rossi sah sie panisch an. »Ein Motiv? Ich? Was für ein Motiv? Und was für eine Waffe? Ich besitze keine.«

»Tun Sie nicht so naiv«, raunzte Molly ihn an. »Sie und Paulus Olsen sind seit Ihrer gemeinsamen Haftzeit beste Feinde. Sie wollten sich an Olsen rächen, weil Ihnen durch seine Aussage eine zusätzliche Strafe aufgebrummt wurde. Die Maske, die wir bei Kaja Monsun gefunden haben, haben Sie zu Olsens Party mitgebracht. Dahinter steckte ein Vorsatz, den Sie nicht leugnen können. Nach der Party waren Sie nicht bei Tina Bode. Sie haben vorgegeben, nach Lübeck fahren zu wollen. Tatsächlich sind Sie wieder zurückgeradelt zu der Wiese an der Seebrücke. Da sind Sie Kaja Monsun begegnet, von der sie wussten, dass sie zu späterer Stunde kommen wollte.«

»Moment«, rief Alex Rossi aus. »Mit Kaja Monsun hab ich nichts zu tun. Dass sie zur Party kommen würde, wusste keiner.« Er lehnte sich zurück und machte eine nachdenkliche Miene. »Wenn ich Ihnen ein paar Dinge verrate«, fragte er, »bin ich dann aus der Sache raus?«

»Kommt drauf an, was Sie uns verraten«, sagte Malte. »Legen Sie mal fröhlich los.«

»Der Fokke«, begann Rossi langsam, als müsse er sich erst vorsichtig an seine eigenen Aussagen herantasten, »der ist immer eine Spur schneller als die anderen. Diesmal wollte er auch schneller sein als die Polizei. Er wollte den Olsen als Mörder überführen.«

»Als Mörder von Kaja Monsun?«

»Genau.« Rossi grinste Malte an. »Deshalb ist er zur Party gekommen.«

Molly holte tief Luft. »Augenblick mal, Herr Rossi. Sie behaupten, Fokke hat geplant, Olsen einer Tat zu überführen, die zu dem Zeitpunkt, als er diesen Plan fasste, noch gar nicht begangen worden war?«

Rossi wurde nervös. Er war in eine Falle getappt, die er sich selbst gestellt hatte. Molly triumphierte innerlich.

»Ganz so war das nicht«, versuchte Rossi, sich herauszureden. »Mark war davon ausgegangen, dass Paulus mit Kaja böse aneinandergeraten würde. Für den Fall, dass es tatsächlich so kommt, wollte er Fotos ...«

»Also wussten Sie doch, dass Kaja Monsun auf der Party erscheinen würde.«

Alex stöhnte laut auf und warf den Kopf nach hinten. Er hielt sich beide Hände vors Gesicht.

Molly ahnte, wie es in ihm aussah. Er hatte sich herausreden wollen. Dabei hatte er sich total verheddert.

»Herr Rossi«, sagte sie sanft, »es ist zu spät für Märchen. Sie sind zu müde, sie kriegen das nicht mehr hin. Jetzt bitte mal die Wahrheit, und zwar der Reihe nach.«

Ross nahm die Hände vom Gesicht und setzte sich wieder gerade hin. Er nickte ergeben und sammelte sich. »Ich hab nix getan«, beteuerte er.

»Das erzählen Sie Ihrer Patentante«, sagte Malte.

Molly schob Rossi ein Glas Wasser hin.

Er nahm es, trank einen Schluck und fing von Neuem an, zu reden.

»Ich hab dem Mark-Friedrich nichts von der Party erzählt. Er wusste es von ich weiß nicht wem. Er hat mich darauf angesprochen, und ich hab ihm gesagt, ja, wir feiern am Samstag bei der ›Süßen Seebrücke‹.«

Molly unterbrach ihn. »Wer könnte die Person gewesen sein, die ihm den Termin verraten hat?«

»Jeder aus der Gruppe der Prisoners' Angels.«

»Da bleibt nicht viel Auswahl«, sagte Molly.

Rossi schüttelte den Kopf, äußerte sich aber nicht weiter dazu. »Wir haben abgemacht, der Mark und ich, dass ich eine Teufelsmaske mitbringe. Ich sollte sie erst rausholen, wenn er da war. Aber irgendwie – ich hatte getrunken, und dann kam in mir der ganze Ärger wegen damals hoch. Die Drogen im Knast, Sie wissen schon.«

»Ja«, sagte Molly. »Erzählen Sie weiter.«

»Der Paulus hat sich tierisch aufgeregt und ist einfach abgehauen, bevor die Party richtig losgegangen war. Daraufhin hat Tina mir vorgeworfen, ich hätte den Abend kaputtgemacht, und mit einem Schlag war die Laune verdorben. Als sie sich wieder eingekriegt hatte, wollte sie mit mir zu sich nach Hause fahren. Ich wollte aber lieber zu mir nach Lübeck. Ich hatte mein Handy beim Aufladen auf dem Nachttisch vergessen, und ohne Telefon fühl ich mich nackt. Ich habe Tina ein Stück begleitet, bin dann aber noch mal zurück zur Wiese, weil ich Mark-Friedrich abpassen wollte.«

»Wer außer Ihnen war noch da?«, fragte Molly.

Rossi sog die Luft durch die Zähne ein. »Sandra Koll war schon weg und natürlich Doreen. Die hat wie verrückt nach Paulus gesucht.«

»Ich hatte gefragt, wer da war.« Molly rechnete nach. »Was ist mit Frau Holm? War sie noch da?«

Alex Rossi stierte auf den Tisch und nickte. »Ja, und auf einmal kam Kaja Monsun daher. Mark-Friedrich ist fast zeitgleich mit ihr eingetroffen.« Rossi sah auf. »Die Monsun und der Fokke sind gleich aufeinander los. Das wurde mir zu anstrengend. Da hab ich mein Rad genommen und die Kurve gekratzt.«

Treuherzig sah er die Ermittler an.

»Ich hab wirklich nichts damit zu tun. Ich bin weg, als mir das zu laut wurde. Als ich losgeradelt bin, hab ich noch gehört, wie die sich angebrüllt haben. Ich war viel zu dun, um mich in den Streit einzumischen.«

»Dann hätten Sie auch nicht mehr Radfahren dürfen«, stellte Malte trocken fest.

»Na, so viel Alkohol war das nun auch wieder nicht«, versuchte Rossi, seine Aussage abzumildern.

»Hat Fokke Ihnen später erzählt, was sich an dem Abend zugetragen hat?«

Rossi schüttelte den Kopf.

»Auch nicht Frau Holm?«

Wieder verneinte er stumm.

»Haben Sie einen der beiden danach gefragt?«, hakte Molly nach.

Rossi schluckte. »Nö. Ich hab mir gedacht, wenn ich nichts weiß, kann mir auch keiner was.«

»Trotzdem haben Sie es vorgezogen, das Weite zu suchen, als wir mit Ihnen reden wollten.«

Rossi schlug mit der Faust auf den Tisch. »Mir ist die Sache zu heiß geworden. Alle haben gesehen, dass ich die Maske mitgebracht hatte. Alle wussten, dass ich noch eine Rechnung mit Paulus offen hatte. Und ich hatte kein Alibi. Am Sonntagmittag kam Mark-Friedrich zu mir. Er hat mit mir über Kaja geredet und gesagt, dass ich jetzt ziemlich dumm dastehe, weil der Verdacht auf mich fallen würde. Wegen der Teufelsmaske und weil ich noch da war, als Kaja kam. Ich hab gesagt, wieso ich? Ich bin weggeradelt, aber er und Lissi sind geblieben. Da hat er gesagt, sie wären beide kurz nach mir weggefahren. Jeder würde das für den anderen bezeugen. Ich dagegen wäre einmal zur Wiese zurückgeradelt, warum also nicht noch ein zweites Mal?«

»Bei Ihrer Entlassung aus der Haft hatten Sie laut und deutlich eine Drohung gegen Paulus Olsen ausgesprochen«, erinnerte Molly ihn. »Da liegt ein Verdacht gegen Sie nahe.«

»So ist das, leider. Das hat Mark auch gesagt. Aber dann hatte er eine Idee. Er hat gesagt, egal, wer es war, wir könnten die Sache mit Kaja Monsun einfach dem Paulus in die Schuhe schieben. Der würde sowieso bald sterben, und gegen Tote würde nicht ermittelt. Dann hätten wir Ruhe. Da hab ich sofort gesagt, das ist die Idee, da mach ich mit.«

»Doch da haben wir nicht mitgespielt«, sagte Molly. »Obwohl die Prisoners' Angels der Reihe nach ihre Aussagen relativierten und das Alibi für Olsen widerriefen, haben wir nach einem anderen Täter gesucht.«

»Das war das Problem«, sagte Rossi. »Sie haben weitergebohrt, und die Alibis brachen weg, nicht nur das von Paulus, sondern auch meins. Mir war klar, dass Tina nicht dichthalten würde, dass sie sich irgendwann verplappern und mich in Verdacht bringen würde.«

»Deshalb sollte sie sterben?«, fragte Molly. »Deshalb haben Sie sich für heute Abend mit ihr verabredet?«

Wieder lehnte Alex Rossi sich zurück. Er stemmte die Hände gegen die Tischplatte. »Es war Mark-Friedrichs Idee. Aber ich konnte das nicht, ich hab gekniffen. Ich hab ihm gesagt, es geht nicht. Er hatte aber ein echtes Interesse daran, dass es nach Kaja noch eine Tote gibt und dass der Verdacht aufkommt, Paulus hätte auch sie auf dem Gewissen. Es sollte nach einer neuen Mordserie aussehen, hat er gemeint. So, als hätte Paulus kurz vor seinem Tod noch mal richtig zugeschlagen ...«

»Deshalb haben Sie Olsen zu der Klinik bestellt«, folgerte Molly. »Er sollte sein Handy dabeihaben, und es sollte unbedingt eingeschaltet sein, damit es sich in dieselbe Funkzelle einloggt wie das von Tina Bode – als Beweis dafür, dass er zur Tatzeit am Tatort war.«

»Bei zwei solchen Morden hätte niemand geglaubt, dass ein anderer als Paulus der Täter war«, brachte Rossi mit Mühe hervor. »Und wie gesagt, er lebt nicht mehr lange. Dann wäre nicht mehr ermittelt worden.«

»Das glauben Sie«, tönte Malte. »Wir hören nicht auf, zu ermitteln, nur weil einer von mehreren Verdächtigen gestorben ist.«

»Was denken Sie«, fragte Molly, »warum hatte Herr Fokke so ein großes Interesse daran, dass Paulus Olsen in beiden Fällen als Täter dastand?«

Alex wehrte die Frage ab. »Darüber mach ich mir keine Gedanken. Das ist seine Sache. Ich bin nicht für das verantwortlich, was er tut.«

»Das stimmt nicht ganz«, widersprach Malte. »Aus der Befürchtung heraus, Sie könnten des Mordes an Kaja Monsun verdächtigt werden, haben Sie kaltblütig den Mord an Tina Bode geplant. Doch dann wurde Ihnen die Sache zu heiß. Sie sind ein Krimineller, aber kein

Schwerverbrecher. Sie haben Fokke in Ihre Ängste eingeweiht, und Sie hätten seelenruhig dabei zugesehen, wie er die Frau, die sich jahrelang um Sie gekümmert hat, umbringt, um einen Unschuldigen zu belasten und Sie aus dem Fokus der Kripo zu ziehen. So ganz nebenbei«, sagte Malte, »wollte er damit den Verdacht von sich selbst ablenken.«

Rossi blickte auf, er wollte etwas sagen, unterdrückte seine Worte jedoch.

»Dass er den Plan an Ihrer Stelle ausführen wollte«, fuhr Malte fort, »war seine Entscheidung. Aber Sie haben ihn zu einem Mord angestiftet und auch noch Beihilfe zum versuchten Mord geleistet, indem Sie Frau Bode zur Hermannshöhe beordert haben. Dafür müssen Sie geradestehen. Und auch dafür, dass Sie Olsen die Tat in die Schuhe schieben wollten.«

Rossi traute sich kaum, die Ermittler anzusehen. »Wie geht es Tina überhaupt?«, fragte er kleinlaut. »Wird sie überleben?«

»Das wissen wir nicht«, sagte Molly. »Bisher haben wir keine Nachricht aus der Klinik. Vor morgen früh werden wir nichts erfahren.«

»Dann melde ich mich morgen noch mal.« Rossi sah auf die Uhr, als wäre er davon überzeugt, dass er nun nach Hause gehen dürfe.

»Irrtum, Herr Rossi«, sagte Molly. »Wir melden uns. Wenn wir den Zeitpunkt für gekommen halten, werden unsere Kollegen Sie aus Ihrer Zelle holen und zu uns in den Verhörraum bringen.«

36

Dienstagmorgen

Am frühen Morgen war die Spurensicherung in die Wohnung von Mark-Friedrich Fokke gefahren, und seit einer Stunde versuchten Molly und Malte vergeblich, Lissi Holm telefonisch zu erreichen.

»Noch ein Versuch«, beschloss Malte, der sich mit Molly in deren Büro in der Dienstvilla besprach. »Wenn sie dann nicht an ihr Handy geht, fahren wir zu der Praxis, in der sie tätig ist.«

Ben saß in seinem Büro und suchte in Archiven, behördlichen Datenbanken und im Internet nach Informationen über Mark-Friedrich Fokke und Lissi Holm.

Auf einmal stürmte er die Treppen hinauf, als würde er von einem Monster verfolgt.

»Molly, Malte? Ich hab was gefunden.«

Er brachte sein eingeschaltetes Notebook mit, stellte es auf Mollys Schreibtisch und klappte es auf.

»Lissi Holm und Mark-Friedrich Fokke, hier, seht selbst.« Er zeigte auf Fotos, die er auf Lissis Facebook-Seite gefunden hatte.

Da stand die kleine, mollige Lissi während der Travemünder Woche dicht neben Mark-Friedrich Fokke an einem Imbissstand. Er, der einen Kopf größer war als sie, hatte den Arm um ihre Schultern gelegt.

»Die beiden müssen eine herzliche Beziehung miteinander pflegen«, bemerkte Malte.

»Warm, aber noch nicht heiß«, sagte Ben.

Er scrollte weiter und öffnete eine andere Facebook-Präsenz. Es war die von Mark-Friedrich Fokke. Er war mit Lissi und anderen Leuten in einem geschmückten Raum zu sehen. Offenbar feierten sie eine Party.

»Das sieht aus, als wären es die Räume einer Redaktion«, sagte Malte. »All die Zeitschriften, die da rumliegen, ausgedruckte Berichte an der Pinnwand und die Wandtafel mit handgeschriebenem Text, der aussieht wie Vorschläge für die Überschriften von Reportagen.«

»Da feiern sie seinen Einstand bei der ›Macht der Frau‹«, erklärte Ben.

»Warum ist Lissi Holm bei ihm?«, fragte Molly. »Sind die beiden ein Paar?«

Ben grinste stolz. »Lissi Holm heißt mit vollem Vornamen …« Er machte eine Kunstpause.

»Elisabeth«, sagte Molly.

»Das ist richtig, aber nicht komplett. Der vollständige Vorname ist Kim-Elisabeth. Vor dreizehn Jahren hat sie geheiratet, seit acht Jahren ist sie geschieden. Und nun ratet mal, wie sie als Mädchen mit Nachnamen hieß.«

Molly schloss die Augen und legte die Hand an die Stirn. »Fokke«, sagte sie leise. »Kim-Elisabeth und Mark-Friedrich Fokke.« Sie öffnete die Augen wieder.

»Die zwei sind Geschwister«, bestätigte Ben. »In einem Posting von vor fünf Jahren sieht man, wie sie gemeinsam mit der Familie die Goldene Hochzeit der Eltern feiern. Lissi ist ein Nachkömmling, sie ist zwölf Jahre jünger als ihr Bruder. Sie liebt ihn heiß und innig, und Mark-Friedrich – der lässt sich gerne von ihr anhimmeln, wie das mit großen Brüdern manchmal so ist.«

»Dann hat sie ihn gedeckt«, entfuhr es Malte spontan. »Alex Rossi und Mark-Friedrich Fokke haben den Plan ausgeheckt, Kaja Monsun umzubringen, damit für Fokke der Weg zum Chefreporter frei wird. Lissi Holm ist Zeugin der Tat geworden, und sie verrät ihren Bruder natürlich nicht.«

»Ob sie bis zur Tat geblieben ist«, wandte Molly ein, »wissen wir im Moment noch nicht. Auf jeden Fall brauchen wir sie als mögliche Augenzeugin hier, und zwar so schnell wie möglich.«

Malte stand auf. »Wir bitten die Kollegen in Travemünde, sie zu uns zu bringen. Ich rufe bei Doreen Wakenitz an und frage sie, wo Frau Holm arbeitet.«

»Brauchst du nicht«, sagte Ben. »Guck hier.«

Während des Gesprächs seiner Kollegen hatte Ben die Website einer Arztpraxis geöffnet, auf der die Fotos und Namen der Mitarbeiter zu sehen waren.

Lissi Holm war bei einem Internisten angestellt, dessen Praxis in der Nähe des Hafens von Travemünde lag.

Molly legte Ben anerkennend die Hand auf die Schulter. »Super, dann können wir den Kollegen gleich sagen, wohin sie fahren sollen.«

»Ich habe leider auch eine schlechte Nachricht«, sagte Ben.

Malte hielt sich spontan beide Ohren zu. »Nicht heute. So was brauchen wir jetzt nicht.«

Ben zuckte mit den Schultern. »So leid es mir tut, das Handy von Mark-Friedrich Fokke war zur Tatzeit bei ihm zu Hause eingeloggt.«

Molly schüttelte den Kopf. »Das lasse ich erst gar nicht an mich ran. Es muss nämlich nichts heißen. Es kann sogar sein, dass Fokke das Handy mit Vorsatz zu Hause liegen gelassen hat. Wie war das noch: Er hat Kaja Monsun am Abend ihres Todes angerufen?«

Ben bestätigte das. »So steht es in dem Bericht der KTU. Das war gegen zwanzig Uhr dreißig.«

»Hat er danach noch mal mit jemandem telefoniert?«

»Nein.«

»Es klingt für mich, als hätte er sich mit Alex Rossi abgesprochen, dass sie alle beide ihr Handy eingeschaltet zu Hause zurücklassen.« Molly setzte sich noch einmal hin. »Ich ruf kurz bei Maren Eggertsen an.«

Sie wählte die Nummer der Kollegin von der Kriminaltechnologie und fragte nach der Untersuchung der DNA der beiden festgenommenen Männer.

»Die Nachtschicht hat auf Hochtouren gearbeitet«, sagte Maren. »Das Ergebnis kommt gerade rein. Moment, ich überfliege es mal.«

Molly machte ihren Kollegen Zeichen, dass sie gleich die erwartete Information erhalten würde.

»Molly?«, meldete Maren sich wieder. »Leider negativ, alle beide.«

»Wie jetzt?«, fragte Molly. »Weder die DNA von Rossi noch die von Fokke stimmt mit der der Hautzellen überein, die unter Kaja Monsuns Fingernägeln gefunden wurden?«

»So ist es leider. Ich kann es nicht ändern.«

Enttäuscht ließ Molly das Handy sinken.

Sie berichtete ihren Kollegen von dem Ergebnis.

Malte zog ein Gesicht, als wäre ihm gerade ein Serienmörder entwischt. Ben zuckte hilflos mit den Schultern.

Plötzlich hatte Molly ein Bild vor Augen.

37

Lissi Holm wurde von den uniformierten Kollegen an ihrem Arbeitsplatz ausfindig gemacht. Sie wehrte sich nicht dagegen, den Polizisten zu folgen, machte aber nach den Worten der Kollegen keinen Hehl aus ihrer Verwunderung, die schon an Verärgerung grenzte.

»Das ist ja gerade so, als wollten Sie mich verhaften«, hörte Molly die medizinische Fachangestellte im Hintergrund schimpfen, als der Beamte im Polizeiwagen sie darüber informierte, dass sie mit Lissi auf dem Weg zur Polizeistation waren.

Kurz nach dieser Nachricht erhielt Molly einen Anruf von der Spurensicherung aus der Wohnung von Mark-Friedrich Fokke. Die KTU hatte den Auftrag, insbesondere nach den Schuhen und der Kleidung zu suchen, die Fokke an dem Abend getragen hatte. Molly hoffte, dass Blutspuren daran identifiziert werden konnten, die auf Fokke als Mörder von Kaja Monsun hinweisen würden.

»Wir haben im Keller einen großen blauen Müllsack gefunden«, berichtete ein Kollege. »Es klebt ein Zettel drauf, auf dem ›Altkleidung‹ steht. Die Kleidungsstücke sind frisch gewaschen und ordentlich zusammengefaltet. Auch Schuhe sind dabei, ebenfalls gesäubert und blank poliert. Eins ist uns daran sofort aufgefallen.«

»Was denn bitte?«, fragte Molly.

»Es sind auch Damenschuhe dabei, Größe sechsunddreißig. Und ein Teil der Kleidung ist Frauenkleidung.«

»Das passt ins Bild.« Molly legte auf und drehte sich zu ihren beiden Kollegen um. »Ich hab's.«

»Was hast du?«, fragte Malte nach.

»Des Rätsels Lösung. Wollt ihr wissen, wer es war?«

Malte raufte sich die Haare. »Nein, überhaupt nicht. Behalt's für dich.« Er ließ sich auf den Besucherstuhl fallen und schnaufte laut.

Ben zog einen weiteren Stuhl heran und hockte sich neben Malte. Er ließ Molly nicht aus den Augen.

Sie schlug die Beine übereinander und tippte mit einem Kuli auf die Schreibtischplatte.

»Malte, erinnerst du dich an unser Gespräch mit Lissi Holm?«

Er verdrehte die Augen. »Das war letzten Mittwoch. So vergesslich bin ich noch nicht.«

»Erinnerst du dich daran, wie Frau Holm angezogen war?«

»Ein bisschen merkwürdig, dieser zu große Pulli.«

»Sie hatte die Ärmel über die Hände gezogen, und sie hat ständig die Arme um den Körper geschlungen. Es war, als hätte sie schmutzige Fingernägel und wollte sie um jeden Preis vor uns verbergen.«

Malte ging ein Licht auf. Er tippte sich an die Stirn. »Jetzt verstehe ich. Sie hatte Kratzer an den Armen. Die durften wir nicht sehen.«

Schwungvoll stand Molly von ihrem Drehstuhl auf. »Wir fahren jetzt nach Travemünde. Wenn du möchtest, Ben, komm gerne mit.«

38

Lissi begrüßte die Ermittler mit verhaltenem Lächeln. Sie kam Molly völlig verunsichert vor und verstand offenbar nicht, was sie in diesem Verhörraum sollte.

Ein Rechtsmediziner hatte sie gleich nach dem Eintreffen auf der Polizeistation untersucht und verheilende Kratzspuren an ihren Armen festgestellt, die ihr offenbar von Menschenhand zugefügt worden waren.

Am Oberkörper der Verdächtigen hatte er Anzeichen einer Reihe kleinerer Hämatome diagnostiziert, die einige Tage alt sein mussten und für deren Entstehung Lissi keine plausible Erklärung hatte. Sie habe sich beim Putzen in ihrem Haus gestoßen, hatte sie erläutert, an Schranktüren und an Fensterrahmen. Doch Form und Lage der Blutergüsse sprachen dagegen. Sie deuteten eher auf die Entstehung durch einen Faustkampf hin.

Die DNA-Analyse sollte letzte Klarheit bringen. Auf das Ergebnis mussten die Ermittler jedoch warten. Vor morgen konnten sie nicht damit rechnen.

Auch heute trug Lissi einen Pulli, der ihre Arme bis zu den Fingern bedeckte. Molly verzichtete darauf, sie die Ärmel hochschieben zu lassen. Der Rechtsmediziner hatte Fotos gemacht, auf die sie bereits Zugriff hatte.

Molly überflog die vorläufigen Aussagen, die zur forensischen Untersuchung stichwortartig aufgenommen worden waren. Den ausführlichen Bericht würde sie später erhalten.

Ängstlich beobachtete Lissi, wie Molly und ihre Kollegen sich hinsetzten, um das Verhör zu beginnen.

»Frau Holm, Sie lieben Ihren Bruder sehr.«

Lissi klimperte verwirrt mit den Lidern. »Wie bitte?«

»Ihr Bruder, Mark-Friedrich Fokke.« Molly sprach deutlich wie zu jemandem, dessen Hörvermögen stark beeinträchtigt war und der daher von den Lippen ablesen musste. »Sie haben eine enge Beziehung zu ihm.«

»Ja, natürlich. Wir sind eine tolle Familie. Wir halten zusammen. Ich würde alles für ihn tun ...«

Sie stockte, wohl ahnend, dass sie bereits zu viel gesagt hatte.

»Sie würden für ihn über Leichen gehen«, sagte Malte geradeheraus.

Lissi stierte ihn mit offenem Mund an und fing an, sich mit beiden Händen über die Unterarme zu reiben.

»Juckt es?«, fragte Molly, wartete Lissis Antwort aber nicht ab. »Wenn Kratzer verheilen, entsteht ein Juckreiz. Sie haben viele Kratzer. Ich habe die Fotos gesehen.«

Lissi senkte den Blick.

Soweit Molly es beurteilen konnte, hielt die Frau den Atem an. Wahrscheinlich wünschte sie sich, auf der Stelle tot zu sein.

»Wir haben eine Zeugenaussage, Frau Holm, nach der Sie die Party nicht mit den meisten anderen zusammen verlassen haben. Als Herr Olsen, Frau Wakenitz, Frau Bode und Frau Koll bereits gegangen waren, sind Sie und Alex Rossi noch geblieben.«

Etwas in Lissi rührte sich. Ihr Blick wurde mit einem Mal wach, und sie nickte heftig.

»Ja, das stimmt«, sagte sie. »Alex hatte es auf Kaja Monsun abgesehen. Er wollte sie umbringen und Paulus den Mord in die Schuhe schieben. Er hatte schon lange einen Pick auf ihn, und an dem Abend war es endlich so weit. Er hat eine Chance gesehen, sich zu rächen.«

»Frau Holm, bevor Sie jemand anderen beschuldigen – ich muss Ihnen sagen, dass wir eine Tüte mit Ihrer Kleidung bei Ihrem Bruder gefunden haben. Die Sachen sollten in die Altkleidersammlung gehen. Nun sind sie gerade auf dem Weg in die Kriminaltechnologie. Wir werden sie auf Blutspuren untersuchen. Blut von Frau Monsun.«

Lissi biss sich auf die Unterlippe.

»Haben Sie Frau Monsun darüber informiert«, fuhr Molly fort, »wann und wo die Party stattfindet?«

»Nein, das war Doreen. Sie hat sich eine Geschichte über ihre eigene Person in dem Magazin davon erhofft. Kaja wollte eine Reportage über Paulus schreiben. Sie war schon lange an der Sache dran. Paulus hat sie immer abgewiesen. An dem Abend sollte es endlich klappen.«

»Wer wollte die Reportage schreiben«, fragte Malte. »Kaja Monsun oder Ihr Bruder?«

»Kaja wollte es unbedingt, aber Mark-Friedrich ist der bessere Reporter. Er hätte eine viel spannendere Geschichte daraus gemacht als sie. Er hat das Zeug, preiswürdige Reportagen zu schreiben. Aber sie hat sich immer vorgedrängt. Sie hat ihm einfach nichts gegönnt.«

»Deshalb musste sie sterben«, sagte Molly. »Weil sie ihn nicht nach vorne ließ. Weil sie ihn daran hinderte, sein Talent zu entfalten, seine Ambitionen auszuleben und weil sie eine Stufe über ihm stand.«

Lissi saß da wie vor den Kopf gestoßen. Ihre Blicke wanderten haltlos umher.

»Kann ich kurz mit meinem Bruder sprechen?«

»Nein, das geht nicht. Er sitzt in Untersuchungshaft. Da bleibt er, bis wir mit letzter Sicherheit wissen, was sich am Tatabend abgespielt hat.«

»Mark sitzt im Gefängnis?« Lissi versagte die Stimme. Fassungslos sackte sie in sich zusammen.

»Frau Holm, denken Sie an die DNA-Analyse und an Ihre Kleidung, die wir gerade untersuchen. Die Indizien sprechen eine deutliche Sprache. Wenn Sie sich einen Gefallen tun wollen, legen Sie ein Geständnis ab.«

Lissi überlegte stumm. Wieder strich sie sich über die Arme. Auf einmal bewegten ihre Lippen sich lautlos, und schließlich war ihre Stimme zu hören.

»Ich wollte ihm was Gutes tun. Ich wollte, dass Mark endlich ganz oben steht. Er hat das verdient, er ist zu gut für die zweite Reihe.«

»Ihr Motiv haben wir verstanden«, sagte Molly. »Erzählen Sie uns bitte, wie der Abend verlaufen ist.«

»Alex hatte einen Plan, von dem wir alle wussten. Er wollte Paulus Olsen wehtun. Aber er wollte niemanden umbringen, auch nicht Kaja Monsun. Dabei war es um sie wirklich nicht schade. Sie war eine widerliche Zicke, ein schreckliches Weib ...«

»Bitte, Frau Holm, bleiben Sie bei der Sache.«

»Alles ist anders gekommen als geplant. Alex hat Paulus mit seinen Provokationen vertrieben. Nicht lange nach ihm sind auch die anderen gegangen. Nur Alex und ich waren am Ende noch da. Wir wussten nicht, wohin Paulus gegangen war, und wir haben gehofft, er kommt noch mal zurück. Plötzlich tauchte Kaja auf, und eine Sekunde später stand Mark vor uns.«

»War das so mit Ihnen verabredet, dass Sie auf Ihren Bruder warten?«, fragte Malte.

»Ja. Mark hat mir gesagt, Kaja würde kommen, aber er selbst wolle auch eine Reportage über Paulus schreiben und ein Interview mit ihm machen. Er wollte schneller und besser sein als Kaja und Paulus aus einer anderen Perspektive porträtieren als sie.«

»War auch Frau Monsun darüber informiert?«

»Nein, Mark hatte ihr kein Wort gesagt. Es war wie ein verdeckter interner Wettbewerb, den er gegen sie veranstalten wollte. Er hatte vor, seine Reportage der Chefredaktion vorzulegen, um Kaja von ihrem Posten zu schießen. Er hätte auch viel besser auf den Stuhl des Chefreporters gepasst als sie.«

»Wie ging es dann weiter?«, fragte Molly. »Sind Kaja Monsun und Ihr Bruder in Streit geraten?«

»Ja, natürlich. Als Mark Kaja sah, wurde er wütend. Er hat ihr ein paar Dinge an den Kopf geworfen. Kaja und er haben gestritten. Alex ist daraufhin weggeradelt, und Mark hat sich auch in seinen Wagen gesetzt und ist nach Hause gefahren.«

»Er hat Sie mit Kaja Monsun allein auf der Wiese an der Strandpromenade zurückgelassen?«

Lissi nickte. »Sein Wagen stand im Halteverbot. Das hätte um die Zeit zwar niemanden mehr interessiert, aber trotzdem ...«

»Ein netter Bruder«, warf Malte ein. »Lässt seine Schwester mitten in der Nacht allein. Wenn er Paulus Olsen hätte interviewen können, hätte ihn das Halteverbot nicht interessiert.«

Lissi funkelte ihn mit düsteren Blicken an. »Ich war mit dem Fahrrad da«, verteidigte sie ihren Bruder. »Das hätte er in seinem Sportwagen nicht unterbringen können.«

»Sie waren also am Ende allein mit Frau Monsun auf der Wiese«, sagte Molly. »Und dann?«

Lissi zuckte mit den Schultern. »Kaja hat Mark-Friedrich Beleidigungen hinterhergerufen, die ganz tief unter die Gürtellinie gingen. Sie hat dagestanden, die Hände in den Hüften, und hat gebrüllt wie ein Löwe. Und dann auf einmal ...«

Molly hatte den Eindruck, Lissi befand sich in diesem Moment innerlich in genau der Situation, in der sie in jener Nacht gewesen war. Ihre Blicke irrten umher, die Hände verkrampften sich ineinander.

»Kaja hat einfach nicht aufgehört, meinen Bruder mit Schimpfwörtern zu belegen, obwohl er längst weggefahren war. Sie hat ihn immer wieder beleidigt. Da bin mit den Fäusten auf sie los. Ich hatte auf einmal doppelt so viel Kraft wie sonst. Ich habe Kaja auf den Boden geworfen und mich auf sie gestürzt, hab sie geboxt und auf sie eingeprügelt. Wir haben gerangelt. Plötzlich hatte ich die Flasche in der Hand, und dann drückte Kaja mir ihre Hand auf Mund und Nase. Voller Panik hab ich mit der Flasche um mich geschlagen. Dabei muss sie zerbrochen sein.« Lissi stockte. »Das, was ich dann noch in der Hand hielt, habe ich ihr in den Körper gedrückt, damit sie mich endlich losließ. Ich habe nicht gesehen, dass ich ihren Hals getroffen hatte.«

»Wie lange hat der Moment gedauert?«

»Ich weiß es nicht mehr. Kaja lag mit einem Mal da und rührte sich nicht. Ich war völlig fertig. Ich weiß nicht, wie lange ich gebraucht habe, bis ich wieder einigermaßen denken konnte. Dann habe ich Mark angerufen und ihm erzählt, was passiert ist. Er hat nur gesagt, bleib, wo du bist, ich komme sofort.«

»Sie haben die Leiche gemeinsam zur Bank auf der Seebrücke gebracht?«

Lissi schluchzte kurz auf. »Bevor Mark eintraf, hab ich vergeblich versucht, sie zu der Hecke am Wiesenrand zu ziehen. Dabei habe ich die Teufelsmaske entdeckt, die Alex mitgebracht hatte. Paulus hatte sie im Streit mit ihm weggeschleudert. Mir fielen die drei Frauen ein, die er umgebracht hatte, und ich dachte, das passt doch, er könnte auch Kaja umgebracht haben. Als Mark kam, habe ich ihm davon erzählt. Er hat Kaja zu der Bank auf der Seebrücke geschleift, und dann haben wir ihr die Maske aufgesetzt. Wir haben uns gesagt: Es ist nichts passiert, wir wissen beide von nichts und reden nicht drüber. Mark ist ins Auto gestiegen, und ich habe mein Rad genommen und bin nach Hause gefahren. Als ich angekommen bin, hab ich nur noch geheult, und seitdem fühle ich mich todkrank. Ich friere dauernd, kann nicht mehr schlafen und wenn doch, träume ich schlecht.«

»Haben Sie Doreen Wakenitz darüber informiert?«, fragte Molly.

»Nein. Mir fiel ein Stein vom Herzen, als ich merkte, welche Angst sie hat, dass Paulus in Verdacht geraten könnte. Mir war sofort klar, sie glaubt selbst, dass er es war.«

»Haben Sie mit Ihrem Bruder über Ihre Befindlichkeit seit der Nacht gesprochen?«

»Ja. Er sagt, ich muss da durch. Er steckt das besser weg als ich, aber er hat ja auch niemanden umgebracht.«

Molly bedrückte eine Frage, die sie unbedingt loswerden musste. »Hätten Sie damit leben können, dass Paulus Olsen mit dem Gedanken stirbt, eines Tötungsdeliktes verdächtigt zu werden, das Sie selbst begangen haben? Hätten Sie ewig geschwiegen und die Sache auf sich beruhen lassen?«

Lissi fuhr mit dem Daumennagel an der Tischkante entlang. »Wenn er tot ist, tut es nicht mehr weh.«

»Wem tut es dann nicht mehr weh? Ihnen?«

Lissi sah sie verwundert an. »Nein, Paulus.«

Malte lachte sarkastisch. »Von der Seite kann man das auch betrachten.«

»Wussten Sie«, fuhr Molly fort, »dass Ihr Bruder Tina Bode umbringen wollte, um den Verdacht von Ihnen abzulenken und ein weiteres Mal auf Paulus Olsen zu richten?«

Lissi klemmte die Hände zwischen die Knie. »Er ist eben sehr besorgt um mich. Er wollte vermeiden, dass ich ins Gefängnis muss. Das wäre auch nicht gut für seine Karriere.« Auf einmal leuchteten ihre Augen. »Er bekommt Kajas Job. Der Chefredakteur und der Verlagsleiter haben ihm das gestern Mittag zugesagt.«

Malte guckte sie skeptisch an. »Es wird ein paar Jährchen dauern, bis er den Posten antreten kann.«

39

Unmittelbar nachdem Lissi aus dem Verhörraum abgeführt worden war, reichte Molly ihren Urlaub ein. Die Personalabteilung genehmigte ihn sofort. Doch bevor sie drei freie Wochen antrat, die sie dringend brauchte, um zu sich selbst und in ihr neues Privatleben zu finden, hatte sie eine Bitte an Malte.

»Fährst du mich zu Paulus Olsen? Die Nachricht von der Klärung des Falles möchte ich ihm gern persönlich überbringen.«

»Na klar mach ich das. Könnte ich dir diesen Wunsch abschlagen?«

Molly packte ihre Sachen zusammen und stieg zu ihm in den Wagen.

»Hättest du gedacht, dass unser Täter eine Frau ist?«, fragte er. »Ich habe die Leiche von Kaja Monsun noch vor Augen. Wie kann eine Frau zu so etwas fähig sein?«

»Das fragst du nach wie vielen Jahren im Dienst der Kriminalpolizei?«, fragte Molly zurück.

Er lachte resigniert. »Hast recht. Bei uns muss man auf alles gefasst sein, und man darf nie glauben, dass ein bestimmter Mensch zu einer bestimmten Tat nicht fähig wäre.«

»Dass eine erwachsene Frau noch immer zur Vergötterung ihres Bruders neigt, hat mich allerdings schon erstaunt«, gab Molly zu. »Aber vielleicht liegt es nur daran, dass ich keine Geschwister habe.«

»Mag sein. Die Psyche dieses Täter-Trios wird dich bestimmt noch während deines Urlaubs verfolgen.«

»Nein, ich nehme diesen Fall ganz bestimmt nicht mit in meine Auszeit.«

Malte hielt vor einer Ampel. »Fährst du eigentlich irgendwohin?«

Molly verneinte. »Ich lebe in einer traumhaft schönen Urlaubsregion. Die will ich nicht verlassen. Gibt sowieso immer nur Stress mit dem Kofferpacken.«

Malte fuhr weiter. »Gleich sind wir da.« Er bog in eine Nebenstraße ein und hielt vor der Kurzzeitpflegeeinrichtung an. »Ich warte hier auf dich. Lass dir Zeit.«

Molly griff nach seiner Hand und drückte sie. Dann stieg sie aus und ging mit einem mulmigen Gefühl auf den Eingang zu. In welcher Verfassung war Paulus Olsen heute?

An der Rezeption fragte sie nach seiner Zimmernummer.

»Herr Olsen? Paulus Olsen?«, fragte die Rezeptionistin nach.

Mollys Herz setzte für einen Moment aus, dann fing es wild zu stolpern an. »Ja, Paulus Olsen«, sagte sie. »Der wohnt doch hier?«

»Bedaure«, sagte die Frau. »Er hat seinen Aufenthalt in unserer Einrichtung heute Morgen beendet.«

»Aber er lebt?«, fragte Molly schneller, als sie sich auf die Zunge hätte beißen können.

»Er hat unser Haus lebend verlassen. Mehr kann ich Ihnen leider nicht sagen.«

Molly verzweifelte. »Ich muss es aber wissen.«

Natürlich durfte die Frau ihr nichts sagen. Sie wusste nicht, wen sie vor sich hatte.

Molly holte ihren Dienstausweis aus der Handtasche.

»Molly Bleck ist mein Name. Ich bin Kriminalhauptkommissarin und habe Herrn Olsen etwas Wichtiges mitzuteilen. Er wartet dringend auf meine Nachricht. Ist er ins Hospiz gezogen?«

Die Dame guckte sie über den Rand ihrer Lesebrille hinweg an. »Sie sind informiert? Und von der Kripo?«

Sie ließ sich den Ausweis aushändigen und studierte ihn eingehend.

»In dem Fall ...« Sie gab Molly die Karte zurück und schrieb eine Adresse auf einen Zettel. »Das ist das Hospiz, in dem Sie ihn finden. Aber warten Sie nicht zu lange. Sein Zustand hat sich schneller verschlechtert, als wir es erwartet hätten.«

»Ganz lieben Dank.«

Molly drehte sich um, rannte aus dem Haus und warf sich so heftig in den Wagen, dass Malte erschrak.

Sie hielt ihm den Zettel mit der Adresse hin. »Schnell, am besten mit Blaulicht.«

»Das dürfen wir in solchen Fällen nicht.«

»Ich weiß. Bitte! Ich nehm es auf meine Kappe.« Molly war den Tränen nah.

Malte wusste, wo die Straße lag. Er fuhr sofort los und chauffierte Molly in wenigen Minuten ans Ziel.

Sie sprang aus dem Wagen und lief auf die Eingangstür des Hauses zu. Abrupt verlangsamte sie ihren Schritt aus Ehrfurcht vor den Menschen, die hier ihre letzten Wochen, Tage oder Stunden verbrachten, und auch vor denen, die sie umsorgten und ihnen beistanden.

Wieder zeigte sie an der Rezeption ihren Dienstausweis vor. Der Herr, der dort saß, beschrieb ihr den Weg zu Olsens Zimmer.

Beklommen betrat sie den Raum.

Paulus Olsen lag in seinem Bett, die Augen halb geschlossen.

Molly schob einen Stuhl an sein Bett und setzte sich. »Herr Olsen, hören Sie mich?«

Er nickte mehr mit den Lidern als mit dem Kopf.

»Herr Olsen, wir haben die Täterin gefasst. Es ist Lissi Holm. Sie hat Kaja Monsun im Streit getötet.«

Langsam und mit leiser Stimme berichtete sie ihm von den Hintergründen der Tat und von den drei Menschen, die bald vor Gericht gestellt würden.

Olsen lächelte mit den Augen, die so tief in den Höhlen lagen, als wollten sie bald verschwinden.

Molly nahm seine Hand. Die Finger waren eiskalt.

»Sie sind müde«, sagte sie. »Ich sehe es Ihnen an.« Sie zog eine Visitenkarte aus einem Etui hervor, zeigte sie ihm und schob sie auf seinen Nachttisch. »Ich lege Ihnen meine Karte hierhin. Wenn Sie noch Fragen haben oder etwas brauchen, rufen Sie mich gerne an.«

»Mach ich«, flüsterte er kraftlos.

Molly stand auf. An der Tür winkte sie ihm zu.

Er hob eine knöcherne Hand und ließ sie wieder sinken.

Malte sprach kein Wort, als sie zu ihm in den Wagen zurückkehrte. Er stellte das Autoradio an.

Sie hatten Travemünde gerade verlassen, da klingelte Mollys Mobiltelefon.

»Frau Bleck«, sagte eine männliche Stimme, »Sie waren vorhin bei Paulus Olsen.«

Der Tonfall des Mannes sprach Bände.

»Ja, ich war bei ihm. Was ist mit ihm?«

Malte drehte das Radio leise.

»Ich muss Ihnen leider mitteilen«, sagte der Mann, »dass er gerade sanft entschlafen ist. Einer Sterbebegleiterin aus unserem Haus, die an seinem Bett saß, konnte er mit seinen letzten Atemzügen noch zu verstehen geben, dass er Ihnen unendlich dankbar ist. Sie sagt, er ist mit einem Lächeln auf den Lippen von dieser Welt gegangen.«

Molly lehnte sich zurück und schloss die Augen.

40

Vier Tage später

Molly hatte es sich auf der Terrasse von Jannas Garten gemütlich gemacht. Auf dem Tisch stand ihr Notebook, daneben einer von Jannas berühmten Drinks.

Sie hatte sich vorgenommen, an diesem Abend alles aufzuschreiben, was sie in ihrem zukünftigen Leben tun, und alles, was sie lassen wollte.

›Man muss Prioritäten setzen‹, hatte ihr Großvater oft gesagt. Ein Satz, der ihr heute Morgen, als sie endlich wieder das Gefühl hatte, durchatmen zu können, auf einmal wieder in den Sinn gekommen war.

Während sie an dem Drink nippte, guckte sie in den Himmel. Das tat sie öfter in diesen Tagen, seit Janna gesagt hatte: ›Nun hast du gleich zwei Schutzengel, die da oben auf den Wolken dahingleiten und auf dich aufpassen. Der eine heißt Ole Bleck, der andere Paulus Olsen.‹

Molly lächelte und guckte wieder auf den Monitor des Laptops. In der Fußleiste des Bildschirms entdeckte sie das Symbol für eine neu eingegangene Mail.

Sie wechselte aus der Textverarbeitung ins Mail-System und entdeckte den Namen von Arved Lenzen in der obersten Zeile des Eingangskorbs.

Der Journalist gratulierte ihr zu der Aufklärung dieses Falles, der in den Medien so viel Aufmerksamkeit genoss. Dann erinnerte er sie an ihr Versprechen, ihr ein Interview zu geben, sobald sie den Täter ausfindig gemacht hatte.

›Ich habe Sie nicht vergessen‹, antwortete Molly ihm.
›Ich brauche nur eine Verschnaufpause. Lassen Sie uns
gerne einen Termin abstimmen.‹

›Wichtige Dinge‹, schrieb er ihr postwendend zurück,
›sollte man nicht auf die lange Bank schieben.‹

›Stimmt‹, tippte sie lächelnd in die Tastatur. ›Wenn Sie
Zeit haben, kommen Sie heute Abend vorbei. Wenn es
heute nicht passt, dann vielleicht morgen oder übermor-
gen?‹

›Man sollte im Leben Prioritäten setzen‹, erwiderte er.
›Für ein Gespräch mit Ihnen habe ich immer Zeit.‹

Plötzlich fühlte Molly sich beobachtet. Sie hob den
Kopf und sah zur Strandpromenade hinüber.

Am Gartenzaun stand Arved Lenzen.

In dem Moment trat Janna mit einem Buch in der
Hand auf die Terrasse hinaus. Sie sah den Fremden fragend an.

»Das ist Arved Lenzen«, erklärte Molly ihr.

»Oh, trauen Sie sich ruhig herein, Herr Lenzen«, rief
Janna ihm zu. »Setzen Sie sich zu uns. Ich mache Ihnen
einen Drink.«

Bücher der Autorin

Reihe ›Kripo Wattenmeer ermittelt‹

1. Flaschenpost vom Mörder
2. Mord auf der Hallig
3. Countdown in Westerland
4. Die Tote im Dünenhaus
5. Der Stalker von List
6. Der Seenebelmord
7. Das Camp beim Leuchtturm
8. Der Gast aus Hörnum

Reihe ›Ein Fall für die Kripo Wattenmeer‹
(Vorläufer von ›Kripo Wattenmeer ermittelt‹)

1. Der Pfauenfedernmord
2. Jaspers letzter Flirt

Reihe ›Anders und Stern ermitteln‹

1. Mordsrevanche

2. Mordsverrat

3. Mordsherz

4. Mordsblues

5. Mordssand

6. Mordsabend

7. Mordsblitz

Reihe ›Kripo Greetsiel ermittelt‹
(Vorläufer von ›Anders und Stern ermitteln‹)

1. Tod am Deich

2. Mordskuss

3. Mordsleben

4. Mordsschwestern

5. Mordsfinale

Reihe ›Ein Fall für Molly Bleck‹

1. Der Herzmuschelmörder

2. Der Strandhexenmord

3. Das Todesboot

4. Das Fischernetz

5. Der Seebrückenteufel

Weitere Bücher

- Himmelhochjauchzendhellblau

- Leichte Mädchen haben's schwer

- Der Blaue Stern

- Tod auf Juist

In eigener Sache

Liebe Leserin, lieber Leser,

schön, dass Sie mir bis hierhin gefolgt sind! Wenn Sie über meine Neuerscheinungen informiert werden möchten, bestellen Sie doch meinen Newsletter. Die Anmeldung dazu finden Sie auf meiner Website:

https://ulrike-busch.de/

Sobald ein neuer Titel erscheint, erhalten Sie eine Mail mit Informationen dazu.

Auf meiner Website finden Sie unter den Reihentiteln Informationen über mich und meine bisher erschienenen Bücher, und auf der Seite ›Kiek mol in‹ mache ich mir gelegentlich Gedanken über Themen unterschiedlichster Art. Also: Kiek mol in – gucken Sie infach mal rein!

Vorankündigungen und Neuerscheinungen meiner Titel finden Sie auch auf Facebook (Ulrike Busch, Autorin) und auf Instagram (ulrikebuschautorin).

Wer weiß, vielleicht begegnen wir uns einmal an einem meiner Lieblingsorte an der Nord- oder Ostsee?

Bis dahin, Ihre
Ulrike Busch